中国微型小说

Review for Chinese Flash Fiction

评论

01

中国微型小说学会 编

上海文艺出版社

目录 CONTENTS

文体观察

1   当代华文微型小说的发展特征 / 龙钢华

14   微型小说"地理书写"探微 / 徐习军 吴雨舍

26   微篇小说反差艺术的本质与审美特征 / 姚朝文

40   试论当代文学语境中微型小说的价值 / 刁丽英

专题：宁波微型小说现象

53   宁波微型小说"现象"扫描 / 南志刚

71   进入谢志强小小说的几个关键词 / 徐小红

96   小小说的艺术与文化基底
      ——评赵淑萍小小说集《永远的紫茉莉》/ 方卫平

洞见

100 论"小中见大" / 夏一鸣

144 微型小说"故事会学派"叙事艺术初探 / 高健

口述史

161 那一段难忘的记忆
——中国微型小说学会成立的前前后后 / 申弓

文体写作

166 文学创意的生成与表达
——微型小说创意方法论 / 刘海涛
192 微型小说创作的三种思维方法 / 王海峰
209 小小说塑造人物的方法论 / 谢志强

评析

217 聂鑫森的实践与小小说的方向 / 张春 卿爱君
225 论夏阳小小说的深耕细作 / 雪弟

交流

237 "老调"如此"新谈"
——论朵拉微型小说爱情叙事内涵与写作策略 / 徐榛
257 日中微型小说交流史研究的若干补遗 / [日] 渡边晴夫

目录 CONTENTS

文献

263　微型小说大事记 (1949—1999) / 凌鼎年 整理
277　微型小说评论篇目 (1949—1999) / 张春 整理
288　微型小说评论著述 (1949—2022) / 雪弟 整理

当代华文微型小说的发展特征

— 龙钢华 —

摘要：世界华文微型小说崛起于1980年代，现已成为展示世界华文文学的恰当而有效的文学样式，而中国大陆的微型小说更加蓬勃兴旺，成了新时期以来当代小说家族中能够参与世界文学对话的重要文体之一。华文微型小说的发展壮大体现了一种科学合理的价值诉求，草根情怀与精英意识的有机统一，外形简约与内蕴丰沛的有机统一，文体自重与市场化经营的有机统一。

关键词：微型小说；价值诉求；有机统一

　　微型小说，又称小小说、微篇小说、极短篇等。古已有之，与神话传说、笔记小说一脉相承，古今中外很多小说大师都创作过微型小说。近半个世纪以来，微型小说风靡全球，华人微型小说（尤其是东南亚）来势更旺。我国自1980年代以来，随着生活节奏的加快，微型小说迅猛发展，目前全国已有数千家报刊为其提供发表园地。有研究者早在2001年就做过统计，2001年全国400多家纯文学期刊的月发行总量为120多万册，而微型小说类刊物就占了其中的60多万册。[1]微型小说创作的数量和读者的覆盖面超过了目前任何一种案头阅读的文学作品。中国作协会员中有一个专事

基金项目：国家社会科学基金项目"世界华文微型小说综合研究"（编号：09BZW064）。

作者简介：龙钢华，邵阳学院教授，世界华文微型小说研究会理事。主要研究方向是以小说为重点的文艺学。研究成果有《小说新论——以微型小说为重点》《世界华文微型小说综论》等。

微型小说创作的作家群,至于业余作者,多得无以计数。据不完全统计,新时期以来,仅个人微型小说作品集就出版了一千多部(整个中国古代的长篇小说也不过一千部左右)。有人惊呼,中国文学界已出现了微型小说热的神话。所以,有的学者指出,"新时期以来,中国当代小说家族中真正能够参与世界文学对话的,主要是中篇小说和微型小说。"[2]尤其是微型小说,其创作数量之多,读者范围之广,受欢迎程度之高,在当今纯文学日益滑坡的背景下形成了一种独领风骚的景观。

世界华文微型小说崛起于1980年代,蔚成风尚,凡有华人的地方就有微型小说。而在东南亚,微型小说创作成为东南亚一带华文文学的主要潮流。事实上,微型小说文体成了展示世界华文文学的恰当而有效的文学样式。自1994年以来,每两年一届的世界华文微型小说研讨会已在八个不同的国家和地区召开了八届,每届与会人员均有100多人,来自世界各地的华文微型小说作家和学者定期进行切磋交流,不断地推波助澜,促进了微型小说的持续发展,华文微型小说已成为展示华文文学魅力乃至中华文明的一种积极有效的话语表达。它的成功不是偶然的。辩证地看,当代华文微型小说的发展壮大体现了一种科学合理的价值诉求。

一、草根情怀与精英意识的有机统一

文艺的根基在民间,小说更是出身低微,"小说家者流,盖出于稗官,街谈巷语,道听途说者之所造也"(班固《汉书·艺文志》)。

而作为一种独立文体的现代意义上的微型小说也是发起于底层，崛起于民间的。阿·托尔斯泰在考察小小说（微型小说）的渊源后，认为小小说产生于中世纪时城市居民的口头创作。[3]当代华文微型小说在近三十年的生发成长中，更是始终采取平民姿态，走着平民路线，因而浑身散发出泥土与草根的气息。具体说来，这种草根情怀主要体现在四个方面。

其一，作者队伍平民化。微型小说雅俗共赏，创作门槛可高可低。从当代华文微型小说作者队伍构成情况来看，主要是三个部分。一是早已在文学创作上富有成果的名家，如中国大陆的王蒙、从维熙、冯骥才、汪曾祺、陈建功，中国香港、台湾地区的林清玄、陈启佑，新加坡的黄孟文，马来西亚的朵拉，泰国的司马攻，美国的王渝，奥地利的俞力工，等等，大约有百余人。二是微型小说专业户作家。中国作协和各省作协会员中主攻微型小说创作的有五六百人，如王奎山、孙方友、凌鼎年、秦德龙等。三是多得难以计数的业余作家。从大学教授到中学生，从政府官员、企业家到打工仔，各种行业各种层次几乎都有微型小说的作家。早在1985年，微型小说刚开始点燃星星之火，《文艺报》在报道《小说界》举办"全国微型小说大赛"的参赛盛况时，就写道："短短的五个月，收到参赛稿件两万多篇。作者对象之广泛，题材内容之丰富，艺术手法之多样，都是超前的……参赛的作者除了台湾地区外，几乎遍及全国各省市……他们中除了一些驰骋文坛的写作里手外，大多是来自各个基层的初试笔耕的文学写作者……微型小说这种广泛的群众性，给这个现代生活萌发出来的小说样式带来了勃勃的活力与生机。"[4]而今，微型小说已成燎原之势，刊物林立，其作者队伍之大及来源之广，自然是空前的。这一代又一代的以平民为主体的微型小说作者，是保证微型小说平民性的"资源生发器"。

其二，读者对象平民化。微型小说短小轻便，而且大部分作品通俗易懂，对于读者的阅读起点要求不高，凡具有一点文化基础的人都可以各取所需地从中享受阅读的乐趣。尤其是在当今生活节奏加快，生活方式多元，精力多处分散，时间分配碎片化的生存境况下，篇幅短小的微型小说不会给忙碌的现代人造成时间的压力，几分钟就可以轻松地完成一次文学阅读之旅，让心灵得到放松甚至净化，如此低成本的超值回报自然受到了大众的青睐，因而老少咸宜，童叟不拒。

其三，编者与倡导者将其定位为平民艺术。在当代华文微型小说的发展中，一代又一代富有远见的倡导者和编辑家为这种朝阳文体的成长壮大推波助澜，如中国大陆的老舍、茅盾在1950年代就分别写过《多写小小说》《一鸣惊人的小小说》来大力倡导这种文体。多年来，江曾培、王蒙、翟泰丰、陈建功、郑宗培、杨晓敏、凌鼎年、凌焕新、刘海涛，以及新加坡的黄孟文、张挥，泰国的司马攻、中国香港的东瑞等，都以不同的方式表达过对微型艺术作为大众文学、平民艺术的看法，其中最有代表性的是杨晓敏。杨晓敏是全心投入微型小说事业，兼微型小说的倡导者、编辑者和期刊经营者于一身的人物。他在2000年发表了《小小说是平民艺术》一文，旗帜鲜明地提出了微型小说是平民艺术的观点[5]，并且一直从平民艺术的基点出发来自觉地观照、培育、发展微型小说。

其四，作品本身的平民性。微型小说的精短篇幅首先就给人以见面轻松的平民面孔，而作品的选材、主题及艺术方式等方面的深衷浅貌，更体现了平民内涵。近几十年来的创作实绩也证明，微型小说实现了让普通人长智慧的慷慨承诺。

因此，从微型小说的作者队伍、读者队伍、倡导者的观念及作品本身来说，草根情怀或者说平民意识，是微型小说的基本品质。

但是，微型小说又是一种不满足于现状，具有远大追求和精英意识的文体。其精英意识也体现在相对应的四个层面上。其一，创作者的高品位追求。微型小说不仅有来自各个领域各个层面的庞大的创作队伍，而且其中有一批献身微型小说创作，孜孜以求，不断提升微型小说创作质量的作家，他们不满足于现状，创造性地尝试各种艺术手法，从而使微型小说变得更精、更新、更美。其二，读者的高品位期待。消费拉动生产，需求带来创意，读者的文学消费心理与阅读取向总是向高精尖看齐的，这种来自读者的对于高品位作品的期待，是文学创作的原动力之一，必然催生一批批精品佳作。其三，倡导者的高品位引导。微型小说兴盛伊始，倡导者们就怀着一种崇高的文化理想来经营这种文体，要求微型小说"注重思想内涵的深刻和艺术品质的锻造"，以期成为"春风化雨、滋润心灵的大众文化，能够惠泽普通民众，引领社会文明的主流"[6]。并且在编辑书刊、举办会议、设立奖项及评论作品时，始终贯彻着精品意识。其四，文本的精益求精。当代华文微型小说中产生了一批又一批不同风格的优秀作品，有些堪称经典。这类作品代表了不同时期微型小说的创作水准，精华所在，自然体现了一种精品诉求,桃李不言,下自成蹊,引领着微型小说的阅读和创作取向。

因此,当代华文微型小说在价值定位上具有非常强的包容性,既重视草根情怀,又讲究精英意识。草根情怀保证了微型小说的群众性,精英意识则确保了微型小说的先进性,抬高了微型小说的品位。正是在草根性与精英性的良性互动中,微型小说踩准了自己的发展方向,成为一种广受欢迎的朝阳文体。

二、外形简约与内蕴丰沛的有机统一

微型小说的篇幅一般在1500字左右,难以承载宏大的叙事,但它能化短为长,甚至以短胜长,关键是将外形的简约与内蕴的丰沛有机结合起来了。这种结合主要体现在立意、人物和情节三个方面。

其一,立意,单纯中求深远。微型小说是一种很讲究立意的艺术,这种"意"涉及天地万物的各种事理和人生百相的各种情理,文学作品在表现这种"意"时必须讲究有所为有所不为,而微型小说更不能贪多求全,更讲究量力而行、量体而为,在单纯中求深远,在有限中求无限。因此,其立意的表现方式常常是言在此而意在彼,言已尽而意无穷。汪曾祺的《陈小手》表层情节写的是团长为了救自己难产的太太而迫不得已请了男性产科医生陈小手,但当陈小手费尽九牛二虎之力保住了其太太和孩子的生命准备离去时,团长却将其一枪打死,理由是:"我的女人,除了我,任何男人都不许碰！"作者的立意所向，除了批判团长的无知残忍、恩将仇报以外，还有更深远的意旨：传统的男权文化衍变成一种极端利己的价值标准和行为方式时，既不可理喻，更害人害己。其立意之深远，引人深思。而这种在单纯中求深远的立意方式，是微型小说的普遍追求。

其二，人物塑造，冰山一角。海明威在谈到人物描写时指出："冰山在海里移动很是庄严宏伟，这是因为它只有1/8露在水面上。"[7]因而提出了"冰山原理"。这一原理用于微型小说的人物塑造尤其恰如其分。微型小说的人物形象，实际上就是"冰山型人物"。"冰山型人物"虽然难以追求丰满典型的形象描写效果，但它有自己的撒手锏，即攻其一点，不及其余，以小见大，由微知著，从而产生尺幅千里、以少胜多的艺术效果。顾文显的《精神》仅通过一件事、一个极具张力的细节就写出了一个农村来的小合同工舍己为人的高贵精神。矿井口的灭火器被人不小心蹭掉到地下，"扑哧扑哧"冒白沫儿，从未见过这玩意儿的新来的小合同工以为是一个即将爆炸的炸弹，便箭一般地从人堆里射出来扑在那冒白沫的铁家伙上，一边要其他人跑开，结果引来了众人大笑。当井长明白了原委后，被小合同工的精神所感动，要求矿长将其转为正式工。毫无疑问，作者的立意是赞扬小合同工的这种献身精神。要实现这一立意，作者不可能在有限的篇幅中对小合工进行全方位的描写，而是集中笔力写了小合同工在自以为极其危险情况下的瞬间表现，来凸显其闪光性格，从舍身扑向误以为是炸弹的灭火器这一壮举的冰山一角，我们可以想见那位朴实腼腆的农村来的小合同工的的优势。二是贴近现代读者快餐式的阅读选择。微型小说的审美效果是以"速率刺激"取胜，根据"速率刺激"的原则，客体应该在主体第一关注的时间也就是三至五分钟内提供有价值的信息，一般人的阅读速度是每分钟300字左右，那么5分钟就是1500字左右，而微型小说1500字左右的篇幅正好能满足一个"速率刺激"的快速阅读流程，完成一次轻松、愉快并有所收获的精神之旅，避免了现代人反感的审美疲劳。因此，在文学生存尴尬的今天，微型小说顺风顺雨地发展起来了。尤为可贵的是，这种发展是一种在捍卫了文学尊严的前提下有原则、有品位的发展，因为她顺时但不媚俗，始终坚守小说的"文学性"。虽然她擅长的常常是杯水微澜或者幽微末梢，展示的往往是微观的个人视角、表象、细节和日常生活气息，但她却成功地将事实与价值、平淡的日常生活与终极的精神意义联系在一起，超越庸常的形而下而能提升人的精神层级。虽然貌不惊人，但集腋成裘，聚沙成塔，照样能小草赛大树，绿茵遍天涯，自成一道风景。

另一方面，面向市场，面向未来，精心经营。微型小说的发展壮大，既是文学自身发展的规律使然，更是众多有识之士整合天时、地利、人和各方面因素，科学经营的结果。这种经营可以概括为：解放思想，刷新理念，创新机制，以市场为导向，以服务读者为中心，以成就作者为依靠，以精品力作为根本，以刊物为阵地，以丰富多彩的活动为纽带，调动一切积极因素，力争社会效益和经济效益的最大化，在繁荣文学事业、促进文化发展的过程中，推动社会的文明进步。

具体说来，这种经营是由作者、倡导者、管理者和读者一起完成的，主要体现在以下几点：一是作家队伍的成长壮大。人才是事业之本，一种文体的崛起与发展，必须有一支实力雄厚的作家队伍。微型小说作家队伍的生成，靠的是该文体爱好者的自觉实践，名作家的示范客串以及倡导者的发现扶持。这种来自主体的自觉自愿与客体的栽培提携相结合的人才成长方式，生生不息，造就了一拨又一拨各领风骚的微型小说作家。据统计，专事微型小说创作或者曾经以微型小说作为创作重点的中国作协会员有八九十人，省作协会员有五六百人，市作协会员更多，而其他业余作家更多得难以计数。[10] 这支金字塔型的作家队伍，是微型小说事业兴旺的基本家底。二是"永远为读者办刊物"的读者意识。该文体的倡导者与经营者们在长期的办刊过程中一直特别强调读者意识，除了在作品的内容风格这一根本点上贴近生活、贴近读者以外，还采取了一系列行之有效的措施。这些措施主要有征文、笔会、研讨、评奖、函授辅导、发展会员等多种方式。举办或参与以上活动的报刊、网站至少上千家。三是以刊物为载体的产业化运作。这是读者意识与经济意识的进一步结合。据统计，我国有近千种文学期刊（含400多种纯文学期刊）。其弊端是既数量过多，又没有像非文学刊物一样完成市场化改造，如今文学期刊应该面对的市场是以读者为中心的买方市场，而实际上文学期刊却基本上还停留在以作家为中心的卖方市场。[11]

此外，从面向未来、长远发展考虑，微型小说能主动获取各种资源，不断提升影响力。一种文体的发展，不仅要靠自身的质量取胜，还要善于因势利导，争取各种有利的因素，才能做大做强。微型小说的倡导者和经营者们深谙其中奥妙，他们除了通过产业化来获得经济效益以外，还想方设法去获取各种有形无形的民间的和政府的资源。其中最为突出的是作品进入教科书、译介到国外、走向网络影视和设置政府奖。据时任世界华文微型小说研究会秘书长凌鼎年统计，近三十年来，收入我国大中小学各类教材的微型小说已超过了100篇，译介到海外且作为教材使用的已超过200篇，至于作为一般性文学作品译介到国外的则更多。"中国的微型小说已在海外的中国文学市场扮演了极为重要的角色，在教育领域则起到了其他文体难以替代的作用，而且其影响力越来越大。"[12]同时，微型小说也积极与现代科技及其他学术形式结合，寻求新的生长点，走向网络，走向手机，走向影视，其中改编成影视短片的已有几十篇，各地筹划拍摄的有近200集。[13]而近年来，在获取政府资源方面的一个成功的大手笔就是，经过多方的努力，中国作家协会于2010年2月25日修订鲁迅文学奖评奖条例，正式确定微型小说（小小说）以结集出版的方式参评三年一次的鲁迅文学奖。微型小说在名分上终于登堂入室，修成正果。

从微型小说的发展壮大，我们可以得出一个结论，面对市场化的社会，文学必须去掉不必要的矜持，解放思想，良性运作，有为才有位。

【参考文献】

[1] 王晓峰.当下小小说[M].北京：文化艺术出版社,2008.
[2] 姚朝文.世界华文微型小说在21世纪初的发展指向[J].学术研究,2002(10).
[3] [俄]阿·托尔斯泰.什么是小小说[A].江曾培主编.世界华文微型小说大成[C].上海：上海文艺出版社,1992(590).
[4] 发挥灵活、多样、新颖、贴近生活的特点[N].文艺报,1985-12-14.
[5] 杨晓敏.小小说是平民艺术[J].百花园,2000(9).
[6] 杨晓敏.我的文化理想[A].小小说是平民艺术[C].郑州：河南文艺出版社,2009.
[7] 王宁.诺贝尔文学奖获奖作家谈创作[M].北京：北京大学出版社,1983.
[8] 罗执廷.文学选刊与当代文学运行机制[J].云南社会科学,2009(4).
[9] 曾曦.文学刊物发行走两极,读者阅读取向有变化[DB/OL].新华网江西频道,2006-12-14.
[10][12] 凌鼎年.中国微型小说备忘录[A].第八届世界华文微型小说研讨会论文专集[C].中国香港：万均教育机构,2010.
[11] 王晓峰.当下小小说[M].北京：文化艺术出版社,2008.
[13] 杨晓敏.永远为读者办刊物[A].小小说是平民艺术[C].郑州：河南文艺出版社,2009.

微型小说"地理书写"探微

— 徐习军　吴雨舍 —

摘要：围绕微型小说的"地理书写"这一话题，结合业界的意见阐述了微型小说地理书写的内涵和表达，在肯定"地理书写"对于文学创作重要价值的基础上，重点结合当下微型小说创作实践，提出了文学的"地理书写"在微型小说创作中呈现出来的诸多悖论。分析认为，篇幅短小的"单篇"表达在乡土地理书写上具有先天不足，系列写作的"长篇化"趋向存在对微型小说文体的消解。在对这些悖论分析后，从摒弃长篇思维确立微型小说本体意识、注重适宜表达原则、"系列"地理书写要特别注重每一篇作品的"文化基因"三个方面提出了微型小说"地理书写"需要解决的问题。

关键词：微型小说；地理书写；系列书写；长篇思维；文化基因；适宜表达

一、话题：关于微型小说的地理书写

"地理书写"对于文学创作来说，一直是个重要的领域，擅长长篇小说写作的贾平凹有个"鸡窝洼"[1]、陈忠实有个"塬上"[2]……在他们的长篇容量的书写中，把乡土文化展示得相对全面完整，让读者通过作品阅读感受到一个相对完整的某一地域历史文化的熏染，相当于对乡土文化的一次沐浴，这应该是所有阅读者的共同

作者简介：徐习军，江苏海洋大学文法学院教授，主要从事文艺理论与批评、地方历史文化方面的研究。吴雨舍，江苏海洋大学文法学院硕士研究生，主要从事文艺学方面的研究。

感知。

既然同为"小说"创作，微型小说的"地理书写"也是文学创作中的一个老问题，无论是微型小说作家的创作实践，还是大量微型小说作品的表达，都说明了这一点，在微型小说创作实践中，有诸多例证值得探讨。比如，冯骥才的天津卫、孙方友的陈州、聂鑫森的老湘潭、相裕亭的盐河、凌鼎年的娄东、李琳的石马镇，等等。这些作家通过自己熟悉的本土文化、风俗人情的书写，建立起了自己的创作素材库，形成了自己独特的"地理书写"，为微型小说创作提供了一个颇具创新意味的视角，这都是值得肯定的，作为兼具微型小说作者、读者双重身份的笔者，也是长期关注并为之赞赏的。

但是，对微型小说的"地理书写"进行理论思考和探讨却是一个"新"话题。这里的"新"，不仅仅是时序上的"新近"，同时也表明，与其他题材文学创作的地理书写相比，关于微型小说的"地理书写"基本上不受"待见"，影响微弱至几乎发不出声音，因而探讨这个话题也就有了"新"的感觉。以微型小说享誉业界的《金山》杂志，2021年才在"相峙南徐"栏目开启微型小说地理书写方面的探讨，此前偶有微型小说理论界的朋友写文章涉及"地理书写"，但也并非以此为探讨主旨，业界的报刊几乎不见探讨这个问题。

诚如袁龙博士在《金山》发表的《微型小说的地理书写》[3]所云："微型小说的地理书写是微型小说作者通过自己所熟悉的地理物象和地理事象来表现生命意识的一种'人地关系'书写。"笔者当然难以达到真正对作者书写的那个"乡土"的地理认知。

无法否认的事实是，微型小说作品的主体，都是以"单篇"呈现给读者的，千把字的单篇短小作品对广博而厚重的乡土文化描写只能是"碎片化"呈现的。因为读者阅读到的你的微型小说是"单篇"的，对作者所展示的乡土地理的认知也只能是"碎片化"的，这会给读者阅读理解作品的意蕴产生阅读障碍。众所周知，十里不同风百里不同俗，微型小说作品一经公开发表，对于"不同风不同俗"的各地读者来说，由于作者在短小的篇幅里考虑情节和人物推进，不可能做过多的文化背景铺陈，因而"独特乡土地理文化"对于理解作品产生阅读障碍是必然存在的。

即便通过所谓"系列"化进行的微型小说创作，也是以一篇一篇呈现出来的。这些"系列"作品对于作者自己、对于业界的关注者可能会有一定的"连续性""整体性"效果，然而对于大量的读者是断然不可能做到连续跟踪阅读的，只能通过零散的单篇阅读得到"碎片化"的阅读效果，这种"碎片化"阅读无法得到关于作者想要表达的乡土文化的整体认识。甚至，因条件所限难以跟踪阅读，读者对"碎片化"的乡土文化阅读反而兴趣下降。与此同时，对于微型小说作者来说，由于要表达面广量大的乡土文化，单篇创作中一定会在"选题规划""人物设计""情节安排"过程中产生思维上的"约束"效果，既考虑说得清又不能重复、既考虑人物成型的时间顺序又要构建情节推进，比如有人在"系列"创作中就出现过人物在前边发表的作品中已经死亡，后边作品中又"复活"的逻辑矛盾，顾此失彼，因而注重于"地理书写"对作者思维拓展也必然是有约束的,要想不约束,就得按照中长篇的构架把故事情节、人物发展、乡土文化推进设计好,这个过程已经是中长篇的思维表达方式了,硬是将其按照微型小说特征来表达,似乎出力不讨好。

(二)微型小说系列写作的"长篇化"趋向对微型小说文体的消解

在长期的阅读中我们发现,对于微型小说来说,"地理书写"呈现出"怪异"的文学现象——热衷于"系列""地理书写"的微型小说;微型小说书写乡土地理文化的"系列"表达上呈现出对微型小说文本特征的"悖论"。这是一个值得理论界关注的问题。

有作者说,通过"系列"微型小说可弥补微型小说篇幅短小的"先天性不足",一些微型小说作家的"地理书写"正是靠这种"系列"或"一组"微型小说才勉强达到了乡土文化书写的效果的。这不得不让人反思一个问题,想要进行微型小说"地理书写",首先要克服自身"缺陷",服从于或者莫如说屈服于"长篇创作"模式来达到效果,这又为微型小说自身制造了一个"悖论",为了某种"效果"而枉顾自身特质甚至借鉴(投降)另一种表达方式,那么,何不直接写中长篇呢?因为自己是"微型小说"作家群一员就必须守着"写短""系列""组合",这是不是又有否定"微型小说"自身的成分呢?

更有甚者提出:"关注地理书写的系列微型小说可以突破微型小说的篇幅限制,形成一个相对独立的文学世界,扩充微型小说的容量。""突破微型小说的篇幅限制""扩充微型小说的容量"又涉及了微型小说文体特征的被突破,微型小说这一文体被消解;那么,"形成一个相对独立的文学世界",这是个什么样的文学世界呢?显然不是微型小说世界,而是其他。从微型小说出发,得出的却是违背或者说反叛"微型小说"的结果,难道还是我们研究和创作的微型小说吗?

当"系列"微型小说作品出版"专辑"为一本书时,可能方便读者对你所谓的"地理写作"的阅读理解,但是,读"这本书"的时候,读者客观上看到的已经不是"微型小说",读者已经当成"小长篇"来阅读了。有些"地理写作"用"系列"表达的作者(笔者接触到的就有好多位)自己也毫不掩饰地说"我这就是一部小长篇",可见作者自己也是以"长篇思维"架构他的"地理写作"的,其实这样的"系列"已经是长篇的"章节""片段"了,还要冠之以"微型小说"的名分,我们甚至产生一种不好的感觉,这些"系列""地理写作"大概是因为在"长篇小说"圈里根本找不到"地位",而"借"微型小说名义,在微型小说圈里,却能凸显"高大上"之特色,为作品攒分。当然,这种"感觉"像头脑短路一样一闪而过(但毕竟出现过),并不是要否定"地理写作""系列"的有效尝试。诚如有的理论研究者所说的,"微型小说地理书写看似一个小问题,但从中我们可以窥见微型小说创作的一种可能性",其实,对于创作实践早已"可能"了,但对于理论研究来说这确实是"一个问题"。这个问题就是,微型小说"系列化"的作品多了之后,并不能让读者对"微型小说"产生更好的印象,恰恰相反,倒是帮助"中长篇小说"向短小创作提供了进一步拓展的依据。这,实在不能算是"丰富发展"微型小说,而是"弱化"微型小说!

所以,值得业界认真对待,理性探讨。

三、微型小说"地理书写"需要解决的问题

(一)摒弃长篇思维,确立微型小说本体意识

一个地区的地理风貌、地方历史文化确实难以在微型小说中展现完整,于是业界有很多作家热衷于做"系列"微型小说,但我们也发现很多"系列"明显地存在过于追求系列的所谓"完整性""长篇"特色。业界名家相裕亭在《系列小说拓展了小小说的空间》里就毫不掩饰地借别人之口,说出了他的系列创作,试图通过"系列"来得到"一个长篇小说的架构"[7],正是这样的创作思维决定这一问题的存在。系列微型小说,本质上是微型小说而不是长篇小说的章节分割,长篇小说也不是若干篇微型小说的拼盘。

长篇小说(甚至包括中短篇)和微型小说的区别不仅仅在于体量的大小,还在于其架构作品的思维方式有本质不同。其实,长篇小说的思维,早在宋代话本就存在,明清章回小说将其完善。无论从宋话本还是明清章回小说,乃至现当代的诸多长篇佳作中都显示出,长篇构架大多是除了情节离奇曲折、引人入胜外,人物性格的描写有一个显著特征——在故事"发展"中表现人物性格,同时人物性格是在故事演绎中得以"发展"的,这是由"长篇"的文体特征所决定的,作为描绘生活"长河"的长篇小说,正是靠情节的发展完善人物、人物性格的发展来推进故事的。而描写生活"浪

花"（微小片段）的微型小说，可以有故事的离奇曲折，但人物性格在作品中是难以"发展"的，与长篇小说通过人物推进故事相反，微型小说是靠曲折的故事情节来完善人物的。业界很多人并不能把握"长篇"和"微型"小说的本质区别。那种基于"系列"能够扩大"容量"就当作可以"写长篇"的思维而得出的感觉是不可实现的。

只有摒弃"长篇思维"回归微型小说本体，才能有效破解"系列"微型小说地理书写的"短板"。"地理书写"和"系列"的双重限制，不是因为"系列"就能让你做好"地理书写"的，而是恰恰相反。

系列微型小说，首先是基于单一微型小说作品而成立的，即便是系列微型小说组合式地发表，但其呈现主体仍然是单篇，其创作思维模式以及表达方式依然是要按照"微型小说"架构好每一篇。不去下功夫做好每一篇，而为了"系列"拼凑，脱离微型小说创作这个本体，为了"系列"而试图以较为宏大的构架、用"分期付款式"的零星创作来设置所谓系列，是没有任何意义的，那样你不如按长篇构架、按章节顺序直接写长篇好了，何必"割肉""补丁"式炮制"微型小说"呢？这也恰恰是作者自我否定微型小说价值的表现。

（二）注重适宜表达原则的运用

每一种文体、每一类学科都有自己独特的思维方式和表达方式，微型小说也不例外。

"地理书写"对于文学创作是值得肯定的，但不一定是微型小说最"适合"的表达方式。

文学和社会现实告诉我们，在这个世界上，做任何事都有个

"适宜表现"原则，所谓适宜表现，就是用恰当的、不超过心理预期度的、与某事不冲突的、便捷准确的表达方式呈现出来。比如，记录稍纵即逝的美景，最适宜的是摄影而不是绘画；咏颂大好河山美景，最适宜的是诗歌和散文，而不是小说或者戏曲。如果想要把微型小说写出"诗化"效果，最好的表达方式莫如直接写诗歌，道理就这么简单。

其实，展示乡土地理和历史文化，历来就是包括微型小说在内的文学创作的一个宝贵题材和广泛素材来源，但非要来说说"微型小说地理写作"，其实早就被小说家族（长中短篇小说创作）的实践和文艺理论界说透了。对于微型小说之外的小说品种来说，"乡土地理写作"是一个非常容易出成效的创作取向，然对于微型小说来说，并不一定符合"适宜表现"原则，有了"系列"微型小说的表达，似乎也可以解决一些问题，但是业界的"系列"地理书写的实践并不能让理论界和读者满意。所以笔者认为，书写"乡土地理"，以小说的表达计，不如写中长篇；以乡土文化的内容计，不如直接写民间文艺或乡土文化文献。

有人认为现有的微型小说重故事，所以人物性格很难突出。人地关系的书写只会拓宽作者的思路而并非限制，我们不敢苟同。"人地关系的书写"背景是乡土地理文化，难道不需要注重故事情节？注重乡土文化中的人物、故事、地理关系，比起"非乡土地理写作"就一定不是限制而是能拓展思维？

另外，不知微型小说作家们是否意识到，即便创作的是"系列"微型小说作品，你这依然是微型小说，读者阅读的时候，谁也不会把你这篇或者一组微型小说当成长篇小说的章节来阅读理解，不必自嗨"扩充了微型小说容量"或者其他。

（三）微型小说的"系列"地理书写要特别注重每一篇作品的"文化基因"

还有人认为，"关注地理书写的微型小说作者能够写出系列作品，是因为突出了人地关系"，其实我们看到现实正相反，当下很多作家是为了"系列书写"才去关注"人地关系"，才去进行"地理书写"的。

地理书写，是人地关系书写，更为准确地说，是文化书写，一个地区有一个地区的乡土地理、民俗风情和历史文化，"地理的系列"作品，如果呈现不出"文化的系列"（甚至文化杂糅），那就要贻笑大方了，那就是失败的创作。

关于"文学"与"文化"是一个很宽泛的话题。众所周知，文学是文化的结晶，经典文学是优秀传统文化的坚实载体；文化则是文学的基因，文化是经典文学作品的骨架和血肉。了解一个特定区域或民族的文化，除了通过田野考察获得资料和认知外，还需要从文学、哲学、艺术等精神文化层面来认知的。特别是精神层面认识文化，文学正是最集中、最形象、最生动的体现。文化是有基因传承的，它是维系一个区域或者民族人地关系生生不息的文化底蕴，彰显着民族的文化身份和民族性格。文化基因正是文学作品中唯一不变的参数。我们研究和解读文学作品，作者可以否定和怀疑，主题可以多解，故事可以多重流变，创作表达可以有优劣……唯一不变的是"文化基因"。[8]

比如业界就有一些颇为知名的微型小说作家，为了把他的作品都纳进他的"淮文化""系列"里，东一榔头西一棒，把明明浸润着"吴文化"基因的故事、"中原文化"的故事、"关东文化"的故事，统统蘸上一点"淮"味，标以"淮文化"系列，如同阳澄湖大闸蟹好卖，商家便把不知哪里弄来的蟹，都送到阳澄湖里"洗个澡"，就沾上了"阳澄湖"的光。

读作品的故事，无所谓"系列"；读作品的"文化"，在"系列"中就能看出是否出现杂糅。

也许微型小说作者们会毫不在乎地说，我只管创作，这些问题应该留给"理论家去研究"，的确，是该好好研究了。

【参考文献】

[1] 贾平凹.贾平凹作品11：鸡窝洼人家[M].南京：译林出版社，2012.
[2] 何启治.独开水道也风流——纪念陈忠实著《白鹿原》面世二十周年[EB/OL].(2016-04-29)[2023-02-23].https://weibo.com/p/2304184cee78b10102wg2t.
[3] 袁龙.微型小说的地理书写[J].金山，2021(5)：93-94.
[4][6] 严有榕，顾建新，余清平，等.微型小说的地理书写[J].金山，2021(6)：85-90.
[5] 徐习军.也谈微型小说的地理书写——读《微型小说的地理书写》兼与袁龙商榷[J].金山，2021（6）：91-93.
[7] 相裕亭.系列小说拓展了小小说的空间[J].金山，2020（4）：79-84.
[8] 徐习军.百回本《西游记》的淮河文化基因[J].淮海工学院学报（人文社会科学版），2015（6）：31-33.

微篇小说反差艺术的本质与审美特征

— 姚朝文 —

摘要： 反差艺术是微篇小说在叙事中表现出的前后情境在发展的向度与趋势上的翻转或思想意绪、情感心理、色调氛围在表现程度上的落差。微篇小说的反差艺术具有三大审美特征——时间艺术的空间化，语言艺术的视觉化，小说艺术的戏剧化。其中，时间艺术的空间化是三大特征的重心，它渐次呈现三个层次的内涵：凝定有限时间的空间艺术场，心理时间的空间化，空间差的时间联结链。语言艺术的视觉化的目的在于加强作品中形象的鲜明性与可感性。通过"浓缩——凝聚——曝光"这种不断聚焦的营构流程，建构好最有表现力的叙事模式。小说艺术的戏剧化则是凭借强化角度的动作性求得作品形象在鲜明性、可感性之上更能生动传神。

关键词： 微篇小说；反差艺术；本质；审美特征

　　反差艺术现象在微篇小说创作中少有人给予理论概括和深入探讨。本文立足于微篇小说创作的实践，以中外微篇小说中有代表性的或有特色的作品为论证依据，借鉴时空美学、摄影学、电影美学、接受美学等学科方法，对微篇小说反差艺术现象给予系统化的综合考察，穿壁凿光、阐幽发微，从而揭示微篇小说反差艺术的本质与规律。

作者简介： 姚朝文，佛山科学技术学院教授，中国微型小说学会理事，世界华文微型小说研究会常务理事。研究成果有《华文微篇小说学原理与创作》《岭南微篇小说与中外世界》等。

一、微篇小说反差艺术本质论

本文的根本着眼点在于力图解决微篇小说创作中"构思出新"这一难题。微篇小说创作有别于其他小说样式最突出的特点之一是它讲究立意的鲜明，而这一点必须而且只有通过精巧的构思方能得以体现，构思出奇制胜是通达立意深刻、新颖的桥梁。这样就要求作者在谋篇布局上进行一系列的精心设计与组合。反差艺术的内质是创作主体内隐状态的构思艺术，当这种构思艺术从创作主体大脑中酝酿转入创作文本化阶段后就体现为凸现小说立意的艺术构造规律。当文本化完成后，在接受主体的视野中，它又显现为一种有着显著特征的情节叙事模式。当我们把它用来作为赏析与教学的材料时，被分解或切割后的反差艺术之浅表形态就呈现为一种表现技巧了。创作主体在立意上的无限探求是形成微篇小说反差艺术的深层动因。

与长篇、中篇和短篇小说相比，微篇小说的反差现象表现得更强烈、更显著、更集中。因此，从理论上探讨微篇小说反差艺术不仅会使微篇小说理论乃至整个小说理论更加深化、细化，而且对微篇小说甚至整个小说艺术的创作更具有从自在到自为，从摸索到可把握、可操作的实践意义。

微篇小说是小说家族中最独特，而其中相当的作品又最"不像"小说的一种类别。它在很大程度上超越了小说的常规，甚至可以说是对小说艺术常规的反叛，因而其艺术创作规律也就更为独特。无论是人们所崇尚的"泛欧·亨利式结尾"（因为"欧·亨利式结尾"

似狂飙拥海潮，产生瑰奇夺目、绚烂纷呈的审美效果。

反差艺术有如此魅力，那么它赖以生成的基点又是什么呢？既然反差艺术是构思指导下的一种情节构造模式，为了从艺术本质的层次上对它的艺术努力做深层探讨，这就既要从文学自身所遵循的艺术原则寻找其原因，又要从接受主体对艺术的领悟方面发掘其切实依据。

在反差的策动下，微篇小说的情境必然随内容的深入而深入、随文本层次的深化而深化。接受主体对艺术的领悟存在的反差不仅表现在社会现实生活与摄入文本的艺术生活之间的反差，而且也表现在读者预先的期待意图与阅读文本后的阅读现实之间的反差，艺术不仅需要对社会现实摹真，更需要对社会现实加以改造，这种改造就是艺术变异。无论变异中的变形还是变意，都拉大了艺术与社会现实的距离，造成了艺术与社会现实的落差。读者预先的期待意图与阅读现实之间则会产生接受中反差的对位与错位效应。当两者大体相近时就会产生心理上的对位效应，当两者大相径庭时就会产生错位效应。对位与错位的效果不可一概而论。对位效应未必就好，错位效应也不一定就不可取：有的情况下，对位是可喜的；有时对位恰恰说明了读者高明而作者低能。有的情况下，错位不可取，它导致阅读理解上的混乱、歧义、晦涩、滞浊；有时错位又会大大拓展接受主体思维的空间，从而使接受主体在对文本解读过程中的再创造活动独辟蹊径、曲径通幽，抵达柳暗花明的境地。这是接受主体在接受上的复杂性使然。由此可见，无论对位与错位都可能形成时空艺术张力场，为反差艺术提供充分施展本领的用武之地。

反差艺术的实质是一种对立与互补。在微篇小说中，它是小说艺术构思及文体构造中的翻转或落差。在艺术构思领域，它着力于诱导读者误入常态的思路，令读者预先猜测作者将如同自己所料想、所理解的那样来安排人物的境遇，来建构文本的情境或场面。而作者，在完成了对读者的这种诱导之后，再以新颖独到、出人意料的奇特构思超越被诱导的读者，从而造成"出乎意料之外，入乎情理之中"的效果。"出乎意料"需要作者呕心沥血、惨淡经营、别具匠心；"入乎情理"则使这种艺术上的创造与探险最终向现实生活的大地回归，使得瑰奇变幻的艺术世界与人类生存的真实世界相通相应、相似相谐。而要做到这两点，又要仰仗创作主体对社会生活深切而独特的感受与深刻而别致的艺术领悟，这种感受与领悟又得借助于创作主体超常的聪慧才智与对艺术创新的执着追求。

在文本构造上，微篇小说的反差术呈现出四种情态：（1）情节上借常态情节模式而反用之；（2）结构上似通常结构方式而变通之，在首尾、中间设暗示与伏笔；（3）表现方法上似正实奇、以奇达正、奇正相生，在差异中见对立，从对立中显互补；（4）语言上往往是一开笔即创设某种叙述语态，渐渐引导读者进入"情境"，如遣词造句隐喻、暗示或空白，叙述语言或极具叙述人的主体风格（如陈启佑的《永远的蝴蝶》），或能很快地引导读者进入角色（如邓拉普《古堡的秘密》、克拉夫琴科《冰窟窿》等）。当然更有上述两种或两种以上的情态同时并现的。那样就使反差艺术显得更加摇曳多姿了。

反差打破了思想维度的单向线性发展，使情节得以呈螺旋形式或两极间回流互动地演进，这就突破了传统小说理论的成见，情节会一波三折、回环跌宕，人物可三维立体交融为一。

艺术当然不仅仅是反差，但反差却是艺术的精髓之一。而且，反差已经不再是某种艺术的特例，而是艺术的通则。但在各种文学体裁中，小说与戏剧的反差现象较之散文与诗歌中的要更强烈一些。在小说中，微篇小说中的反差现象又更显著，也更充分、更有典型意义。虽然不是所有的微篇小说都存在反差——就这一意义而言，极端地认为没有反差就不是微篇小说殊不可取——但对这种较普遍而有效的小说构造现象给予深入的探讨与把握，将会深化对微篇小说本质的思考。

二、微篇小说反差艺术的审美特征

微篇小说反差艺术在审美特征上表现为三重向度的发展与交融：一是时间艺术的空间化，这一特征使微篇小说这一经典意义上的时间艺术开始了空间化的进军；二是语言艺术的视觉化；三是小说艺术的戏剧化。这种"三化"追求使微篇小说日益反叛传统而"不像"小说。波兰学者奥索夫斯基在《美学基础》中概括审美形态为空间形态、时间形态和时间—空间形态[5]。自莱辛的《拉奥孔》发表以来，虽然不时遇到过一些批评，但至今的美学专著仍然沿袭他的论点，将"诗学"列入时间艺术中。现在重新审视文学，则小说是时间艺术（也含有空间的显著因素），诗歌是较典型的时间艺术，戏剧则是时间—空间艺术。小说中的子体裁微篇小说则是时间艺术的空间化，具有许多从小说向戏剧和摄影靠拢的趋向。反差艺术本身就是一种戏剧化的发展，微篇小说特征之"瞬间的聚焦与闪光"说更体现了它的摄影化特征。

时间艺术的空间化。这一问题有三个层次的内容。

第一层，凝定有限时间的空间艺术场。小说是一种以时间流程为依托的艺术。微篇小说体小形微旨深，它采用的主要艺术手段必然是将无限延伸的时间长河斩断、打碎，而后从中采撷那最富有神韵、最精彩动人的吉光片羽。这就是人们所说的"闪光点"和"一瞬间"。陈立风的《胖子和瘦子》[6]写胖书记和瘦经理互相拆台、告状以致双双丢了乌纱帽。这一天，冤家狭路相逢，起先彼此心里都恨得咬牙根却言不由衷地像老朋友似的寒暄，继而又同病相怜乃至同仇敌忾地为争取复职而并肩战斗。在极短的篇幅内就把两人的心态与灵魂都给曝了光。我们佩服作者以反差的张力来折光的手段不同凡响，同时，却不能不意识到作品文本构造的成功是将两人以往的恩恩怨怨全部集中在"赋闲"后的一次邂逅上。这种高品位、高纯度的艺术概括得益于把有限时间进一步集中后给予凝定，在这一有限而又被"凝固"了的时间内造成特定的空间艺术场效应，让艺术"戴上脚镣跳舞"，在限制中求得突破而赢得审美的自由。

凝定有限时间的空间艺术场的另一方面就是空间的延伸。时间的更大限度的凝定，使得艺术的发展别无选择地走向空间的拓展。王青伟的《！——？》就把时间限定在深夜里汽车发出鸣叫的一刻,作者借用电影蒙太奇剪接法,同时写出司机、将军、作家、母女、法院院长、星星对此的反应,这就大大延展了作品文本的空间。这也是一种"定格",只不过不是电影中对特定镜头的定格,而是把特定时间固定从而展开空间,让创作主体的精神最大限度地闪射,让文本的意蕴被无尽地阐释、宣示、挥发。无数的微篇小说探险者在这一时空艺术效应场中千辛万苦摸索着各种长度、宽度、深度、力度、色度、节奏、韵律……最终实现"适度原则",达到艺术的一种动态平衡。这种动态平衡既是一部作品成功的内在要求,也是创作主体形成自己的风格、趋于艺术探索上成熟的主要标志之一。

第二层,心理时间的空间化。微篇小说忌大量的意识流动并不意味着忌心理活动。为了使行文线索单纯、进展迅速,微篇小说往往以反差造成差异,借差异将主体的心理感受外射到外物上,以外物折射心态与精神。刘学林《怪癖》[7]中平反归来的胡老"担心背后有人"的教训寓于背靠墙角而让写字台冲着编辑部的门这一特征化的细节中,陈学书《好猫》[8]反映趋炎附势者的行为与心态通过秘书长家猫的际遇凸现了出来。因此,微篇小说的心理描写往往是借一外物或道具来体现心理的反差。这与短篇中大量的意识流动迥然不同又各有千秋、各逞其胜。

第三层,空间差的时间联结链。微篇小说的空间被大大拓展后,会形成同一作品中不同的空间,这种空间差给创作带来新的难题。以时间联结链来沟通两种空间的隔阂或打破壁障是一种化难为易的良策。美国作家 S.L.基覆的《约会》[9]为我们提供三个空间片段：空战、纽约中央火车站的"约会"，到街那边饭店去赴会。不难想象，一篇微篇小说里有这么多的空间场，驾驭不好就会失败。为了说明主人公的身份、事件的起因而又能简练、明快，作者巧心结撰，把空战中的恐惧感以回忆的形式来再现，而且是以过去完成时，从中尉回忆十三个月前写给情人的第一封信来追述当时的情境，这就做到了缩龙成寸。然后是插叙他们的通信。当这些铺垫都完毕后，作者立即转入现在进行时来写他在"约会"地点与一位可爱的姑娘失之交臂，迎来的竟是一位中年妇女。最后，巧设的误会解除，主人公将走向真正的约会地点——街那边的饭店——去赴刚才那位妙龄女郎之约。作者将纽约火车站的空间场详写，而把真正的约会地点设置为虚拟的未来时态，这种将空间艺术给予时间链化的精巧构思，使通篇情境迭出，形小而事大、语约而义丰。作者因题材本身的空间已够多，就对环境的描述做了最大限度的节制，较多地采用对话，强化动作性，造成全文富于变化的快节奏动势。

　　微篇小说中的时空也存在着对立亦即不能协调之处。时间和空间，二者有着正负面双重的制约关系，很难同时兼善：正面规范，为了强化这种"瞬间曝光"获得成功，创作主体又必须在凝定的时间与相对伸张的空间中尽可能做好铺垫、伏笔与误区诱导，从而实现反差效应。这就是说，既要在被压缩了的时间内尽可能形成一种时间的张力，又要在相对扩张了的有限空间内做最大限度的弹性发挥，从"形"的有限中实现"神"的无限拓展。综合正、负面的双重规范即可发现，艺术上的时间和空间既相互为补、相互为用，根本不能分割开，又相互对立、冲突。时间上的延伸以空间上的压缩为代价，而空间的拓展又得以时间的凝定或限制为条件。时空艺术就是在二者的对立与依存中形成一个时空场。微篇小说艺术性高下，从某种意义上说就是在这种时空艺术场中探索到一种最佳的建构。

语言艺术的视觉化。微篇小说为了克服其他小说样式以语言为中介带来的形象性的部分削弱，借重于视觉艺术的一些特性与技法，开始了语言的艺术视觉化探求并取得可喜的进展。摄影是有限空间内时间的瞬间，是时间与空间的双重凝定，是以静态的、确定的形象来反映现实，折射心理与精神。绘画与摄影相似，当然，绘画中画家对现实的取舍更大一些。影视艺术中的摄影是从摄影艺术发展而来的。影视艺术传播媒介的优势使得新兴的微篇小说受益良多。

微篇小说要在极其有限的时间和片段场景中拓展尽可能广的艺术空间，它与以折射的方式显示人物思想情感的摄影相比更便于以动态的、不甚确定的形象显现蕴含于人、事、物中的意绪、神髓。微篇小说的孕育期虽长，但成长为独立的文体却时日无多。这尚不能构成"史"的短促发展，不能不说是得力于追求"一瞬间的永恒"的反差艺术。而这又是与摄影、绘画的精神息息相通的。

语言艺术视觉化的目的在于加强微篇小说中形象的鲜明性与可感性。为了达到这一效果，就要把形象的主要特征和标志给予集中、压缩、放大而强烈地显化其特点。这是一种"浓缩—凝聚—

曝光"的不断聚焦的营构流程。在这一流程中，作者的第一要务是把受到生活触发而得到的某种感悟给予提纯，把相应的素材给予浓缩，然后以构思的聚光灯来照射这一题材的情境，选好最佳方位与视角，建构好最有表现力的叙事模式，然后立刻给这一镜头曝光。"浓缩—凝聚—曝光"流程的最简化方式就是运用反差的各类手段，节省尽可能多的篇幅，造成最强烈、鲜明的形象效果，完成最迅捷的聚焦和曝光。

对色彩的有效运用，能大大增强视觉的形象可感性和角色个性的真切特征。这在微篇小说中是通过对色彩语汇的选择、运用来给角色的身形体态、服饰、景物敷色着彩。单纯地玩弄色彩词汇只能得到光怪陆离的外形。从作品本身的需要出发，在富有特征的人物、事件和地方风物上加上一层浓淡适宜的光泽，则会使文本具有一种独具的基调。色彩基调可以确定文本的基本情调与氛围。随情节的变化，色彩基调与其他颜色的相互对比、相互衬托，所形成的反差可以在统一的情调中求得差异，形成氛围的底色和变化。凯特·肖班《一小时的故事》[10]与陈启佑《永远的蝴蝶》[11]在这方面做出了成功的尝试。

小说艺术的戏剧化。语言艺术的视觉化使反差艺术增强了微篇小说形象的鲜明性和可感性。如果更进一层来求得生动性，就要借鉴戏剧艺术的动作造型。动作造型的获得主要靠强化角色的动作性，令其多用动作来表现自己，力避冗长的心理分析；同时还可以采用适当的对话以推动角色动作系列的完成。而这些动作或对话必须能够形成前后的矛盾、错位、对比或差异。这样的艺术处理就可以把鲜活逼真、栩栩如生的形象"立"在读者面前。动作性的强化往往也带来节奏的明快灵动、富于变化，使文本活泛新鲜。美国作家奥莱尔的《在柏林》选取车厢里一位精神受到刺激的病弱老妪不断重复数"一、二、三——"、两个少不更事的小姑娘的嗤笑、老头狠狠地扫她们一眼这样三个特定动作，就使整个场面如同一幕活的戏剧小品那样浮现在读者的脑海里，这些奇特的动作造成了悬念，令读者欲知这一冲突的结果。此时，作者简约传神地采用老头的话："我们刚刚失去了三个儿子，他们是在战争中死去的，现在轮到我自己上前线了。在我走之前，我总得把他们的母亲送往疯人院啊。"通过这一叙述来亮出谜底，闪烁出深刻的主题。这种动作与对话的精巧配合使这一对老夫妇的形象不仅鲜明可感而且生动地"立"在读者头脑里，活在读者的心目中。

三、结语

总之，微篇小说反差艺术在时间艺术空间化、语言艺术视觉化、小说艺术戏剧化方面的审美追求，使微篇小说日益"不像"正宗意义上的小说，却向摄影、绘画、电影、电视、戏剧靠拢。这种"三化"倾向是适应现代社会发展的需要并借鉴其他艺术样式中有生命力与竞争力的技巧而发展起来的，它们在创作实践中日益赢得读者而备受青睐。然而，追求"三化"并不意味着微篇小说将会走向或消融于空间艺术、视觉艺术等其他艺术样式中。如果是那样的话，微篇小说将失去自身存在的独特品格。"三化"的真正目的在于借鉴空间艺术、视觉艺术等样式的某些活化艺术生命力的要素来丰富、发展和壮大微篇小说自己，这才是上述诸种努力的要义。

【参考文献】

[1] 小小说选刊 [J], 1987(1)：64,11. 美国著名评论家罗伯特·奥弗法斯特认为，微型小说应具备三个要素：一、构思新颖奇特；二、情节相对完整；三、结尾出人意料。这三个要素中潜含着反差艺术的内容。为了使文本新奇、出人意料，就得有波澜起伏，形成差异，这种差异的翻转艺术即是反差艺术的用武之地。为了造成反差，也自然需要情节的"相对"完整。奥氏已隐隐感觉了他的"三要素"背后的艺术精灵。

[2] 辞海编辑委员会.《辞海》缩印本 [M]. 上海：上海辞书出版社，1980：265.

[3] 在电影摄影中，景物反差是被摄景物的最高亮度与最低亮度比的对数值，影像反差是某影像的最大密度和最小密度之差。影像反差和景物反差的比值为反差系数，它标志着胶片显影的程度。反差大景物显得明朗，反之显得晦暗；反差大的影像称为硬调子，反之称为软调子。许南明主编.电影艺术词典 [M]. 北京：中国电影出版社，1986：344.

[4] 张友鹤辑校. 聊斋志异（会校、会注、会评本）[M]. 上海：上海古籍出版社，1978：1443.

[5] [波兰] 奥索夫斯基. 美学基础 [M]. 北京：中国文联出版公司，1986：19.

[6] 春风，1987(6).

[7] [8] [11] 江曾培主编.世界华文微型小说大成 [M]. 上海：上海文艺出版社，1992：93，130，447，516.

[9] 袁昌文.微型小说写作技巧 [M]. 北京：学苑出版社，1988：244.

[10] 应天士主编.外国名家微型小说 [M]. 北京：中国文联出版公司，1987：294.

试论当代文学语境中微型小说的价值

— 刁丽英 —

摘要： 我国的微型小说自 20 世纪 80 年代开始登上历史舞台，恰逢当代文学的转型，此后随着市场经济的深入发展，文学逐渐已退居边缘、失却主流地位，陷于尴尬境地。在这样的文学语境中，微型小说却一枝独秀，以独特的成就与风采，对文学本身的发展具有强大的推进价值，并且在文化建设、传统继承、精神文明的弘扬等方面做出了巨大贡献。

关键词： 当代文学；语境；转型；微型小说；价值

在当代中国的文化语境中，在文学已退居边缘、失却主流地位、呈现出明显颓势的当下，中国文学显然处于一种尴尬的境地。而在此大背景下，作为中国"小说界的第四个家族"，当代微型小说从一种民间式的"夹缝文学"起步，由孱弱到健壮，由幼稚到成熟，由备受冷落到终获文坛认可，走过了一条崎岖艰难却又执着顽强的生存之路。经过近三十年的发展，它已经卓然独立，渐成气候，日渐兴旺繁荣，并以燎原之势占据了纯文学市场的大半壁江山。

虽然微型小说在创作上取得了丰硕的成绩，并受到读者的广泛欢迎，但由于对微型小说这一文体本身的命名存在模糊概念以及对小说文本轰动性效应的期待等诸多因素的干扰，使得这一文体的身影显得有点单薄，不仅没有得到主流文学的重视和接受，还常常遭遇主流文坛小说家和批评家的冷落与排斥。许多年来，微

作者简介： 刁丽英，江阴职业技术学院副教授，研究方向为现当代文学研究和高职教育管理。

型小说始终未能获得与其他三种小说文体同等的地位，这让微型小说很难与主流文学平起平坐，一直陷于比较尴尬的境遇。令人欣喜的是，2010年2月，中国作协正式将微型小说（亦称小小说）纳入鲁迅文学奖评选[1]，这表明微型小说的地位与价值终于得到了主流文学的接纳与首肯，具有划时代的意义。本文试阐述当代文学语境中微型小说所具有的独特价值，以期对微型小说能有更新的认识与考量。

一、"当代文学"的尴尬境遇

在"传统"的"当代文学"语境下，我们不妨来回视一下1949年以来的中国文学发展轨迹，便可以发现其变化和转型，以便于更好地理解"因时而生"的中国微型小说在当代文学转型中的独特价值。

有人把当代文学称之为社会与时代的"风雨表""温度计"，这可以看作是对当代文学历史的某种比喻性描述。从整体上看，中国当代文学作为中国文学发展历史的一个进行性区段，"多变与反复交织的轨迹"[2]是人们首先看到也是最易觉察的当代文学的特征。

要研究文学，"文学与具体的经济、政治和社会状况之间的联系不能忽视，因为文学实际上取决于或依赖于社会背景、社会变革和发展等方面因素。"[3]20世纪80年代，沐浴着改革开放春风的中国社会发生着翻天覆地的变化，科学技术以日新月异的速度改变着自然，改变着社会，改变着人们的生存状态，也悄然改变着文学。返回头去打量80年代的文学，"当代文学"开始了她漫长的、多元化的转型。中国的作家们开始了分裂、变异，有的激进者开始现代派的翱翔，有的则开始反思、寻根。先是"先锋派小说"席卷中国文坛，形成一股空前绝后的浪潮。接着所谓"现实主义小说""现代主义小说""后现代主义小说""新写实主义小说"等纷纷粉墨登场，文学向着自由、自觉转型。在这样一个大背景下，酝酿着的必定是真正意义上的文化多元化思潮的萌动。这种思潮不可避免地夹杂着消解和颠覆过去的理念。

进入20世纪90年代，我国的经济和社会发展都进入了一个历史性的转型阶段。转型期的社会变革，使意识形态被逐渐淡化，随之而来的是商品经济和拜金主义的浪潮，物质形态被高度重视，人们的生活大大地改变了。毋庸讳言，市场经济以卓有成效的速度悄然改变着人们的价值观和思维方式，经济领域中的种种观念、规则也悄悄地渗透到文化领域中去，从而使当下文化呈现出前所未有的纷繁复杂的面貌和景象。人们的价值和信仰曾经一度出现迷茫状态，人文精神呈现危机态势，应该说人们的精神世界陷入了一种令人慌乱和焦虑的时代境域。在这样的文化语境之下，精英文化也随之失去了往日独占鳌头的地位，文学的天空不再是湛蓝一色或者是明月高挂，80年代文学家们所营造的乐观向上的氛围逐渐被消解，代之以多元化的文化取向。作为文学主打的小说（当然也包括其他较高层次的文化种类）却冷落到几乎无人理睬的尴尬境地，这不能不说是小说的悲剧，也是文学的悲剧。

在这个精神越来越失重的年代，我们该如何来谈论文学？精神语境的变化，文学的多元化，新的写作方式和伦理的产生，似乎在分散文学的注意力，谈论文学的公共平台似乎也正在消失。当文学被迫置身于一个广大、混乱的消费市场，它是否还有自己需要坚守的精神边界？当文学越来越成为消费时代人类精神失败的象征，它的基本使命是否还是为了探究心灵？文学（包括小说）的出路到底在哪里？面对这样尴尬的文学境遇，在思考当下文学的出路之时，一些学者表现出难以言表的深沉忧虑。

王晓明说："今天，文学的危机已经非常明显。"[4]陈晓明说："我们时代的人文主义者以及'纯文学'的追寻者，发现自己处在绝路上；背后是'后现代主义'，前面是商业主义，这条中间的道路当然无力挽救文学失败的命运，在文化溃败的时代，它不过给文化未亡人——'哭丧的人'提供一个观望的或是自我救赎的最后领地。"[5]甚至有人认为，文学已经死了，小说已经死了，今后进入了视听和网络的时代，因此搞小说已经没有什么意义了，这是一个走向死亡的艺术等"伟大""惊人"的预言，也正在用一种唯恐不刺激的方式向外传播。由此看来，人们对我们曾经魅力无限、清纯无比的"文学"愈加失望了，乃至沉沦于"哀莫大于心死"的境地。在文学出现思想贫乏、情感苍白而又长风大长，带给读者疲乏感和厌倦感的今天，一部小说成为全社会的热点和长时间话题的情况是一去不复返了。

著名作家王蒙也曾不无忧虑地谈及当下的文学境遇："现在我们国家的文学生活面临着许多新的情况、新的可能，也有许多新的困惑。有许多情况，是中华人民共和国成立几十年以来没有碰到过的，也是1949年以前我们没有碰到过的。在这样一个不很成熟的市场经济和社会迅速发展的背景下，我们究竟应该有一个什么样的精神生活的预期？究竟应该有一个什么样的文学创作的格局？"[6]

而就在这个当代文学转型时期，尽管文学已退居边缘，失却了主流地位，无法再达成人们美好愿望中的审美共识，但这并不意味着文学就成了一片"废墟"，就沉沦到处处是"灵魂缺席"的地步。在文学因种种原因而呈现出明显颓势之时，微型小说则有些例外。微型小说在我国形成气候，成为一道亮丽的景观，是时代使然，与20世纪80年代中期中国全面改革开放的现实是分不开的。现代生活的快节奏，改变了人们的审美需求，"刷新了人们的创作主体意识和审美心理，从而导致了艺术快节奏的出现"[7]。生活的现代化必然带来艺术的多样化，伴随着时代的发展和读者对文学要求的提高，微型小说便以轻捷灵巧之态开始登上历史舞台。

王蒙就以学者敏锐的洞察力而欣喜地感受到微型小说此种文体的强大生命力。面对当代文学的这种境况，读者选择精彩的耐咀嚼的微型小说，无疑是明智的，也是必然的。应时而生的微型小说，它对中国文学乃至中国文化起到了怎样的作用？显示出它怎样的独特价值呢？笔者在此做一些蠡测。

二、"当代文学"语境中的微型小说价值

在当代文学语境中，微型小说有着独特的成就与风采，它不仅对文学本身的发展具有强大的推进作用，还在文化建设、传统继

承、精神文明的弘扬等方面做出了巨大贡献，有着不可磨灭的功绩。粗略考察一下，微型小说在"当代文学"的转型期对文学、文化、社会所产生的价值大致有如下几个方面：

（一）不容忽视的文学价值

探讨微型小说文学价值的体现，要在微型小说崛起的20世纪80年代的时代背景下分析。经历过"文革"后的那几年，那时虽然改革文学由肇始期走向繁荣，但是多少年根深蒂固的文学"高雅"到曲高和寡的局面并没有打破，文艺领域的"样板戏"和文学自身的"高大全"的影响，依然在作为文学创作对象和欣赏主体的人民群众中留存着一定的影响，那时的时代变化带来人们心理空间的骤然变化，这种骤然的变化是需要具有一定转型特质的文学内容来填充的，否则会给人民群众留下心理空洞。那时盛极一时的以批判"四人帮"、歌颂老革命、"伤痕"和"反思"等为基本内容的文学在一定程度上满足了群众的骤变心理。

然而，细细品味那时的文学，"文革"期间的"风潮"式的"文学图解政治""概念化的文学模式"依旧没有根本改变，一些当时"与时俱进"甚至有"震撼"意味的作品大多昙花一现就能说明问题。而关于文学的内质并没有在一定程度上体现出来，所以当时的一些所谓有识之士掀起的"拯救"一切的先锋文学运动能在那时昌盛起来，可以说是时代的特殊性所致。可是，要真正意义上"拯救"文学，并不能靠这"主义"、那"派别"、搞"圈子"解决问题。要真正体现文学价值，必须能够提供一个让广大人民群众参与其中的平台，才能还文学以本来面目，体现文学本身的意义，凸显其价值。微型小说的文学价值主要体现在以下三个方面：

首先，微型小说打破雅俗文学的边界，独辟蹊径的自我生存、发展、繁荣的成功实践，为其他小说文体乃至文学样式在日渐低迷的困境中寻求出路提供了有益的借鉴与启示。文学是大众的，还是小圈子的？这是一个在变革的历史时期文学必然要面对的问题。微型小说也必然面临雅俗问题的两难选择。普遍认为，雅文学是属于小圈子的，或者说属于具备了相关鉴赏、理解力层面的人。

而俗文学是属于大众的，是受众面广阔的。"一个艺术家应该选择大众，还是选择小圈子？哪一个是最佳选择？这个答案永远悬而未决。"但事实证明，文学必须要面向大众，才能彰示它的影响力和生命力。实际上，微型小说既有雅文学"阳春白雪"的一面，也有俗文学"下里巴人"的一面。事实上，雅与俗的对立是辩证的统一。没有绝对的雅，也没有绝对的俗。现代艺术的发展越来越冲击着艺术的雅俗之分，甚至冲击着艺术与非艺术之分，传统的两极对立并非不可沟通。微型小说以它的茁壮蓬勃、欣欣向荣之势显示出这一新兴文体的顽强生命力，尤其是它在艺术创作上的丰硕成果和在读者市场上的可喜效应，在小说乃至文学逐渐衰微的当下，尤其显得卓尔不群。

微型小说在雅俗共赏道路上的成功实践，无疑为文学真正走向大众提供了一种契机。因此可以说，微型小说所具有的雅文学和俗文学的双重特质，正是其审美价值的独特体现。

其次，微型小说平民艺术的审美定位契合了时代对文学的要求。业内有人提出微型小说是平民艺术，尽管这并不能确切而科学地揭示出微型小说的本质，但恰是对微型小说雅俗观的合理阐释。微型小说走向大众化，也即平民化，从微型小说作家的创作个性和素质养成角度来说，由于受众面的扩大，更激发了作家去挖掘自己潜在的创造力，也促使他们更加走向理性；另一方面，微型小说的大众化与其艺术风格的多样化并不冲突。相反，近年来，正是多元化的微型小说满足了各种知识层面读者的要求，才使微型小说受到广大读者的喜爱。以《微型小说选刊》和《小小说选刊》为例，近年来，两刊登载了许多艺术风格多元化的、逼近读者阅读心理的作品，拥有了广大的读者群。以"贴近时代、贴近现实、贴近读者"为宗旨的微型小说把对人生和社会的思考，恰当还原成了"平民艺术"，通俗中蕴涵深刻，轻盈中彰显厚重，这是微型小说应对文学困境的有效策略。

  再次，微型小说的崛起，使文学渗透到人民大众成为可能，也使人民大众得到了一个有效参与文学的载体。微型小说的崛起有着鲜明的时代因素。作为一种包蕴纯粹文学要素意义文体的出现，大批优秀的微型小说作品拉近了人民群众与文学的距离，让千千万万的凡人也能走进神圣的艺术殿堂，为很多对文学情有独钟的读者提供了一个施展才能的艺术天地。读者爱读微型小说、报刊乐于发表微型小说，同时也培养造就了作家本身。通过微型小说这一文体的创作与训练，使得大批作者通过微型小说训练走上文坛，读者有时就是作者，作家同时也是读者，实现了人民群众和文学创作者身份的交错，有力地推动了文学的发展与繁荣。

  因此，从以上角度而言，微型小说对文学本身的发展具有强大的推进价值。

（二）日益凸显的文化价值

随着时代与文学的发展，当代微型小说的"文化价值、文化意义也被发现并翔实地令人信服地归纳和阐释出来"。"改革开放后，无论是时代历史发展背景还是社会大众精神文化所需"，都给微型小说"这一文体的兴起提供了相对肥沃的土壤"[8]。

微型小说所具有的能够满足一定文化需要的特殊性质或者能够反映一定文化形态的属性就是它的文化价值。众所周知，具有精英文化特质的雅文学一直高高在上，无法自降身段走下文学的圣坛，真正走向平民。俗文学虽受众面广，却因品质粗陋始终难登大雅之堂，更难以承担起精品文化传承的历史重任。而介于雅俗之间的微型小说就自觉承担起了走下圣殿、走入大众、传播先进文化的任务。微型小说准确地把握了时代的脉搏，以轻灵的姿态和新颖的风貌架构了文学与大众结合的桥梁。由于微型小说应那个时代而产生，应大众需求而出现，使它一出场就融进基层百姓的文化圈中，在给老百姓带来文学熏陶和阅读审美享受的同时，解惑了普通民众对文学的神秘感，拉近了文学与老百姓的距离。由于它雅俗共赏适合大众口味，使更多的读者通过微型小说阅读爱上了文学，普及文化功能成了微型小说的一个特殊的文化价值。由此而言，有学者曾将微型小说文体的形成，看成是一种大众化文化需求的思潮，这一观点不无道理。微型小说架构了文学与大众结合的桥梁，便说明了其无论在社会功效上，还是在文体价值体现上，都是十分有意义的。

从文化视角着眼,微型小说反映时代风貌,贴近现实生活,把握生活本真,无论对于文学功能的体现,还是对于提高读者理解社会、理解生活的能力,为社会主义建设发展鼓与呼方面更凸显其特殊价值。微型小说因为短小精悍,反应灵敏,能迅速反映五光十色、斑斓多姿的社会现实生活,"瞬息万变的情感,微妙难言的情思,稀奇古怪的人物,回味不尽的对话,一个小镜头,一个突转,一个契机也许只适宜用小小说来表现,别的样式再好,代替不了,也表现不出来"[9],而微型小说便能发挥优势。正因为微型小说题材比较广泛,体裁比较灵活,表现手法生动活泼,读者面广量大,能使读者在"嬉笑怒骂"或严肃思考中潜移默化地受到教育,感悟生活,理解社会,把握生活的本真;加之微型小说作家队伍本身就渗透在基层的各行各业、各个角落,就更具备了全方位反映时代生活、揭示时代矛盾的条件。如果微型小说作家能做到既唱主旋律又不单调,既多姿多彩又不芜劣,充分考虑到创作的思想性和欣赏性,尤其要注重考虑读者的文化欣赏越来越倾向多层次和实用性,把审美和愉悦结合起来,兼顾不同层次的阅读要求,促进读者各层次之间的交流,也促进社会文化生活品位的提高。这对当代微型小说的主题能够始终响应时代对文学的深刻影响和迫切要求,更加走向自由、开放与深刻必将起到积极的促进作用。

(三)不容忽视的社会价值

微型小说的社会价值是指通过微型小说这一文体自身的实践活动,发现、创造社会或他人物质、精神发展的规律及内在矛盾的贡献。微型小说除了其强力推进文学价值和文化价值的实现之外,随着人们对其认识的不断深化、认识价值的不断挖掘，它的社会价值也逐渐凸现出来。

其一，在文学人才的培养方面价值独到。可以说微型小说是作家成长的摇篮，很多成名的作家都是从微型小说里走出来的。微型小说在造就培养人才方面功不可没。其二，从社会发展的角度来看，微型小说能紧跟时代节拍，把握住社会生活整体本质，同时也注入了作者深层次的思考。微型小说作家真切地关注民生，快捷地反映时代的发展变化，从现实的角度关注社会，反映人民疾苦、抒发人民积极向上的美好情怀，对于社会的发展进步有着不容忽略的重大现实意义。在一大批微型小说作家身上蕴藏着现当代文学转型过程中有责任、有担当的作家所共有的那种执着、求索、创新的艺术精神，这种艺术精神对于中国当代文学来说实在是非常可贵和必需的。其三，微型小说能冲出世俗的文学困境、改变低下的文学地位、获得主流文坛的认可并登堂入室进入文学史，也正根源于微型小说作家们对于文学的虔诚、坚守和热爱，根源于他们那种以昂扬向上、不畏艰险的主体性为特征的艺术精神的发扬光大。

三、结语

尽管1980年代的微型小说遵循现实主义创作方法，无论是题材范围，还是主题指向上，都能使人真切地感受到作品所烙刻着的特定时代的印记，但那时的微型小说作家对主题的开掘深度仍值得当下微型小说作家借鉴。当下的微型小说从题材的选取直至主题的挖掘上，都应当关注探究现代人的生存本质，着力表现长期积淀在人们人性深处的种种文化心理和精神状态，对当下社会进行更深层次的审视，从而在文化学层面上反映当代人种种传统的精神负累，以及现代社会的各种哲学主题。

作为新兴文体，微型小说一直未能得到主流文学的有效支持与呵护，长期以来这朵孱弱的文艺小花都是在文坛寂寞地开放，从"一枝独秀"到"满园春色"，它的执着、它的顽强、它的艰辛一直很少为外界所知。但不可否认的是，作为当代文坛一种独特且不容忽视的存在，在文学日渐式微的困境之下，微型小说却独辟蹊径、一枝独秀，不能不说是个奇迹，它为当代文学带来了一股清新的空气，因此其研究价值也是不言而喻的。

【参考文献】

[1] 中国作家网.作协新闻发言人就第五届鲁迅文学奖答记者问[EB/OL]. (2010-03-02)[2010-03-08].http://book.sina.com.cn/news/c/2010-03-02/2224266452.shtml.

[2] 赵俊贤.中国当代文学的整体性反思[M]//孔范今，施战军，陈晨.中国新时期新文学史研究资料(上).济南：山东文艺出版社，2006：340.

[3] 宋家庚.小小说呼唤精品力作[J].当代小说(上半月)，2006(8)：56-58.

[4] 王晓明.旷野上的废墟——文学和人文精神的危机(对话录)[M]//孔范今，施战军，路晓冰.中国新时期文学思潮研究资料(下).济南：山东文艺出版社，2006：19.

[5] 陈晓明.移动的边界多元文化与欲望表达[M].武汉：湖北教育出版社，2000：33.

[6] 王蒙. 小小说的明天更美好 [N]. 文艺报，2009-06-09(B02).
[7] 刘海涛. 微型小说的理论与技巧 [M]. 北京：中国人民大学出版社，1990：15-19.
[8] 张春. 小小说发展概观与大众文化视阈的考量 [J]. 五邑大学学报：社会科学版，2008(4)：64-67.
[9] 雷达. 简论"小小说" [N]. 文学报，2002-06-27(4).

宁波微型小说"现象"扫描

— 南志刚 —

摘要：宁波微型小说形成了以谢志强为核心的作家团队，出版一系列微型小说作品集和评论集，在全国各地期刊上发表了数千篇微型小说，多篇作品入选《小说选刊》《小小说选刊》《微型小说选刊》等，题材选择、主题凝炼、文体面貌凸显地域特色，在诗意叙事、历史意识、日常生活审美发现等方面不懈探索。

关键词：宁波；微型小说；现象；谢志强

  写这篇"命题作文"前，心里有些忐忑，原因有二：一是宁波微型小说是否能够称为一种"文学现象"，涉及文学评价机制和评价标准，是一个复杂的文学批评判断，此前尚没有文学批评家明确提出这一问题，也没有批评家将宁波微型小说作为一个独立研究对象进行学理性审视，还需要文学创作和文学批评两个层面挖掘，属于待开垦的处女地；二是我个人对宁波微型小说创作和批评的情况了解并不全面，难免挂一漏万。

  庆幸的是，谢志强先生多年来坚持写作浙江省微型小说年度述评，无私地提供了诸多珍贵而厚重的文献资料；赵淑萍女士组织宁波微型小说作家"自选篇目"，让我能够通过阅读作者选择出来的作品，感受每一个作家的个性风格。鉴于谢志强先生每年写作的年度述评，均在年度《浙江文坛》公开发表，本文充分借鉴吸收谢志强先生的评介文章，又尽可能避开谢志强先生已经采用视角、

作者简介：南志刚，宁波大学人文与传媒学院教授，宁波文艺评论家协会主席。

标准和方法，不在"面"和"线"上过多停留，而是重点通过代表性作品点评，力图显现宁波微型小说作家的个性追求，以期与谢志强先生的系列述评文章相互参照，庶几可以展示宁波微型小说写作的基本面貌。

一

如果宁波微型小说能够称为一种"现象"的话，以下几条可以成为基础理由。

一是宁波微型小说写作已经形成了一支结构合理、风头劲健、影响力日益显现的创作团队。在这个团队中，微型小说"老兵"谢志强不仅是领军人物，而且是宁波微型小说写作"教父"级存在。在谢志强无私指导下，宁波成长起来一批中青年微型小说作家，赵淑萍、岑燮钧、苏平、蒋静波、吴鲁言、赵雨、汪菊珍、彭素虹、吴亚原、毛佐明、万户等，已经引起全国小说界关注。他们或"专业"从事微型小说写作，或由散文、小说写作而转行"兼职"微型小说，年龄多在40—55岁，正是小说写作的黄金时期。

二是宁波微型小说作家出版、发表了"基数"厚实的微型小说作品，一批优秀作品被《小说选刊》《小小说选刊》《微型小说选刊》等推广。不完全统计，2018—2022年五年时间，宁波微型小说作家出版作品集、评论集有：《江南聊斋》（谢志强）、《大名鼎鼎的越狱犯哈雷》（谢志强）、《妈妈打电话的地方》（谢志强）、《小小说讲稿》（谢志强）、《向经典深度致敬》（谢志强）、《如何发现微型小说内部的秘密》(谢志强)、《十里红妆》(赵淑萍)、《纸篓》(苏平)、《表达方式》(蒋静波)、《大樟树下》(吴亚原)、《鲁言鲁语》(吴鲁言)、《族中人》(岑燮钧)等。收入《小说选刊》《小小说选刊》《微型小说选刊》《港台文学选刊》《作家文摘》的作品有:《梨花白》(赵淑萍)、《弹花匠和他的女人》(赵淑萍)、《突然来的电话》(蒋静波)、《花镇蓝颜》(彭素虹)、《抚琴》(岑燮钧)、《猫眼》(岑燮钧)、《嵇康与驴》(苏平)、《发小》(吴鲁言)、《悔棋》(赵淑萍)、《长康伯》(岑燮钧)、《二叔》(岑燮钧)、《驴叫》(岑燮钧)、《竹蜻蜓》(岑燮钧)、《去留》(赵淑萍)、《蜜蜂的理想》(蒋静波)、《化妆》(吴亚原)、《蟹爪兰》(吴亚原)、《戏中寒》(赵淑萍)、《最后一次上讲台》(赵淑萍)、《戴礼帽的女人》(岑燮钧)、《泥炮》(岑燮钧)、《女孩与花儿》(蒋静波)、《枕上书》(吴鲁言)等。

三是宁波微型小说作家写作上普遍"讲究",自觉追求个性化写作特点,表现在主题凝炼、题材选择、文体自觉、人物塑造和小说语言操作等多方面。谢志强从1980年代开始微型小说写作,形成稳定的叙事风格和深刻的批评意识,整体影响了宁波微型小说写作和批评格局。赵淑萍的微型小说温情而有诗意,善于用笔记体书写江南特有的风俗民情,通过《默兰先生》《旗袍》《梨花白》《弹花匠和他的女人》《戏中寒》《去留》等,可以发现她探索诗意叙事的鲜明节奏和温暖底色,表现了赵淑萍对人性、对江南小镇人物、对生活诗意的温情与执着,《小镇理发店》中明眼老人与瞎眼老人用歌声交流,进一步拓展了诗意叙事的路径。汪菊珍着力古镇东沿河人家世俗生活,用流经古镇的小河传递人性消息,善于用小女孩的视角观照小镇人物，着意探寻富有江南气息的空间美学表达，将人物活动放置在明清色调的街道、住宅、小径、墙门之中，用富有象征意味的空间构筑精神乡场，有传统笔记小说之遗风。赵雨的《邻人》以童年的"我"为链编织人物关系，通过具有鲜明特征的女疯子、哑子婆婆、杀牛老汪等个性化人物叙述小镇故事，讲究声音、气味和颜色，形成自给自足的邻人"世界"，在微型小说写作中表现出大格局。蒋静波善于在日常生活中发现荒诞、魔幻的意味，专注于花儿系列，让平凡人物的生命在日常生活中展开，《突然开放的乌饭花》用一碗乌米饭进行阴阳交流，写尽乌婆婆的孤独与深情，是蒋静波寓写实于魔幻叙事风格的代表作。彭素虹有自觉的微型小说体系建构意识，书写花镇的"蓝颜""红颜"和"花颜"，注重人名修辞的美学意味，诗意与花朵伴随，"少年"与"病人"并置，叙述富有隐喻气质。岑燮钧在古典人物系列、戏中人系列和族中人系列不断开拓，无论是古典人物张翰和程士成，还是族中的叔伯姨表姐妹，都带着鲜明的江南气息。苏平的教授系列和书法系列都以高端文化人为主人公，取材决定了小说更加注重文化人格，文化反思相对深刻。吴鲁言善于捕捉乡村烟火气息，《枕上书》《呆头鹅阿珍》善于抓住人物动作表达人物细腻心理活动，在人物心理的"暗"与"亮"的转换中，往往透出苍凉的意味。吴亚原集中书写老年题材，讲究细节，自觉的忏悔意识让小说的温情和悲悯更加突出。毛佐明自觉建构属于自己的"西塘河"沿岸叙事空间，集中于"手艺人"的故事，叙事语言简洁而有力。万户在《英雄》中表达90后的生存境遇，叙述语言间有古典气韵流动，在亦真亦幻的故事里显现别样的感觉。

二

在宁波，许多微型小说作家认谢志强为"师傅"。宁波市文艺界有"师徒授受""结对帮扶"传统，赵淑萍、岑燮钧、苏平、蒋静波等作家，虽然没有经过传统拜师仪式，却在微型小说写作过程中，切实得到谢志强耐心细致的指导，甚至在谢志强热情鼓励下开启微型小说写作。许多次改稿会、创作研讨会期间，会议室的楼道里、吃饭餐桌旁、行路车上，总能看见谢志强和微型小说作家在一起"叽叽咕咕"，讨论选题、讨论细节、讨论用词、讨论结构。

谢志强谦逊低调，待人诚恳单纯，没有城府，处事随和，吃穿用游皆随性，惟二事顶真，绝不马虎，一是打红五心，一是文学写作。尝曰：打牌犹如写小说，拿到一副牌，先谋篇布局，考虑这一牌怎样打，每张牌就像一个句子、一个词语、一个标点符号，都有价值，一定要认真对待。又云：写小说就像打牌，怎样开头，怎样收尾，怎样处理细节，都要精益求精，切不可马虎敷衍。与我等打牌，没有半毛钱的事情，谢志强常常为了5分10分，斤斤计较，为了一张牌不合适，苛责对家，瞪眼叹气，其状如画，童心未泯。正是这种打红五心的顶真劲，谢志强专注于微型小说创作40余年，经历诸多酸甜苦辣，终有所成。迄今出版小说集、评论集《塔克拉玛干少年》《大名鼎鼎的越狱犯哈雷》《会唱歌的果实》《小小说讲稿》《向经典深度致敬》《如何发现微型小说内部的秘密》等35部，发表微型小说作品3000余篇，多部（篇）被译介至国外，数次获得中国微型小说年度奖、中国小小说金麻雀奖、《小说选刊》双年奖，已经成为当代中国最优秀的微型小说作家之一。

谢志强微型小说写作的成功经验是他几十年积累的人生财富，来之不易。然而，在文学上，谢志强不做"守财奴"，他无私地拿出来与大家分享，倾囊相授。如果年轻作者那一篇小说写得好，谢老师一般会眯眯笑着走到他（她）面前，夸奖道：你这篇小说不错，就应该这样写。然后，会列出一二三来，从世界文学经典到当下优秀作品，一一点明这样写的好处，让年轻作者很是受用。如果那一篇写得不够好，谢老师也会眯眯笑着走到他（她）面前，告诉他（她）这篇小说我看过了，不错不错，那个细节那个词语如果这样那样改一改，或许更好了。然后用一个"你看"，列举世界上优秀作家这篇小说是这样写的、那篇小说是那样写的，最后来一句"你怎么会写成这样"结尾。说这些话的时候，谢志强总是笑眯眯的，一脸祥和，满怀真诚，只有在说"你怎么会写成这样"时，稍微偏着脑袋，眼光里突然闪出厉色，稍纵即逝，不注意很难发现。我与谢志强本没有私交，几次作品研讨会上不期而遇，我们对小说的理解有惊人相似之处，遂成好友，竟至时常交流、无话不谈，深切感受到他对宁波作家作品夸之到位，责之有据，心诚意切，毫无保留。每次谢志强出席作家作品研讨会，必定写就密密麻麻几页纸，其上勾线画圈，显然经过反复思量，谈作品则精确到第几页第几行，引经据典，不仅号脉诊病，探析病因，而且开出药方，教授用药步骤和注意事项，其诚恳之胸襟，顶真之态度，令人难忘。谢志强广泛涉猎文学经典，理论思维和创作体验相互参证，微型小说写作和小说评论"两手抓，两手都过硬"，特别对于宁波微型小说作家作品，评论推介用力甚勤，践行老一辈文艺工作者"扶上马，送一程"的历史责任，在当今时代，殊为难得。

谢志强对于宁波微型小说写作的意义，至少表现在以下几个方面：

首先，在谢志强指导和影响下，宁波形成了完整的微型小说写作团队。这个团队不是自然、自发形成的，而是通过师傅带徒弟、一对一帮扶的"工作室"模式，逐步凝聚而成的，团队成员经常相互交流、相互交换、评点作品，既切磋琢磨，又尊重个性发展，取得一定创作实绩，逐渐在全国产生影响。

其次，谢志强的微型小说写作和微型小说评论，将世界微型小说写作的优秀经验带到宁波生根发芽，通过作品研讨会、改稿会、文学评论和私下交流等多种方式，向宁波微型小说作家介绍世界优秀小说家的创作经验，点评海明威、卡佛、博尔赫斯、阿列克谢耶维奇、奥尔加·托卡尔丘克、京极夏彦、桑德拉·希斯内罗斯、达·齐默尔曼、托马斯·伯恩哈德、汪曾祺、冯骥才等作家的优秀作品，帮助宁波作家"发现微型小说内部的秘密"。

再次，谢志强坚守微型小说的文体特质，理论提倡和写作实践相结合，把微型小说写"小"，强调真诚文风。他经常说：小说小说，关键是"小"，主张从"小"出发，写小人物、小故事、小物件，表达个体切身生活经验和艺术体验，文风踏实、真诚。他的微型小说善于捕捉日常生活不经意事件的意味，平淡中见真情，注重诗意审美和生活哲理，常常通过令人会心的细节，表达人性、人情、人心。在谢志强影响下，宁波微型小说作家都注重"小"中见大、以浅入深、事中蕴情、物中涵意，追求淡中之雅、平中之奇，对宁波微型小说写作文风和地域风格塑造，已经产生重要影响，并将继续发挥影响。

有谢志强这样一个负责任的、无私的师傅，宁波微型小说是幸运的！

三

诗意叙事是中国传统叙事美学智慧，是中国叙事文学与音乐、抒情诗相结合的产物，世界优秀小说家亦能够在叙事文体中实现抒情自由。微型小说写作，如何在简洁集中的叙事中，含蕴浓郁美妙健康的情感，是一个需要回答的问题。宁波微型小说作家赵淑萍、蒋静波的尝试，应该引起我们的注意。

赵淑萍的微型小说有古意古韵，不仅表现在题材、故事和叙述节奏层面，也表现在艺术趣味和艺术格调方面。《弹花匠和他的女人》叙述情窦初开小儿女恋爱的故事，弹花匠眉目清秀、心善机灵，少女莲莲清新明媚、轻巧伶俐，二人因盘婚庆棉花喜鹊登梅花饰而心动，"两人拉着线，看线，也看对方"，就这样看了一辈子。赵淑萍用灵动的文字叙述纯净稚嫩的小儿女爱情，节奏不疾不徐，调性有汪曾祺小说的味道，事简而韵长。《梅花尼》叙述容颜姣好、大家出身的"她"上元节赏灯,偶遇英俊少年段生,情窦萌动。为了守住这份少女之心,"她"18岁执意出家,每年梅花开放时节云游四方,心中的梅花执念常驻不散。数年后,错过美好姻缘的二人梅园偶遇,作《咏梅诗》,得"梅花尼"名号。最后,段生葬于梅园,"她"圆寂时口衔梅花,唇边有微微笑意。这种叙述如古诗、如戏文,有着浓郁的抒情意味,继承中国诗意叙事美学精神。赵淑萍的其他微型小说也深得古意古法三昧,《看客》巧用庖丁解牛,在"看"与"行"之间展开叙述,有理性思辨;《戏中寒》以戏写人,有古代笔记小说的笔法;《烂屎阿三》巧妙运用中国传统循环叙事的结构,从讨厌村人称其绰号到渴望听到绰号的"轮回",把王局、王处、王小山变回了"王小三",传达出超出世情生活的生命感悟,笔调向着淳朴乡村伦理回归。

蒋静波善于用诗意情怀打量老人内心世界,重建人与自然的生命联系。《梅花烙》从三爷爷借用我家梅花烙开始,叙述三爷爷和四奶奶的故事。四奶奶年轻时守寡,三爷爷喜欢四奶奶,四奶奶也接纳三爷爷,可是三爷爷的父母不同意,说"除非等下辈子"。此后,三爷爷终生未娶,四奶奶也没有改嫁,两个相爱的老人相互关心、相互照顾,发乎情止乎礼义,走过了大半生。临终之时,四奶奶和三爷爷相约在手腕上烙梅花印,到另一个世界相互寻找辨认。三爷爷和四奶奶天荒地老、相濡以沫的爱情没有结果,却相守终生。小说构思精巧,线索清晰,笔调抒情,没有对三爷爷和四奶奶的一生展开叙述,也没有浓墨重彩描写两位老人的相依相恋,而是通过我家的梅花烙,将两位老人几十年的生活凝聚在几天时间内,用三爷爷的愧疚和四奶奶的补偿,展现了他们地久天长的爱情,具有中国传统诗意叙事的韵味。《油菜花开燕子来》叙述奶奶与燕子之间的生命联系,燕子离去了,奶奶病情加重,油菜花开了,小燕环环和点点围着奶奶叫个不停,奶奶笑了,可以下楼了。这种主人公与燕子之间和谐共处、生命交流的关系,让我们想起《最后一片树叶》,作者在人与物的共情交流中,探寻一种富有诗意的生命真谛。还有那个每天给亡夫送乌米饭的乌婆婆(《突然开花的乌饭花》),那个给苦楝树戴口罩的水伯伯(《戴口罩的苦楝树》),都令人难忘。

四

小镇叙事是中国现代文学的传统,从鲁迅笔下的"鲁镇"开始,江南小镇就成为连接传统乡村与现代城市生活的重要节点。宁波微型小说作家普遍关注小镇的社会学意义和美学意义,其中,汪菊珍和赵雨的微型小说锁定"小镇",用纯净的童年视角打量快速变化的小镇人物和故事,书写城镇化进程中的乡村,拉开农业社会转变的序幕,缅怀逝去的乡村伦理和乡村生活方式。

汪菊珍似乎对乡村老人们的传统生活情有独钟。《灯花》叙述因台风影响而搬迁到一起的几家人,在"新"的生活环境下,继续着传统的生活方式和人伦关系。爷爷叹气"又做了一天人客",念叨着"无钱买粮食,早困早将息",外婆借着煤油灯摇着纺车,父亲靠在灯旁编织草鞋,雨焕哥哥和阿牧伯伯在我家围墙根下争吵不休，海婆婆经常来串门，告诉外婆品尝新米的好办法。后来，海婆婆病得很重，但咽不下最后一口气，外婆探望海婆婆，试探出海婆婆想回祖屋的心思，大家一起帮着阿海在老地基上搭建草屋，将海婆婆抬进去，让海婆婆安心地走。汪菊珍用深情书写海婆婆人生最后的愿望，笔调阴郁而苍凉，而重情重义的乡村邻里关系，又令人珍惜、向往。《三个相框》从一开始就将阴郁苍凉的景象呈现给读者：太阳从老宅前的墙门外一点点消失，墙角的石楠被风吹下一串珊瑚色的果实，寒风钻进来发出呜呜声。故事仍然发生在汪菊珍构建的"东河沿"，在这阴郁时节，她——年逾七旬的老妇——经过几年在儿女家之间"漂泊"，终于决定践行丈夫的遗嘱，去养老院养老。办好了养老院所有手续后，她去照相店放大了几幅丈夫的照片，带着金银之类和照片，想送给儿女们，让孩子们有个念想。但是，她一家一家跑下来，金银送出去了，丈夫的照片带回来了：大儿子家的墙上整一排大儿媳祖先的老照片，二儿子家一尘不染没有挂照片的地方，小儿子和儿媳正要送孙子去医院。最后，她只能将三幅照片放进衣柜的抽屉锁上。这篇小说不是简单地反映人与人之间的代沟，也不是简单叙述乡村老人的晚景凄凉，而是通过"三个相框"的故事，揭示乡村伦理遭遇现代化城镇人居环境和都市文化伦理的无奈与苍凉。如果说，《灯花》还给了海婆婆灵魂安放的草屋，那么，《三个相框》则把乡村老妇的灵魂置于无处安放的境地，乡村伦理和风俗习惯在现代城镇生活的语境下，让人无奈地迅速崩塌。于此，可见汪菊珍微型小说的叙事深度和叙事风格。

赵雨笔下的人物颇具乡村传奇性，他抓取乡村具有生理特征、职业特征和性格特征的人物，在清晰交代人物与我的关系基础上，展开叙述。《邻人》系列包括《女疯子》《哑子婆婆》《杀牛老汪》《陈老头》《建华和尚》五篇，每一篇既相对独立，又紧紧纽结一起，前一篇留下的悬案，需要到其他篇目中寻找。疯女人和哑子婆婆的结局，放在《陈老头》《建华和尚》中叙述，杀牛老汪为什么总是打老婆，在《陈老头》中有了清晰答案，哑子婆婆为什么喜欢小孩子，总是拿好东西给小孩子吃，在《建华和尚》中找到了线索，等等。这种结构方式，通过互文性、互见法进行"补充叙事"，起到事半功倍的效果。《建华和尚》中，建华和尚拒绝为疯女人治丧，却大肆操办哑子婆婆的丧事，不仅塑造了建华和尚形象，也完成了对《疯女人》《哑子婆婆》的补叙，隐约表现乡村伦理的淳朴和厚情。通过《杀牛老汪》和《陈老头》互文互见，可以发现老汪老婆"搞破鞋"的原因：老汪杀牛，院子里充满血腥味和牛的惨叫；陈老头居住在竹园坝塘，满目青翠，泛舟池塘。赵雨的"邻人"形象常有"反转"，老汪是个狠人，杀牛狠，打老婆也狠，杀牛是谋生，打老婆是发泄，可是在哑子婆婆丧事上，显现出豪爽、懂理的一面。哑子婆婆被村人用来吓唬孩子，却对孩子们和善可亲。陈老头居住在安静的竹园坝塘，生活悠闲，似乎人畜无碍，却与杀牛老汪的老婆搞破鞋。建华和尚出家学习谋生本领，一个假和尚领着一群真和尚，本来是搞笑的事情，但建华和尚在帮人治办丧事中，坚守乡村人伦关系，境界瞬间升华。于此，我们不难发现赵雨微型小说乡村叙事的小秘密。

五

　　如何在微型小说中熔铸历史意识，表现人与历史、人与地理的深刻联系，破解人与人关系的密码，岑燮钧、苏平和毛佐明的微型小说进行了各具特色的探索。

　　岑燮钧善于写人，善于写处于长时段时间流变中的人，通过一个具体人物的前后对比，反映时代风气变迁。小说情节简单明晰，人物集中，故事流动性强，省略的时间空间容量往往超出所书写的时间空间许多倍，通过有限的书写，指向丰富广阔的外部时空，相对含蓄地表现特定人物与历史、现实的关系。他喜欢选取具有比较长时间跨度的人物和故事，善于在长时段的世事变迁中，抓取时间流程中的某几个点，采用定格摄像的方式，把几幅定格摄像连接起来，反映人物命运变化和大时代之间的关系，揭示特定人物的命运。族中人系列中《高僧》具有代表性。"我"七八岁时，祖母带着我去开光，第一次见到留着短发、穿着短衣在地里侍弄农田的"舅公"，舅公是一个标准的农民，一点也不像出家人；几十年以后，我做了记者，香港老板出资重光南山寺，"舅公"作为弘一法师的弟子，主持南山寺，佝偻着背、面皮焦黄，只是一个瘦小老头，在重光典礼上结结巴巴、满口土话，不合时宜。小说捕捉这两个与有德高僧"错位"极大的场景，叙述和尚舅公经历日本人轰炸寺院、"文革"时期化身农夫、如今回归"和尚"，始终坚守南山寺，舅公的经历与社会变迁相互参照，小说意蕴远远超出对舅公和尚的具体书写，获得较为广博的社会意义。戏中人系列中的《醋溜鱼》，捕捉剡剧名伶白秀文时隔三十六年，与恋人何生两次共餐醋溜鱼的场景，一次是三十六年前的外滩，何生即将移居中国台湾，从此二人天各一方；一次是三十六年后，重获艺术生命的白秀文到香港地区演出，何生专程从台湾赶来看戏，二人在香港回味白秀文爱吃的醋溜鱼。小说没有叙述白秀文三十六年怎样度过的，而是通过"藏照片"的经历，诉说着白秀文对何生的思念和经历的时代之痛，"为了这一张照片，她受了多少苦。藏过天花板上，藏过煤炉灰里，甚至藏过马桶底下，但最终还是被搜出来了。"小说没有大起大落的情节，将白秀文和何生几十年的经历隐藏在省略之中，在平静淡然的叙述背后表达对人物深切的同情，痛诉社会变迁给普通人带来的生离死别。

苏平的微型小说多以"文化人"为主人公，取材向历史和现实两个方向张开，注重传达人物精神气质。教授系列《孔行松》《贺加米》《陈缶》《付天一》等篇叙事灵动，在看似散漫的故事背后，"品评"人物特立独行、散漫不羁的行为和品格，颇有魏晋品评人物之遗风。书法系列的《乞米贴》《争座位贴》《移蔡贴》等，围绕几幅书法作品叙述唐朝史事，彰显颜真卿铮铮铁骨、疾恶如仇的文人品格，弘扬中国传统书法"文如其人"的艺术精神。《嵇康与驴》由嵇康打铁怼钟会故事开拓叙事空间，行至弹奏《广陵散》，传达嵇康保持的魏晋风度。《老王的逻辑》叙述退休教师王教授用打扫小区卫生锻炼身体，不意触动人情逻辑和管理逻辑，最后彻悟真逻辑的过程，文章虽短，意蕴丰赡，是一篇心灵逻辑与世俗逻辑的辨识。《捡骨师》貌似现实，带着些许寓言性质，也表明苏平微型小说的另一种取向。

毛佐明已经建立属于自己稳定的叙事空间——西塘河，小说中的人和事集中于西塘河沿岸，首先登场的是游走于西塘河一带的钉碗师傅、大西坝的苦力和西塘少年松年，他们都是有手艺的人。书写手艺人的经历，让毛佐明的微型小说带着些许江湖气，有着手艺人的坚守，有着江湖道义，有着江湖人的"偶遇"，也有着江湖式的和解，体现一种江湖伦理。钉碗的阿耿师傅技艺精湛，一时走神打碎了主人家的瓦瓮，最后在主人的理解中和解。失去父亲的少年二猴被师傅收留，十余年跟着师傅学艺有成，当师傅被官船上随从鞭打后，师傅的报仇方式是临空一鞭，既发泄了委屈，又达成与官家和解。《画中人》中少年松年高考失利，却在西塘河边巧遇"恩人"，重新拾起进入美术学院的希望，达成与自我命运的和解。书写江湖社会上形形色色的和解，比起书写江湖仇怨要求更高，毛佐明或许在探索不同的和解方式，包括与自己和解，与别人和解，与大自然和解，也许需要小说家用一生进行探索，我期待毛佐明更多的微型小说作品。

六

小说贴着人物写。日常生活是每一个人物最基本最扎实的生命活动，如何在烟火日常中发现意义和意趣，通过微型小说表现时代变化，需要生活功夫，需要审美发现。吴鲁言、彭素虹、胡新孟、吴亚原善于用美的眼睛发现烟火人生之美，表现出微型小说的"诗外"功夫。

吴鲁言的微型小说颇具烟火味道，小说场域集中于乡村或新住宅小区，对村镇老人家的生活更感兴趣，往往通过一个场景、一个故事，点中老人家心里的痛点，小说结尾多有一种苍凉的况味。《最后一幅画》叙述90多岁的吴大师回乡，受到当地政府和乡邻的隆重接待，搁笔许久的吴大师答应小朋友画了一幅画，小朋友却要求他落款盖章，"您不盖章，这画就不值钱"。童言无忌，照出世态炎凉。朱三爷爷和老林支书心心念念的玉米地被改造成了水泥场院，二位老人身体出了问题，只能在回忆中享受玉米地的快乐。(《朱三爷爷的玉米地》)85岁的陈老太担心自己死在钢筋混凝土建造的楼房里，一定要回家，死也要死在自己的祖屋陈家大院。(《陈家大院》)那位一定要别人称呼自己"王太太"的王太太，担心自己死后不能进入烈士陵园，为了和英雄丈夫葬在一起，拼命做好事，年逾八旬的王太太，勇敢地推开差点被电瓶车撞上的小学生，临死前还捐献出身体零件，终于获得进入烈士陵园的资格，带着丈夫青年时代英俊的照片，安详地离开人世。吴鲁言善于通过平常生活事件，发现人生的苍凉意味，集中叙述一个小故事或描绘一个小场景，在结尾处突然显现出故事的意义，多了一些世态炎凉(《一枚方戒》《照镜子》《突然》等)，少了一些温暖。

彭素虹写作微型小说属于"兼职"，选材范围"近取诸身"，书写身边熟悉的人。《紫梅花》《黄梅花》《文心兰》都以花卉命名，叙写三位女性长辈：爱做梦的紫梅花姑妈、坚持写日记的黄梅花姑妈和爱穿旗袍跳舞的文心兰姨妈，通过三个人物的人生际遇书写女性的生活环境和生存理想，善于抓住人物最突出的性格特征，在平实叙述中潜藏着淡淡的不甘。胡新孟的微型小说取材身边底层社会的人和事。《口红》叙述年轻守寡的"她"为了生计不停劳作，记忆中涂口红还是拍结婚照时老板娘帮她打扮的。《存期》讲述退休的詹老师如何算计着存钱，老伴病故了，詹老师把五年期改为二年期，又改为一年期。《邻居》揭示相互邻居几年，见面客气地打招呼，从没有留意过她是干什么的，瓜子脸还是鹅蛋脸，揭示邻里关系的隔膜。胡新孟的微型小说表现出良好的把控力，注重让人物和事件自我"呈现"，作者不进行任何评价分析性叙述，把评价的选择权交给读者，体现出一种冷静气质。吴亚原的微型小说多采用童年视角，书写自己的小姐妹，将儿时的天真与成年遭遇进行对比，有一种怀念童年的愁怨。《印花洋布》中我的同桌，小时候爱讲鬼怪故事，活泼健康，充满活力，自从奶奶不让她讲故事吓唬我之后，印花变得沉默多了，像秋日的野花，蔫蔫地没有精神。再见印花时，她完全忘记了会讲故事的自己，完全变成了一个普通农妇。《河边的错误》叙述"我"十二岁时，发现小芳潜入代销店偷麻饼，导致小芳被抓，后来离家出走嫁给外乡人，在怀旧叙述中弥漫着追悔情绪。

【参考文献】

[1] 谢志强：小小说的变与不变——2018年浙江小小说（故事）述评 // 浙江省作家协会：浙江文坛(2018卷)[M]. 杭州：浙江文艺出版社, 2019.

[2] 谢志强. 小小说的讲究：作家的发现与人物的表现——2019年浙江小小说述评 // 曹启文编. 浙江文坛（2019卷）[M]. 杭州：浙江文艺出版社, 2020.

[3] 谢志强. 小小说的选择：哈姆雷特式的生存之间——2020年浙江小小说述评 // 曹启文编. 浙江文坛（2020卷）[M]. 杭州：浙江文艺出版社, 2021.

[4] 谢志强. 突破模式：讲好故事，写活人物，用妙细节——2021年浙江小小说述评//浙江省作家协会. 浙江文坛（2021卷）[M]. 杭州：浙江文艺出版社，2022.

[5] 谢志强. 小小说之冰山：构建整体性显与隐 小与大的格局——2022年浙江小小说述评，未刊稿。

[6] 谢志强.2022年宁波小小说新姿态，未刊稿。

[7] 叶向群. 甬上小小说创作的"师徒授受"现象[N]. 宁波日报，2020-12-8（B1）.

进入谢志强小小说的几个关键词

– 徐小红 –

摘要：从魔幻、荒诞、寓言、碎片、符号、物件、飞翔等词语着手，结合作家代表性文章，分析其创作的现代派艺术特征。

关键词：魔幻；荒诞；寓言；碎片；符号；物件；飞翔；真诚

谢志强先生自20世纪80年代以来涉笔文学创作，迄今已发表小小说近3000篇，出版小说及文学评论专著32部，多部作品被译介至国外，多篇作品入选大、中、小学语文教材和考题。曾获多届中国微型小说年度奖，两次获得中国小小说金麻雀奖，多次获中国小说学会年度排行榜（小小说类）、《小说选刊》双年奖等奖项，两次获浙江优秀文学作品奖。其最具影响力和代表性的创作主要在他的小小说和小小说理论方面。他的小小说作品主要以"沙埋的王国"和"艾城"两个"地域"为"根据地"，带有明显的"谢氏特征"，以魔幻、荒诞、碎片化、寓言式等先锋派笔触表达他所认识的世界，形成了个性鲜明的小说叙事体系。理解他的小小说有一定的"难度"，解读其作品主要由以下几个关键词切入——

作者简介：徐小红，编审。曾任《百花园》《小小说选刊》编辑部主任、郑州小小说学会副秘书长。出版小说及文学评论合集《梯子开花：小小说的难度》。

一、魔幻

代表性作品：《会唱歌的果实》《黄羊泉》《红狐》《小镇奇遇》《鸽子》《珠子的舞蹈》等。

谢志强先生是中国小小说界最早被打上"魔幻"标签的作家，早在20世纪80年代就开始了魔幻小小说创作，2000年就出版了一本有魔幻、荒诞色彩的小小说作品集《影子之战》，次年又出版了《谢志强魔幻小小说选》。此后，陆续出版了《大名鼎鼎的越狱犯哈雷》《会唱歌的果实》《新启蒙时代》等。在他勤奋的笔耕中，小说创作以现代派/后现代派（或谓之先锋派）为主要特征，长期坚持，形成典型的"谢氏特色"，与滕刚、蔡楠被共称为小小说"先锋派三杰"。而且，在"先锋派三杰"中，他先锋探索的触角伸得最远，态度也最彻底，始终表现出一个纯粹的纯文学作家的掘进姿态。

荒诞是深层的真实、本质的真实，魔幻则是充满神秘的、人类尚未破译其密码的、属于自然事物（事理）的真实。荒诞更多地切近社会生活，留下人类影响的印迹；魔幻，则是人和大自然"交流"过程中的产物。魔幻，常常有"迹"可寻，有"线索"可以追"踪"。而魔幻作家，则是接近于巫师的术士，偏执，只为忠于意念，倚仗强大的精神定力的支撑，创造魔幻世界的完整。荒诞和魔幻有时候又相互交织、协同作战，共同完成作家抒发胸臆的文学使命。

谢志强的魔幻主要有记述"灵异"事件、在创作中植入梦境两种表现。

(一)灵异

魔幻小说家的表达,是基于自然万物皆有灵的观念之上的。在文学作品里,魔幻不是虚幻,而是身边的世界投照于作家心中的形象化表现,是"魔幻写实"。

谢志强的魔幻现实主义的作品基于他自6岁开始长达20余年的新疆生活的底子。茫茫沙漠,人烟稀少,沙漠里自然环境恶劣,多有饥馑干渴以及被兽、匪伤害之魂,民间传说就非常稠密,填充了漫漫长夜。所以作家有"沙埋的王国"系列小小说集《大名鼎鼎的越狱犯哈雷》《珠子的舞蹈》等以及长篇小说《塔克拉玛干少年》(其实仍然是系列小小说合集),抒写着沙漠的传奇。在作家的笔下,麻雀是一种"会唱歌的果实",而且知道谁对它好,谁对它有威胁(《会唱歌的果实》);泉水会因为"情感受伤"而从甘甜变为苦涩(《黄羊泉》);穿狐皮大衣的女人,在"我"的跟踪下,与皮件商场衣架上挂着的那件火焰般的女式大衣重合,消失不见,之后良久,那件大衣,"还微微抖动着"(《火狐》);原本是大臣献给国王的鉴毒的宝物珍珠,在国王的溺爱下逐渐失去鉴毒功能(《珠子的舞蹈》)……这些,并不是作家的臆想,而是事物遵循"内在逻辑"发展的"外在表现"。

(二)梦境

谢志强在他的《小小说讲稿》里说:《小镇奇遇》基于一个梦。他是这样描述此事的:

"醒过来,是早晨,我还能闻得'猛兽发作前唾涎的气味'。那个气味笼罩着我,渐浓,我直感,得写出来了。还有梦境的场面和气氛。像一只鸡急于找一个地方下蛋。那是周六，书房里，我进入那个魔幻的场面和气氛，一气呵成，把它用文字固定下来了，几乎没作过多的发挥，基本保持了梦境的原态。"

日有所思，夜有所梦。能够把梦境当作"现实"去表达的作家则是掌握"玄机"的人。敏感的心，灵慧的触觉，长期的修炼，是促成这一切的必要条件。

《鸽子》里，丈夫做了背岳母上楼的梦，妻子遗憾，怪逝去的母亲没有托梦给她，丈夫宽慰妻子："你也许遗忘了，你没有忆梦的习惯，做了梦，醒来一动，梦就消失了，像胶卷曝光。梦相当娇气。"

究竟人死后有没有灵魂？许多人都经历过"托梦"事件。笔者自己就有亲身经历。在清明节尚没有被列入法定假日时，有一年，我忘记给父亲上坟，于是，做梦梦到父亲的棺材上积了厚厚一层土。我从小跟着外婆长大，对她感情特别深。她去世后，快到一周年的时候，我梦到舅舅用一辆三轮车拉着外婆艰难骑行。梦里，天下着很大的雪，外婆身上积了厚厚一层雪花。这种来于梦境的提示，真的是一些神奇的经历。梦境与现实之间肯定有一个奇特的通道，能够在这通道上往返的人，必定要澄心净虑，耽于内省，才能做梦境的复述者和传播者。

有"作家中的作家"之称的博尔赫斯也是一位尊重梦境的作家，他的小小说《双梦记》取材于《一千零一夜》的故事，记述了两个梦境。故事流传久远，携带着人们对于信念的尊重和对于有德行的人的崇敬：一个有德行的人相信梦并且按照梦的提示行动，历经千辛万苦，结果在梦中提示他要交好运的地方遭遇厄运，进入监牢。之后，却在被提审时得到了一个关于他所在城市藏宝位置的梦，这个人并不因相信梦找到"厄运"而丧失信念，继续对于梦的启示保持最高的礼遇，果然在别人的梦境所示藏宝处得到了宝藏，宝藏居然就在他自己家里的某个地方。这是"志之所趋，无远弗届"的另一种表达。还有对于"宝藏"的悖论："你去远方寻找宝藏，其实，你所处的位置就是藏宝的地方。"当然，对它的解读因人而异，从而形成主题的"不确定性""含混性"。主题的"含混"与"多义"，这是小说发展到一定时期所追求的新高度。

民间传说肯定有一定的现实的影子。梦必有迹可寻，一些梦则具有某种神性或者喻示、预示。所以我国有《周公解梦》，西方有《梦的解析》。梦有它自己的现实逻辑，这是梦境在文学作品中隐喻现实的理论基础。有情节的梦有时候天然的就是小说，这是文学家的幸运和奇遇。谢志强就是这幸运者中的一员。

在梦境里变成纸然后再变身为鸽子飞向墓地的岳母（《鸽子》）、在国王的溺爱下逐渐失去鉴毒功能的珍珠（《珠子的舞蹈》）等，带着魔幻色彩的作品，都有其发生的内在逻辑，可能存在未被探知的科学依据。而作家，仿佛是先知先觉的智者，先于普通人开了"天眼"，因而对于我们见惯不惊的身边世界具有"透视"功能，为我们提点出本质的现实。

二、荒诞

代表性作品：《女模肚里有条虫》《空白》《独腿表演》《怀孕

的男人》《身份》《能说话的那堵墙》《第一个无语周》《超前新闻》《泥土！泥土》等。

荒诞，是更深层的真实。是正常生态体系被社会环境扭曲了的、显示出荒谬面孔的真实。

试以《女模肚里有条虫》为例说明这种"更深刻的真实"。文章只在开头给出一句交代的话，中间全部采用对话体，以模特儿之口完成对于"虫"的刻画：模特食用了减肥虫。"那是民间培育的有灵性的虫，它能不断清除人体内的脂肪"，所以模特又大量进食又能保持好身材。但这条虫不只是吃食物，它还有灵魂，需要好听的音乐，还需要一个T型台。女模特最后说：迟早我会被它吃空。而且它不断地通过毛孔向外排卵，会传染。在"我"的想象里，这位女模，她的身体整个的是个蛹，那条虫，将破壳而出，甚至那条虫一出来，便会展开翅膀飞翔——它的智力达到了人类的水平。

这种形象化的表达荒诞而又让人生畏，但在表象下又潜藏着深刻的真实！这样的事情每天在许多人身上上演。患得患失，贪欲无度，身体只是为满足欲望的一个寓所，在欲望的驱使下，身体最终要被欲望这只贪虫掏空，成为一具空壳、一具行尸走肉。

《空白》则以一次车祸导致的左腿的空白引来身体其他部分最终也变成"空白"（左腿因车祸离开人体——空白——轻，变成需要被精心对待的重；为了救治伤腿，身体成了过度劳役的机器，从而变得非常"轻"——喻示身体的空白）的"荒诞"推导，极大地控诉了肇事逃逸者的不负责任，凸显了腿主人在现实生活中只能抛舍断腿的无奈。

在物质社会里，一条因车祸失去的腿也可以被培育为明星，进入上流社会，而它原本依附的主体的人却不被重视。人作为社会细胞，已经被打上新的标签，人本身只是一个被标上价格的符号，与他是不是"人"没有关系。《独腿表演》中的"独腿"就像拳王的拳头、足球运动员的脚。社会赋予明星人物以天价的招牌，这是"社会"的产物，作家只不过用特殊的笔触生动地表现了出来。

爱情在谢氏的作品里很少堂堂皇皇地占有席位，然而，在《怀孕的男人》中，作家把握了爱情——极端美丽，极端神圣，一尘不染，仿若标本：

"他"怀了"她"——一个散发着嫩嫩的新茶气息的女子。女人如水。"他"白天在图书室喝那位女图书管理员倒的茶水时，水里面有一位秀美的女子的面影，是"他"喜欢的那种类型。白天，女人消失，又进入"他"的腹中。这也可以理解为作家借"他"与"他自己"（"他"怀的"她"）谈的一场恋爱吧——一个人的恋爱。"他"既是爱者，又是被爱者，二者重合在一起。最美好的爱情应该是这种恋爱吧。

小小说怪才滕刚对于婚姻有两篇著名的表达：《婚姻状况》——离开妻子，他身上就剧痛，也只有妻子，才能疗愈他的剧痛。他忍受不了和妻子的婚姻，又离不开妻子的治疗。婚姻就是一袭华丽的藏满虱子的袍子，不披，会冷，会没有体面；穿之，会痒，会遍体鳞伤。《马原报告》：夫妻经常吵架，科学研究出来的解决之道居然是寻找聋哑配偶。其实，聋哑配偶就没有矛盾吗？可能有了矛盾就直接分手了吧？不必经历争吵的阶段而已。

《怀孕的男人》设置一个荒诞无稽的故事——"他"怀了"她"。"她"融入"他",永不分离,永无矛盾,永远和谐,同频共振。这不啻是现代笔法的爱情童话。

《能说话的那堵墙》则表现出社会生活中的人内心深深的孤独。没有可以说真心话的人,只有对着墙壁才能够表达真实的内心。

像这样真实而又荒诞的作品在作家的小小说作品集《新启蒙时代》中比比皆是。思想天马行空,艺术也就没有羁绊。即便说任何解读都是误读,文本也终究有其行走的方向。文字是具体的,因而也是局限的,文本只给阅读者提供一种固化的形态,其所表达的内容则通过读者在阅读实践中掌握的"文化密码",依赖不同读者的想象,得到不同程度的扩张。

荒诞的真实,是一种抵达本质的真实。借助荒诞、变形的表达,简洁、传神,化繁为简,放大了文本的所指和能指。

三、寓言

代表性作品:《桃花》《启蒙教育》《鼓掌的权利》《重返肉骨头》《惯性》《第一个无语周》《想象一座城市》《消失》等。

寓言是指用比喻性的故事来寄托意味深长的道理(一般擅长用动物来拟指人类精神生活),给人以启示的文体,字数不多,但言简意赅。后来把这种具有某种寄寓的小说作品泛称为寓言,其实侧重的是其创作手法的寓言性质。

传统形态的寓言一般在故事叙述完成后会给出总结性的、启发性的提示语，而当代寓言体小小说不把寓意或者警示直接告诉读者，只是把所要表达的东西渗透进文本（像溶质溶解于溶剂一样），让读者自己去体悟。这是当代寓言追求的新高度。

谢志强无疑是寓言体小小说创作者中的翘楚。试以《桃花》为例说明谢氏创作的寓言风格。

传统寓言擅长用动物来拟指人类精神生活，《桃花》则以植物桃树拟指人的一生。文本打破"小小说是瞬间艺术"的观念，以一千多字的篇幅，勾勒了桃花的人生轨迹，以"均匀抽取式"倒叙法抽取一个女人一生的一些代表性片段，从而完成关于一个女人一生清清白白的传记，形成高度凝练和感性的叙事美学。笔者在《小小说结构美学初探》一文中对于它简括现代的叙事有如下总结："开篇是'A城最年长的阿婆卧床不起了，她的气息微弱'。接下来的叙事从她床头摆的一竹篮水蜜桃开始。作家运用现代派的手法，将'外孙'的想象与阿婆的梦境交织在一起，使表皮发皱的水蜜桃'逆生长'、'穿越'返回生命原本的幼芽时期，以回望的方式叙写新陈代谢规律。最后再回到现实，落笔于阿婆在微笑中逝去。阿婆名叫桃花，在'外孙'的意象里也被类比于桃树，赋予'桃花'以双重意义。文章笔法简括现代，把人'拟物化'，写出一种自然状态下的人的生命的美好。"[1]

以植物桃花，类比女人桃花，凸显一种自然自在的状态。文本的寓意是：如果一个人能够如此，该是多么幸福殷足啊！

《启蒙教育》是《新启蒙时代》一书中重要的篇什，文章中，房主与小偷对话，从"看物识字"开始。《新启蒙时代》书签上有这样一句话："作家应当关注常识，以常识的眼光去发现异常，其本意是回归常识。"在我们的社会生活中已经有太多的"潜规则"，太多的见惯不惊的反常识的东西已经成为"新常识"，所以需要开启新的启蒙时代。该书从孩子教育开始（《纪念一个孩子》《启蒙教育》等），到社会生活的方方面面（《鼓掌的权利》《提前草拟的悼词》《想象一座城市》《消失》等），题材几乎无所不包，工作、人生、命运、婚姻、爱情等，在108篇深度思考的成果里，构成一个需要被启蒙的时代的画册。

《纪念一个孩子》：大家都在早教，都怕输掉，普遍具有危机感、紧迫感，从而形成教育怪圈。过度教育会毁掉我们的下一代，也就是毁掉了我们的未来。我们习焉不察，只知道顺着潮流，融入潮流，殊不知它与孩子的天性相背，恰恰会毁了孩子的天真甚至性命。文章结尾说：一个不会玩的孩子换来了孩子们的玩。可惜这只是作家的想象。现实仍在进行着荼毒儿童天性的"教育"。

《鼓掌的权利》《身份》《消失》《泥土！泥土》等都有某种荒诞感，又都具有深刻的寓意。

女模特成为代表欲望的虫子的寄寓体（《女模肚里有条虫》）；演员"活着仅仅是顶替戏中的一个角色，真实的他早已不在了"，而且，"这个城市简直像在演一出戏"（《消失》）。如果说还能看到一丝"曙光"的话，只有喜欢肉骨头的狗、桃花、葵花等一些比人类"低级"的动物和植物一般的人才有自己真实的生活。而桃花，虽然寿终正寝，但她的存在在现代社会里是一个疑问。葵花，不但有一些另类、不合群，而且，她早早地从人们的视线里消失了，踪迹全无。葵花是一个不懂人情世故的当代女青年,她的消失,与《百年孤独》中乘着床单飞去的俏姑娘雷梅苔丝有某种相通性。桃花的死,是一种现代社会中人的"非正常死亡"(像植物一样自然凋敝);而葵花,是现代社会中人的"非正常存在"。所以,与喜欢肉骨头的狗一样,她们都不能说具有"真实的""现代生活"。或者说,《桃花》表达的是作家的一种理想目标,《向日葵》则代表追求"真实生活"的失败经历。

一定意义上,《新启蒙时代》是一本关于"我"的寓言体传记,更是一本寓言体的当代社会扫描。世界按常识出现,人人按常识出牌,社会就会很规矩、很和谐。《新启蒙时代》以批判的姿态,用先锋的笔触,发出构建和谐社会的强烈呼声。

四、物件

物件在谢志强的作品里,正如作家在《小小说讲稿》里所说:"物件是和人类平等的存在……物件具有人一样的力量。甚至是小说中举足轻重的角色,时常占据核心的地位。"作家的小小说中,往往借助物件表达他的某种象征或者寓意,赋予物件一种角色意识,灌注物件以灵慧和力量,不但把动物如狗(《重返肉骨头》)、麻雀(《会唱歌的果实》)、虫(《女模肚里有条虫》)、黑羊(《黑羊》)等作为物件,让它们表演,扮演角色,甚至是机体的器官或者零件如肉骨头(《重返肉骨头》)、羊毛(《黑羊》)、葵花(《向日葵》)等,乃至抽象的概念如差错(《享受错误》)、惯性(《惯性》)等都可以作为物件，寄寓某种象征性的意蕴。

在谢志强的小小说里，物件不但有灵性，还有尊严和个性。《启蒙教育》的门、窗、桌等，都是神圣的，具有独特的功能。这些代表物件的文字符号，回到常识中去，竟然具有小说的"意念"。这是作家的独特发现，是物件自身具备的魔力。《重返肉骨头》：被主人豢养的宠物狗雪球一定意义上代表主人的品位，所以当记者准备拍摄狗啃肉骨头的画面时，主人不是太乐意。记者本意是要制造一个狗明星，却遭到了狗本性上的反对——它居然公然对记者说："讨厌，你别缠着我。"记者说："我要叫你成为艾城的明星。"雪球说："我不稀罕，你当我是什么人？！"然后，雪球面对墙角，专心致志地啃起了肉骨头。此时，在记者眼里，"你背后的院门关闭了"。一扇门的关闭，这是一种象征，代表狗对于肉骨头的专注，对于"人"的世界的屏蔽。"人"的世界是一个反"常识"的世界，通过门的关闭，达到了辛辣的讽刺效果。"重返肉骨头"这种最朴素的"常识"，跨越两千多年的时间长河，与老子《道德经》的发问"营魄抱一，能无离乎？专气致柔，能如婴儿乎？"达到了气韵上的高度衔接，是作家对于人类生存误区发出的强烈的呐喊。

《黑羊》是一篇具有强烈的象征意味的小小说，其象征意味主要靠物件黑羊和黑羊毛（妃子起初以为是与她偷情的小伙子的头发，而小伙子早年当过羊倌）表现。文章的精彩部分集中在后三分之一，从一个好日子妃子出王宫开始。妃子带着缠着小伙子黑发的磁石（一块情爱的磁石）出了王宫。她原本以为这磁石会吸引那头发的主人追随她而去，但是，她只遇到了一群执着地追逐她的黑羊，跑在前边的羊头上角弓高张,又凶又险。幸好离王宫近,她迅速逃回自己在王宫中的卧室。当她吻那黑发,她闻到了"羊毛的气息"。"黑发"或者"黑羊毛"喻示一种凶险,她被凶险丢回了王宫的幽禁中,从此之后,妃子流落在时间里,时光"迅速带走她的青春的外表"。

《黄羊泉》中因为黄羊被杀死而由甘甜变得苦涩腥膻的泉水,《桃花》里一个被命名为桃花并且与桃花有着一样宿命的女人,《落叶》中与捡钱和道德相关的落叶,《另一间屋子》里盛装着命运的房间,《会唱歌的果实》中会唱歌的果实(其实是麻雀,它们的歌唱对于庄稼瓜果有催熟催甜的作用),《珠子的舞蹈》中有喜怒哀乐的珠子,《黑羊》中代表不祥的黑羊和黑羊毛……这些物件,不但牵出故事,而且引导意蕴。《女模肚里有条虫》的物件虫,在某种程度上,与安部公房《红茧》中的茧达成一致。《独腿表演》中的物件独腿与卡夫卡《变形记》中的甲壳虫有某种血缘关系。

卡尔维诺说:"一件物品在故事中出现时,它就具备了一种特殊力量,变成了磁场的一个极或某个看不见的关系网中的一个眼。物品的象征意义有的明显有的隐含,但总会存在。因此可以说,任何一篇故事中任何一件物品都是具有魔力的东西。"在谢志强的小小说中,物件就是这样的有魔力、有指涉的东西,往往具有象征意义,并与文本的寓意高度相关。物件,常常是象征、隐喻的载体。

故事容易在记忆里相互混淆,而物件,以鲜明的形象长久地占据读者的记忆。正是物件,成为连接文本与"永恒"之间的纽带,在读者的记忆之河里熠熠闪光。

五、碎片

代表性作品：《中魔的衬衫》《向日葵》《雪》《火狐》《黑羊》等。

美国后现代主义小说家巴塞尔姆说，碎片是他信任的唯一形式，并且认为"拼贴原则"是"所有艺术的中心原则"，是"后现代艺术的标志"。谢氏长期浸染于西方先锋派小说家的文字中，近朱者赤，已经形成了成熟的、先锋的创作特征，而且，似乎小小说很适宜于碎片化表达。所以，他常常将现实进行超现实的碎片化处理，依赖象征、寓言、荒诞、隐喻等表现方式，营造其小小说美学。

人类的记忆力常常是选择性的，既有避险模式，也有趋利模式，还有"小说模式"——像现代派小说家将故事碎片化处理那样，在这一点上来说，这些小说更像是诗。浮光掠影的记忆，晃晃悠悠的魅影，让阅读者凭借"视觉停留"（逻辑推理、思维联想）去组织连贯的情景。碎片化叙事，是对于阅读者的尊重，也是一种颇具张力的表达。像是词语的接龙一样，合理、适度的跳跃，既是留白的艺术（简洁的艺术），又遵循生活以及文本自身的逻辑，契合思想过程的跳跃式特征。在这样的碎片组成的作品面前，阅读，成为一次历险，也是一次训练，更是一次没有边际的享受。

以《中魔的衬衫》为例——

"他"会见网友过程中的"碎片"：

"维惊奇自己沉睡的激情火焰般地燃烧起来，却发现她已扑向他脱下的衬衫，好像衬衫里裹着一个人，她抱着衬衫。其实，衬衫已是个空壳,在她的手里,被揉成一团。她狂热地吻着衬衫。甚至,他能听到她吸嗅衬衫的声音,那声音,是他终于找到一截香烟并幸福地吸入时可以发出的那种有滋有味的声音。"

"他"见过网友回到家里,妻子的表现:

"维走出浴缸的时候,听到卧室有声响。声响异常。他赶过去。妻子正抱着烟灰色的衬衫在床上滚动。妻子狂热地吻着衬衫,甚至用嘴咬着衬衫的领子。他想起妻子生女儿的情景。随后,妻子的呻吟(还穿插放肆的尖叫)使他联想到自己在艾城的遭遇。

"维开始查看屋内是否有来过别人的印迹,却发现,都是妻子揩过扫过的痕迹,很新鲜。第二天,他去阳台。那件衬衫挂在晾衣的竹竿上,像个人在得意地晃动。他取下,嗅嗅,有股淡淡的洗衣粉的气息。他立即生出去茂那儿的念头,归还衬衫——换回他的衬衫。于是,他眼前浮现出和女人的情景,像推开门,看见他爱的女人旁边躺着一个陌生的男人。"

这些"碎片"说明,爱情作为一种形式被赋予在衬衫里。相见相爱都不重要,重要的是形式方面的需要,有些自说自话,但足以慰藉心灵的饥渴。

我还看到以下多种义项:

女人都在寻找爱可以附丽的场所,被爱的实体维,却遭受冷落。

或者,爱情是一种工业化生产的气味,在最能代表流水线的衬衫里,勾人心魂?

或者,两个女人都曾经出轨于有着烟灰色衬衫和特殊气味的男人?

碎片，指向了不确定。碎片，也构造了丰富。因为碎片，所以宏大。因为残缺，所以完整。

碎片式表达，是后现代艺术风格的主要特征，它以不确定构造丰富，以残缺凝铸完整，以微小映照宏大。谢氏可谓是得其堂奥，其创作显然具有明显的"后现代主义"特征。

六、语言

之所以要把语言作为一个关键词，是因为作家的语言比较独特，大多采用纯客观的叙事，很少用形容词和比喻，几乎找不到现成的词组，主要依靠动词和名词组织语言，推动情节。由于长期养成的习惯，作家的语言具有非同一般的客观的精确性；由于对生活保持高度的敏感和探索的热情，所以作家具有庞大的思想储备，仿佛有一台"小小说发生器"，不停地向外界传输思想的"表情符号"。

（一）客观的精确性

语言作为承载思想的工具，既是一种外在的表现形式，又是内在思想的一种外化。所以，什么样的作家选择什么样的语言是必然的，什么样的题材用什么样的语言来表达也是一种"双向选择"。在作家荒诞派小说叙事里，作家纯客观的、不带一丝感情色彩的叙述，给人身临其境之感的同时，引起阅读者进入荒诞背后深层机制的探讨；在作家寓言小小说叙事作品中，作家仍然是一种局外人般的客观事物的讲述者，顺着作家叙事的脉络，阅读者却触摸到了文字背后的隐喻或者喻示；在作家魔幻派小说作品中，依然是客观的叙事，在主人公的故事里透露出某种顿悟、某种神秘和一些细小的感觉。作家的叙事拒绝流畅，拒绝滑利，故事这辆小车的轮毂不膏一点润滑油、只凭着惯常的训练有素打磨得到的契合完成有步调的行驶，因而给阅读者"故事可靠"的感觉——这些魔幻、荒诞、寓言都是建立在生活的真实之上的。

试举一些这种"客观的"语言：

"她无奈地笑笑，说：如果是你认为的'喜'倒好了，它是一条虫。

"我说：怎么可能怀上一条虫？

"她说：我吞进的一条虫。"（《女模肚里有条虫》）

"我屏住气，似乎一出声，会惊动沉默的冰雪。我听见一种恐怖的声音，像虎啸，如狼嚎，那是风穿过冰山发出的声音。

"他笑了，笑得很响。有的声响，是细细的冰碴流下来，似乎冰山被他逗乐了。"（《过冰达坂》）

这些语言仿佛不带一点感情色彩，作家只是躲在叙事背后的一个"潜伏者"。作家像一个心事重重而又喜欢"游戏"的孩童，侍弄着新得的机巧的器械（可以形成文本的素材），一点也不肯省力道，一点也不肯多摆治，全身心地投入到灵感送来的一场场"文字游戏"，既害怕用过了劲弄坏，又害怕没有尽心力"空跑"，所以他笔下的语言就"异常平实和简捷地触及表象的内核"[2]，具有客观的精确性，形成鲜明的"谢氏风格"。

（二）思想的表情符号

谢志强的语言还时常带着"思考的表情"出场，不紧不慢地、抽丝剥茧地，在文本里伸缩腾挪、翻转飘移。在小小说笔会上，笔者曾与谢志强先生有过几次相遇，观察所见，他的表情时常是沉思默想的，连笑的时候你都会以为他在思索，有点像科幻故事里描画的远古的一位神秘的智者的插图——仿佛能看到头骨下沟壑纵横、复杂精密的大脑皮层。写作像是打开了思想的水龙头，小说则是刚从头脑里流淌出来的思绪，所以语句带着思考的路径和习性，天马行空，无拘无羁，带着思想的表情符号，以几乎纯粹的客观叙述或者讲述构成文本，绝少形容词修饰。初读之，觉得拗口，不连贯，习惯了那些魔幻、寓言、荒诞之后，则要为这种"表情符号"喝彩。他的文字正如杨晓敏先生所说："与魔幻题材的小小说相结合，由拗口变得别致，显得珠联璧合。"[3]

试举几段这样的有"思考的表情"的叙述：

"我认定他撞断了我的左腿，因为，我的左腿根部隐隐作痛，就像一个虚弱的受害者邂逅强悍的迫害者，不免心悸。我甚至感到左腿断裂的剖面在颤抖，仿佛锯子在锯那般作痛。"（《空白》）

"我知道，我残缺的那一部分肢体认出了伤害它的人。它没有眼睛，可是，它能看见。"（《空白》）

"我疑惑，它不是我需要的左腿，它是来吸收我身体的营养的。一粒种子，一旦发芽、生长，那粒种子本身就枯萎、死亡了。我的饭量突然增强，可是，我的身体在消瘦。我是它的土地。"（《空白》）

"有个可怕的念头不时地闪出来，一旦左腿健全，那我的身体将会怎样？空白。我不敢去想。"（《空白》）

带着思考的重量让语言具有深度和穿透力，有时候，则沉浸在自我的意识里,而与其他人(读者)不处于同一个层面上。也因此,个别作品遭遇解读困境,我想,这是作家超前于时代的表现吧。

七、符号

作家在《新启蒙时代》最后一篇小说《我是谁》中写道:"我是小偷,我是警察?我是作者,我是人物?我是男人,我是女人?我在城内,我在城外?我在过去,我在现在?我在梦幻,我在现实?我是创造者,我是毁灭者?我是上帝,我是魔鬼?……"这显然是一些引导性的问句。这些问句无非表述《新启蒙时代》是一个关于"我"的人生传记,一个人——"我"(无论男女善恶老幼)从出生开始,经历上学、工作、恋爱、结婚,到衰老,在社会的现有"规则"下,极度需要被重新启蒙的状态。在作家的叙事里,不但是人物、物件,时间、地点也具有某种"符号"特质。

(一)时间

如果不是为了叙述方便和说"理"的需要,类似某年某月某天某时之类的时间概念在谢志强的小小说里几乎是没有的。具体的"时间"消失了。文本仿佛在陈述已经发生过或已知必然发生的事情,只在必要的时候打上时代的烙印,时间是一种时代的标志符号,不具有更多的特异性。文本叙述的事件就像"化学反应"或者"公式推导"一样,只要给够必要的条件,无论何时何地何人,都可以发生。时间的"特异性""消失"是建立在人物的"差异性"消失基础之上的。

(二）人物

谢志强小小说里的人物基本都是没名没姓、没有高矮胖瘦妍媸智愚等分别的，没有"祖宗"，甚至只要叙事不需要，人物的着装也没有个性。这正是新小说派理论家萨罗特在《怀疑的时代：法国作家论文学》中所说的"新小说"的特征："在那全盛时代，小说人物真是享有一切荣华富贵，得到各种各样的供奉和无微不至的关怀。他们什么都不缺少，从短裤上的银扣一直到鼻尖上的脉络暴露的肉瘤。现在，他逐步失去了一切：他的祖宗、他精心建造的房子（从地窖一直到顶楼，塞满了各式各样的东西，甚至最细小的小玩意）、他的资财与地位、衣着、身躯、容貌。特别严重的是他失去了最宝贵的所有物：只属于他一个人所特有的个性，有时甚至连他的姓名也荡然无存了。"[4]

谢志强所写的"我"，不是"我自己"，而是"我们"，反映的是人类普遍的生存困境和忧虑，描述的是在"常识"面前"我们"集体的沦陷和失守。《启蒙教育》的"看物识字"也是对于"我们"的重新启蒙：为了孩子上学、工作，为了自己的升迁、薪酬等，我们哪个不是不愿意遵守事物原本具有的常识、规则而是追随"潜规则"的人？《女模肚里有条虫》的"虫"在我们每个人身上也或多或少地被豢养着。《珠子的舞蹈》中的国王不只代表他自己，而是掌握权力的"他们"，而珠子，就是"有一技之长的一类人"。《怀孕的男人》中怀了一个爱人的，不只是男人，也包括女人；不只是中国人，也包括外国人。人物变成了一种没有个性特征的符号，在社会生产关系结成的网里，各自挣扎扑腾。

（三）物件

《女模肚里有条虫》中"虫"的"符号"意义是欲望；《桃花》中的"桃花"是一种自在的生命状态的代表；《雪》中的"书信"只是一种寄寓"她"的被关注度和"他"对"她"的关心程度的符号，"雪"只是促成分手的一种陪衬物；《黑羊》中的黑羊毛代表一种凶险和来自社会权势所制定的"规则"的惩戒……物件作为"符号"有其特殊性，一般来说，因物件具有的独特特征，使其成为最恰当的、不可替代的隐喻和象征的寄寓物。

（四）地点

《新启蒙时代》的叙事落脚于艾城，这本书也可以命名为作家在其最后一篇小说《我是谁》中所说的"《艾城物语》"。换作A城、B城、C城也一样。地点也是一种符号，是为叙事便利取的一个失去个性特征的地理位置符号，它仅有的特征是"城"。《大名鼎鼎的越狱犯哈雷》叙述一系列发生在"沙埋的王国"的故事，这些故事除了沙漠、骆驼、胡杨等具有特殊性之外，换作其他的"王国"也是一样的。几乎纯客观的叙事方式，使得一个个故事仿若随时间的沙漏在各处上演的情景剧。

这一系列的"符号"表明，谢志强创作具有明显的"新小说派"特征。

八、飞翔

作家在他的《小小说讲稿》中多次提到"飞翔"的创作姿态。

"飞翔"的意思就是轻逸，就是以少胜多。运用留白、象征、隐喻、荒诞、魔幻等可以以少胜多的表达方式，有效提升文本的表达速率，获得表达的"加速度"，最大限度地达到"以少胜多"的美学追求。

在阅读活动中，文字一直在与它所蕴含的意蕴比高低。如果细分一下，文字与它所表达的意义之间相比形成的"速率"可以分成以下四种情况：文字大于意义叫蹒跚，文字与意义相等叫行走，文字略小于所表达的意蕴叫跑，文字远小于文章的意蕴从而达到了摆脱地心引力腾空而起叫飞翔。"蹒跚"在小小说这里是失败。在小小说这里，达到"走"和"跑"相对容易一些，那些写实的、用传统手法写作的优秀小小说一般来说都属于此类。创造一些留白，给读者留下足够的思考空间，这样的小小说具有"跑"的姿态，审美意蕴比较大，因而人们常说，小小说是"留白"的艺术。"飞翔"，则是作家运用夸张、变形、荒诞、魔幻、寓言、符号等一系列的现代派手法，从而给叙事带来爆破般的膨胀效果。

作家的大部分作品如《女模肚里有条虫》《怀孕的男人》《珠子的舞蹈》《黑羊》《中魔的衬衫》《空白》《独腿表演》《鼓掌的权利》《惯性》等都是这一类"飞翔"之作。进入谢志强的作品，要接受"狼说话"的事实，还要准备遇见植物甚至无生物的"灵性"。

卡夫卡等文学大师生前默默无闻，不被认可，是因为超前于他的时代。在盛行"走"的时代，"飞翔"注定是一种追不上的速度。幸而，时代发展，艺术进步，人们的鉴赏能力也得到提升，谢氏的"飞翔"姿态已经被他的同时代的阅读者所认识，他作品产量高，大多数作品的认可度也很高。他的个别作品的不被理解，也许是一种超出我们视域的更快速的"飞翔"。

一切评论对于文本都是一种滞后，一切评论对于文本也或多或少会产生误读。所以，现有的文学理论也许有力所不能的地方，现有的评论家也许有力竭词穷的时候。作家的作品一旦进入公共领域，就不再属于作家个人，而是在不同的阅读者心中荡漾出不同的幻影。谢氏的作品投照在读者心中的幻影，必定有鹤的姿态，细脚悄步，凌空翱飞。

九、真诚

作家在《关于〈新启蒙时代〉的对话》中说："作家的道德是真诚。"真诚，也正是作家建造"心灵世界"的密码，艾城、沙漠里的王国等，正是以真诚为根基建立起来的文字"大厦"。

正是因为真诚，作家才对身处的生活有这么多惊人的发现，也才能够怀着殷忧之心，载录时代，刻痕生活，像一个针灸术士一样点穴针痛，似一位道行高深的医之大者一般把脉处方，以期疗愈身陷病疾之中的世人，找回真诚的自我，过回本真的生活。

有不少小小说作家成名后改弦易辙，或转行，或以写"大"小说（指长、中、短篇小说）为主。稿费是以字数计算的，在小说品类里字数最少的小小说肯定不是挣钱的好"工具"。独立成篇的小小说因为"舞台场景"的狭窄，要最大限度地伸张艺术能量，必须巧妙构思，匠心独运，来不得一点疏忽闪失，在此意义上，严肃、纯文学的小小说写作者尤其要有道义担当、献身情怀。

当然，也有不少小小说作家坚持终生只写小小说或者以小小说创作为主，除了"熟门熟路"、掌握了"秘术"之外，小小说本身的艺术魅力，也是原因之一吧。

已故文学评论家雷达先生说："小小说是一种限制与超越相对抗的艺术。"[5] 在篇幅的限制中追求超越，是一个巨大的挑战，肯定也具有强大的吸引力。小小说作家肯定都是一些语言上的"吝啬鬼"，个个怀有以最少"子弹"（文字）击毙最多"敌人"（意蕴）的"野心"，由此而带来的成就感也就非同一般。也只有"能征善战"的人才能成为其中的翘楚。在这些作家中，谢志强就是"之一"。

谢志强先生坚守小小说这种以小博大的"节俭"文风，并且也找到了小小说先锋表达的金钥匙，所以乐此不疲，历年来已发表近3000篇小小说作品，创造出一个丰富多彩的、独特的"谢氏小说话语体系"，以魔幻、荒诞、寓言、象征、隐喻等先锋派表达的新高度，为小小说赢得了尊严和荣誉。

让我以多次担任鲁迅文学奖及茅盾文学奖等国内重要奖项评委的胡平先生评论《新启蒙时代》的话作为本文的结束语吧：

"他的所有实验，又非常适应于小小说的文体规定性，发挥出小小说隐蔽的优势。在长、中、短篇小说大规模先锋性试验偃旗息鼓的今日，忽然从小小说领域杀出一个谢志强，并且征服了许多读者，是一件很有意思的事情。这情况起码可以表明，在纯文学突破方向上，小小说的地位不可忽视。"[6]

也谨以此，站在小小说的立场上，表达我对于以真诚为道德的作家谢志强的深深敬意。

【参考文献】

[1] 徐小红. 小小说结构美学初探 [J]. 芒种, 2017（8上）：118.

[2][6] 胡平. 纯文学的小小说作家谢志强 [N]. 文艺报, 2008-08-23.

[3] 杨晓敏. 谢志强：飞翔的写作姿态 // 杨晓敏, 秦俑, 主编. 中国当代小小说大系：第5卷 [C]. 郑州：河南文艺出版社：123.

[4] [法] 萨罗特. 怀疑的时代：法国作家论文学 [M]. 王忠琪, 等译. 北京：作家出版社, 2007：175.

[5] 雷达. 小小说文体意识的自觉与拓展 // 杨晓敏, 秦俑, 主编. 中国当代小小说大系：第5卷 [C]. 郑州：河南文艺出版社, 2009：68.

小小说的艺术与文化基底
——评赵淑萍小小说集《永远的紫茉莉》

- 方卫平 -

大约是 2007 年夏秋之际，赵淑萍发给我一组她新创作的小小说，流溢在作品文字间的才情给我留下了十分深刻的印象。其时，她正在浙江师大攻读教育硕士学位。回想起来，这或许是她小小说写作的起点，但从这几篇作品中透露出的她对于小小说语言和故事的敏感与熟稔，却极少有生涩和练笔的痕迹。看得出来，她本人多年的文学浸淫和修养对于她的创作来说意义重大，而更为难能可贵的是，她对于小小说体裁特有的故事感觉和结构规律，保持了一种既契合传统又充满创意的理解。

从这个颇具高度的文学起点开始，近年来，赵淑萍的小小说创作进入了一个或许可以称为爆发期的阶段。她的作品频繁地出现在各类相关刊物上，并多次被《小小说选刊》转载，还被收入多个当代文学和微型小说选本。在这个过程中，除了对于故事艺术的持续探寻之外，她的小小说的写作题材也在不断地拓宽，小说的笔触从她所熟悉的浙东乡土和日常生活题材，渐渐延伸到了历史、官场以及某种苍凉的生活感觉和微妙的生活参悟的捕捉中。她的《一堵有诗的墙》《捉月》等作品，将遥远年代里的一份凄怆

作者简介： 方卫平，鲁东大学特聘教授，浙江省作家协会第九届委员会主席团副主席，中国作家协会儿童文学委员会副主任。

爱情从湮灭无闻的历史时空中钩沉出来，以小说的想象为两个无名而又不幸的古代女子各自补填了一枚命运的书笺。她的《新年的第一场雪》以一种有意平淡化了的叙述口吻，来讲述未脱却读书人气息的小官员胡乐乐的短暂仕途与意外死亡的命运。小说不露声色的叙述声音里透着对于特定文化下现代知识分子的某种真实而又细碎、浮泛而又深沉的生活困境的洞察。小说的叙述在主人公死亡前后的时间里穿插跳跃着展开，描述包围着胡乐乐的种种现实，但这位被设置为胡乐乐同事的叙述人却似乎从不表露出他本人对这些现实的观感。是因为身为小公务员的他没有思想吗？还是因为他已经沉沦到不屑于展示自己的思想？抑或是，他的思想正是藏在这些看似缺乏温度的文字之间，因为这样一种文字的面貌，很可能比任何切实的情感描述都更能传达对人生现实的批判和对人的生存困境的同情？

当然，赵淑萍写得最好的题材，还是她从一开始到现在都格外钟情的乡土世界。她的《女巫》《三婶的主意》《看戏》等作品，以饱满、水灵、精细中藏有质朴的语言书写三个乡间女子的命运：乡女凤儿因爱生恨，将自己变成了村里的女巫；漂亮、好脾性的三婶把自己的一辈子年华，毫无怨言地锁在了自家的院落里；女孩"她"执着守护着年少时爱的承诺，直到现实把它彻底击碎……作家似乎很喜欢以叙述的密度来挑战小小说文字篇幅上的限制，她笔下的许多人物都在短短的三两千字间走完了一生或者半生的旅程，这其中也包括上面提到的三个乡间女性形象。对于小小说来说，这样的写法既是一种突破，但同时也造成了作品艺术表现上的限制。以小小说的篇幅来覆盖一个人几十年甚至一辈子的光阴，在催生我们心头白驹过隙般的人生感慨之余，其讲述总显得略为匆促和急迫了些。这也是收入作家这本小小说集的不少作品给我留下的阅读印象。

从这个角度来看，我特别欣赏赵淑萍的《客轿》这样的作品。这则作品秉承了微型小说最为经典的写作技法，将一个故事的情节浓缩在短短一天的时间里，更将情节高潮汇聚在小小的一个生活场景上。在这样密集的时间跨度里，作者有足够的思想和文字的精力，来一步一顿、悠游不迫地谋划和布局整个故事。小说中，从郑店王的出行，到他在城里看戏的情景，再到他兴冲冲借着客轿的亮光走回村里的过程，处处布满了可以品咂的细节，而这些细节又紧紧围绕着主角的"吝啬"特征展开，从而使整篇小说犹如一根枝叶密集的树条，显出一种小巧、紧凑、均衡之美。作品取用了一个既符合传统乡村生活的现实、又具有高度戏剧性的生活事态，并充分运用了小小说特有的夸张手法，将一个一毛不拔的传统乡绅的形象，无比生动地推到了我们的面前。尽管我们很难说这样的作品中包含了多么了不起的微言大义，但它毫无疑问为我们提供了一次充满罕见的悬念感和愉悦感的故事体验，而我认为，故事正是小小说最本质也最重要的那个核心，对这个文类来说，它的意义不但先于高远的思想，甚至也先于语言上的经营打磨。

由于对《客轿》的特别偏爱，2009年，我在选评《中国儿童文学分级读本》时，完全不顾它是否隶属儿童文学作品的身份疑虑，将这篇小小说收入了读本中。

赵淑萍小小说的文字也显示了颇强的锻造力。在总体上，这些作品的文字无不显出一种成熟、流畅、圆润、雅致的质感，而落实到具体的作品中，它们又会随物赋形般地呈现出不同的气质。像《三婶的主意》这样的作品，其语言在细巧中带有一种淳朴自然的清新感。像《捉月》这样的作品，故事的语言则更多地显示出一份婉曲逶迤的江南诗意和风情。而在《客轿》《凑巧》这样的作品中，作家灵性飞扬的文字洇染了乡间传统生活的瓷实气息，仿佛一个个沉沉稳稳地坐定下来，着实地落在纸页上，但又处处洋溢着乡间语言的朴实而又活泼、新鲜而又生动的意味；在作家的小小说作品中，后者是我最为喜欢和欣赏的一种文字感觉。

赵淑萍的小小说创作有着这类文体中不多见的地域文化意识。作为来自宁波的小小说作家，这个城市的新旧文化及其更替变迁为赵淑萍的小小说提供了特殊的素材和文化养分，比如《客轿》中的地域背景、角色、物事等，都带有宁波文化的鲜明特征，而这些烙有地方文化印迹的小说作品本身也是对于文化的一种自然传播。我想，在赵淑萍接下去的小小说写作中，这一从《客轿》开始就显露出其特殊魅力的文化基底，或许不应当被轻易放弃，而作为一个在宁波度过了十载青少年岁月的异乡人，我也期待着从赵淑萍的小小说中读到更多与这座城市有关的独特文化记忆和传统。

论"小中见大"

— 夏一鸣 —

摘要："小中见大"是微型小说的核心概念,但研究者往往习焉不察,认为它不证自明。本文以事的世界观为基础,以康德的先验逻辑判断为工具,对"小中见大"进行纲要性、系统性探讨,其结论是:所谓"小"是就其表征而言;"大"则取其象征之义,所指的是它在境界形态中的表现;而"见"则说明它是生成的而不是现成的。"小中见大"的概念不但在微型小说理论上能融会贯通,且在创作实践中也行之有效。

关键词:小中见大;事的世界观;先验逻辑判断;故事核;空白;诗性智慧

微型小说其作始也简,其命名也晚,以至于有些人以为,它是小说四大家族中的后起之秀。但从历史来看,微型小说其实是小说家族中最早出现的品种,而所谓的短篇、中篇、长篇反而是晚起之辈。

鉴于"小中见大"的重要性,它也就顺理成章地成为微型小说创作与研究的高频词。然而,如果我们进一步追问,微型小说的"小中见大"何以可能,又如何可能,特别是对何以可能需要做形而上学的阐明时,拟答者往往王顾左右而言他。甚至认为,"小中见大"是一个比喻、一个约定和一个共识,即微型小说的"小中见大"如其所是,又是其所是,并不需要我们去反思或追问。然而熟知并

作者简介:夏一鸣,编审。中国微型小说学会会长,《故事会》杂志社社长、主编。主要从事编辑学、中国现当代文学研究。

非真知。本文试从微型小说之"小""大""何以可能"及"如何可能"四个维度略加考察,以就正于方家。

1. 微型小说之"小"

先王之道,斯为美,小大由之,有所不行。(《论语》)

有人统计,关于"微型小说"这个文体的称呼,在1987年就有二十六种之多。其间生生灭灭。现在使用频率较高的,除"微型小说"外,就是"小小说"。其实"微"也是"小"。那么,这个"小"到底是指什么?

1.1 篇幅简短

1000字:

许世杰:微型小说,一般指千字左右的小说。[1]王朝闻:字数在千字以内,很短的时间即可读完。[2]郑宗培:当今,从不同层次、不同需求的文学读者群来看,除了中篇小说的崛起和繁荣以外,千百字左右的微型小说越来越为人们所注意。[3]古继堂:微型小说、花边小说、极短篇小说,一般是指千字以下的作品。[4]

1500字:

顾建新:微型小说一般在1500字以内。[5]郑贱德:有的人干脆用字数来给小小说下定义,1500字以下的小说就叫小小说。[6]刘海涛:一篇微型小说拥有1500字左右的艺术时空是适宜的。[7]

2000字:

茅盾:以"小小说"的名称经常出现于各种报刊上的两千字

左右的作品,放射了惊人的光芒。[8] 老舍:我们更希望把小小说当作一个新体裁看待,别出心裁,只用一二千字就能写出一篇美好而新颖的小说。[9] 刘锡诚:最普通的是一二千字。[10] 林斤澜:一二千字的小小说就"正合适了"。[11] 彭志凤:一般人把2000字以下的短篇小说称为"微型小说",亦有人更将字数限制在千字以内。[12]

3000字:

刘进贤:比一般短篇小说更短,少则几百字,几十字,多则二三千字。[13]

4000字:

峻青:更短的仅数十字,最多的也不过4000多字,可真称得上"小小说"了。[14]

需注意的是,各家所持的观点虽有不同,但也有若干相通之处:

首先,微型小说之所以在字数上如此算计,是要从"量"的方面明确划定自己的话语"边界",其所对标的正是短篇小说。研究者们相信:微型小说不能超过"3000字",否则,就与短篇小说的界限模糊了。[15]

其次,从1000字到4000字,都是指微型小说字数的"上限",至于"下限"是多少,大家从来都没做规定。微型小说的这一举措,最大限度地开拓了微型小说的疆土。出现了"一句话小说""三字小说"甚至"一字小说"。[16] 这在以前的小说家族中是不可想象的。

第三,所标示的小说字数,都是约数,不是多一字少一字都不叫"微型小说"。相对主义拓展了微型小说的弹性空间。

针对各家持续不断的争议,中国微型小说学会创会会长江曾培明确指出：微型小说的字数一般是千字左右，"左"一般不"左"过1500字，最多不能超过2000字。如果超过2000字，以至3000多字，还称为微型小说，这不仅有违微型小说的形体特征，而且也把微型小说文字的基数拉大，反而不利于作品的精练化，有违微型小说兴起的"初衷"。[17]

应该说，江先生的这一论断是有相当远见的。在小说家族中，微型小说第一个也绝无仅有地提出了"量"的规定性。"量"的规定固然有诸多不利因素，但也增强了微型小说的"形式感"和"辨识度"。故此，2018年修订的《中国微型小说（小小说）章程》，即把微型小说字数简述为"一般以2000字为宜"。

1.2 结构单一

"量"的规定有助于从"形体"上直观把握微型小说，然而，当且仅当"形体"还是很不够的，对微型小说来说，还有"文体"方面的要求。要求之一便是它在结构上的"单一性"。"单一性"有时又被称为"单线结构"。为了说明问题，不妨从两方面做个比较。

首先，与短篇小说的比较。有人说，短篇小说好像一根绳子上的几个疙瘩，而微型小说一般只是一个疙瘩；也有人说，短篇小说是反映"面"的艺术，而微型小说是反映"点"的艺术。[18]这里的"疙瘩"也是"点"的意思（三"点"成"面"）。"疙瘩"可视作一个矛盾冲突点，伴随着矛盾的解决，冲突也就结束了。显而易见，微型小说难以像短篇小说那样"疙瘩"杂多地形成叙述景观，同时也难以像短篇小说那样由若干个"疙瘩"连接成网状结构。但不能据此就以为，微型小说只是短篇小说的一个章节，或某个片段。因为微型小说尽管结构单一,却是相对完整、独立自洽的"自由王国"。

其次,与戏剧艺术的比较。李渔说:"一本戏中,有无数人名,究竟俱属陪宾;原其初心,止为一人而设。即此一人之身,自始至终,离合悲欢,中具无限情由,无穷关目,究竟俱属衍文;原其初心,又止为一事而设。此一人一事,即作传奇之主脑也。"这个观点,与一度盛行欧洲剧坛的"三一律"有相类之处。"三一律"规定,剧本创作必须遵守时间、地点和行动的一致,即一部剧本只允许写单一的故事情节,戏剧行动必须发生在一天之内和一个地点。"三一律"理论,历来备受诟病。但也有文学家为此抱不平的。曹禺先生就说:"'三一律'不是完全没有道理。《雷雨》这个戏的时间,发生在不到二十四小时之内,时间统一,可以写得很集中。故事发生的地点是在一个城市里,这样容易写一些,而且显得紧张。还有一个动作统一,就是在几个人物当中同时挖掘一个动作、一种结构,动作在统一的结构里头,不乱搞一套,东一句西一句地弄得人家不爱看。"[19]他的广受好评的《雷雨》,就是按照"三一律"创作而成的。

微型小说与戏剧艺术有一定的相似性,如"一人一事"的单线结构。所谓的"一人"并非只有一个人,"一事"也并非只讲一件事。而是一出戏中仅突出一个人、一件事,而其他人物、事件"俱属陪宾"。也有相异之处。即与戏剧艺术相比,微型小说容量有限,它不可能具有"无数人名"及"无限情由"和"无穷关目"。

对此,古希腊的亚里士多德还是看得很清楚的。他说:"有人以为,只要写一个人的时候,情节就会整一。其实不然,在一个人所经历的许多或者说无数的事件中，有的缺乏整一性。同样，一个人可以经历许多行动,但这些并不组成一个完整的行动。""因此，正如在其他模仿艺术里，一部作品只模仿一个事物，在诗里，情节既然是对行动的模仿，就必须模仿一个单一而完整的行动。时间的结合要严密到这样一种程度，以至如是挪动或删减其中的任何一部分，就会使整体松懈和脱节。如果一个事物在整体中的出现与否都不会引起显著的差异，那么它就不是这个整体的一部分。"[20]

有些人以为"单一性"不是一个好词汇，于是就把它与"单调""单薄""简单化"画上等号。殊不知，这种理解本身就很简单粗暴。不过，如要艺术性处理"单一性"，也需要辩证对待"四对关系"：

1.2.1 "单一性"与"纯粹性"

内涵越是单一，就越能对更大外延的东西加以统摄，因而也就越具有普遍性和涵盖性。熊佛西说："就字面讲，'单'是简单而非复杂，'纯'是纯粹而非混浊。单，有条理清晰一丝不乱的意义。纯，有取其精锐去其糟粕的意思。就艺术方面讲，单纯不但极经济，而且最美丽。"又说，"假如有人问我要主义，我就说我的主义是'单纯主义'。'挑几个主要的角色，表现一个精彩的思想，采用简略的背景，减除观众的担负'。这就是我的戏剧主张。"[21]

1.2.2 "单一性"与"变化性"

"变化者，进退之象也。"在单一的情节中，增加对手戏、交锋、层次、转折、变易，从而体现情节的丰富性和多样性。单一性与多样性、复杂性是统一的，单一不排斥多样、变化，是单一中的缠绕、纠葛和复杂。"特别是两千字左右的小小说，若打个比方，像是体育项目中的平衡木。平衡木长三米宽才十厘米，表演时间限制在七十~九十秒。在这样严格规定的时间空间里，完成一套带跳跃带筋斗带舞蹈的动作。要准确、要难度、要节奏、要新鲜，处处还都要美。"（《林斤澜文集》第6卷，第13页）

1.2.3 "单一性"与"集中性"

一出戏，应当有一个中心事件，而这个中心事件有它的前因后果、来龙去脉，这就是一条主线，集中就要围绕着这条主线进行。但这并不等于只要"线"不要"面"，而是通过"线"的集中来反映"面"的幅度。这是戏曲集中的要求。[22]此之谓"重场戏"。写好高潮的一个关键，往往并不全在高潮本身，却在高潮之前如何"蓄势"。所谓"蓄势"，就是为高潮的涌起准备力量、积蓄气势。因为戏的冲突激化并不是凿空而来，它是由矛盾积蓄而成的。"冰冻三尺，非一日之寒"。这是生活昭示的真理，也是"蓄势"作为艺术手法的生活根据。[23]

怎样蓄势？一般是用正面推进和反面渲染两种方法。正面推进就像画一个红太阳，层层着色，由淡入深，把红色画到极限时，太阳的形象就自然形成了。反面渲染就像画一个月亮，先画乌云，把月亮周围的乌云画满，月亮的形象自然被反衬出来了。[24]

1.2.4 "单一性"与"简洁性"

大道至简。美学家克莱夫·贝尔说："简洁乃是一切艺术所必须具备的。没有简洁，艺术就无法存在，因为艺术就是创造'有意味的形式'，而只有简化才能把'有意味的形式'从无意味的形式之中解放出来。"[25]又说，"简化就是将无关紧要的细节转变成'有意味的形式'。一个非常大胆的前拉斐尔主义者可以用两片纤毫毕现的草叶来表示一块草地,但是两片纤毫毕现的草叶和两百万片同样无关紧要,和艺术家有关的是一片草叶或一块草地的形式意味。"[26]

1.3 尖形人物

有人认为中国戏曲主要不是写人,而是写故事。殊不知戏曲是借事显人,又因人见事,只不过它的情节线索看着比话剧显眼,就误以为戏曲要故事不要人,这就顶不对了。老百姓喜欢那种头尾完备、情节曲折、线索清楚、故事性强的戏,不必用"三一律"去否定它。[27]

微型小说不仅需要叙事的技术,更是写人的艺术。写人叙事不可偏废。

福斯特在《小说面面观》中,将小说人物分为"扁形人物"与"圆形人物"两种。

所谓"扁形人物"就是按照一个简单的意念或特性,被创造出来的可以用一个句子表达的类型,人物或漫画人物。而"圆形人物",是指不能用一句话加以概括的复杂多面的人物。福斯特提出的"扁形人物""圆形人物",因为新鲜生动,又有一定的概括性说服力,是故转引率较高。然而,也造成学术界的误解或误用。特别是福斯特不一定正确的论断,也被奉作理论圭臬,比如他说过,"扁形人物"在成就上无法与"圆形人物"相提并论。于是,就有人坚信,《阿Q正传》中的"阿Q"是"圆形人物"而不是"扁形人物",尽管"阿Q"更符合"扁形人物"的特征。

北大的马振方先生提出第三个人物类型："尖形人物"。[28]"如果用一句话或一个词语概括的并非人物的全部特征，而只是其最突出的特征，如果特征的强度，不仅远远高于这个人物的其他特征，而且明显地超过生活中人的同类特征。换句话说，这种特征不是一般的'突出'，而具有某种超常性，因而带有不同程度的漫画色彩和类型特点，那么，这种人物就是尖形人物。"

很显然，"尖形人物"的学术背景基于福斯特的人物论，而能不能用"一句话概括人物"是主要判准。但我认为实践起来比较困难。首先，作为社会性的人物是"角色丛"，本身就有复杂性、多重性。很难用一句话来对应复杂的人性。

其次，概括者是谁，或者说由谁来概括，是作者还是读者？大多数人都以为是作者，其实应是读者。福斯特说："十七世纪时，扁形人物称为'性格'人物，而现在有时被称作类型人物或漫画人物。他们最单纯的形式，就是按照一个简单的意念或特性而被创造出来。……真正的扁形人物可以用一个句子表达出来。……扁形人物的一大长处是容易辨认，他一出场就被读者那富于情感的眼睛看出来。……第二个长处是他们事后容易为读者所记忆。"[29]所谓"容易辨认""容易为读者所记忆"，根据的就是读者的立场。

所以，如果不是拘泥于一句话能否概括，而是立足于读者立场，可能更能看清楚三种人物的区分。比如说，神或具有神性的是"扁形人物"，这类人物"容易辨认""容易记忆"；英雄或具有英雄性的是"尖形人物"，这类人物"容易记忆"但"难以辨认"，或"难以记忆""容易辨认"；而写人性的多是"圆形人物"，"难以辨认""难以记忆"。以此来分析中国传统四大名著，结论大致是：《西游记》中的人物多是"扁形人物"，《三国演义》《水浒传》中的人物，多是"尖形人物"，而《红楼梦》中的人物，多是"圆形人物"。

微型小说很多时候写"尖形人物"。蒋子龙说："小"在"大"的上头成"尖"，追求冒尖。笔尖是尖的，刀子是尖的，弹头是尖的，飞得快的和锋利的东西都是尖的。

从艺术表现来说，"扁形人物"既显山又露水，"圆形人物"不显山不露水，"尖形人物"则只显山不露水。

有一点必须说明，"扁形人物""圆形人物""尖形人物"，只是人物的三种形态，绝对没有高下之分。不存在"圆形人物"高于"扁形人物"，也不存在"尖形人物"高于"圆形人物"。

1.4 微观叙事

"微观叙事"是与"宏大叙事"相对应的一个概念。对于"宏大叙事"，一般人也有点"日用而不知"，因此，有必要简单回顾一下这个概念。

"宏大叙事"是法国思想家让-弗朗索瓦·利奥塔在《后现代状况——关于知识的报告》中提出的一个关键概念。在这份"关于知识的报告"中，通过对知识的考察，利奥塔对其合理性提出了质疑。[30]

利奥塔发现，作为话语活动的科学，也像文学艺术一样遵循着一定的游戏规则，受制于某个"宏大叙事"，或受益于某个"宏大叙事"，知识在交互过程中获得了合理性。

利奥塔认为，知识的合理性体现为两种叙事，一种是政治的解放叙事，另一种是哲学的思辨叙事。前者，叙事主体被定位于某一制度、国家、民族、人民和他们的观念及信仰的代言人这一宏大立场，相信通过知识可以实现人的自由和终极目标。后者，先哲柏拉图通过非科学的思辨叙事使科学知识合理化。进入笛卡尔、康德时代，则是把理性主体的人，作为人自身建立的根据，规定了人的先在地位，进一步确证作为主体话语的真理必然是自足的。

"宏大叙事"也是"元叙事"。它一方面超越、碾压其他叙事，另一方面却又试图对其他叙事进行解构、操控和驾驭。换言之，"宏大叙事"是通过对微观叙事的压抑和排斥来获得合理性。

"宏大叙事"通常还被看作一种以历史事件、社会实践为主要叙述对象，以相关的历史意识和社会意识为叙事目的的叙事规范。在这种叙事模式中，叙述人以"上帝"的全知视角形式出现。在形式上往往追求题材的宏大、主体的崇高和结构的规整，在内涵上侧重表现总体性、普遍性、统一性。

利奥塔通过维特根斯坦的"语言游戏论"，判断宏大叙事本身产生了深刻"知识的合理化危机"及"宏大叙事的解体"。认为在后现代的知识状况下，由于社会关系发生深刻变化，以解放和思辨为基调的宏大叙事将逐步走向消亡。

后现代理论之一的"宏大叙事"，给微型小说创作带来诸多启示：

启示之一：不但让我们重新审视科学、哲学和知识这些经典话题，同时也刷新了我们的文学艺术观念。中国古典四大名著《红楼梦》《三国演义》《西游记》《水浒传》，其中有三部所采的视角即是"宏大叙事"。一方面说明"宏大叙事"的强势，但另一方面从历史演进路径来看，似乎也在验证"宏大叙事"的式微。

启示之二："宏大叙事"与"微观叙事"可能并不是彼消此长的关系。有的题材适合采用"宏大叙事"，而有的题材却只能使用"微观叙事"。比如托尔斯泰氏的作品，既有《战争与和平》的"宏大叙事"，同时也不排斥小小说《穷人》之"微观叙事"。

启示之三：对比"宏大叙事"主张，微型小说更应在"微观叙事"上有所开掘。比如注重个体性，而非集体性；关注区域化，而非全域化；趋向于生活场景，而不是过于宗教仪式；可杯水风波，而非大江奔流，等等。

启示之四：微型小说系列化是不是在追求"宏大叙事"？

近年来微型小说创作的系列化趋势，主要有两种呈现方式，一是两三篇有内在关联的作品组成一束微型小说，如汪曾祺的《故里三陈》；二是以某个特定对象为主题主线而展开的多篇微型小说集群。

较早从事这方面创作并风起青蘋之末的有孙犁、林斤澜、冯骥才等几位文坛大家。

林斤澜在《话说"系列"》一文中如此阐述："过去我们有《儒林外史》。实际各自成篇，用个总题拢在一堆，用个'我'关联全书，好比俄国的《猎人笔记》。《儒林外史》向来归在长篇里面，《猎人笔记》也大体算作长篇了吧。我们现在添了个'系列'的名目，可不可算作长篇的一个品种呢？我看是可以的。"

微型小说的系列化创作，对作家有潜在的诱惑力。而较早关注这一现象的，是日本学者渡边晴夫，他在《中国当代微型小说发展及动向》一文中对此做了具有前瞻性的描述。

我认为，可从总体性出发来审视系列微型小说。总体性体现了系统思维，即系统的整体性、结构性、立体性、动态性和综合性。这样结论就可能包括两方面：

其一，系列微型小说不是长篇小说。因为总体性不是各部分相加之和。

其二，系列微型小说可以构成长篇小说。如果在写作之前，就已经谋篇布局，把长篇构思作为目的、微型小说作为手段，那么N多个微型小说，集中一起，自然就是长篇小说的架构。

《哈扎尔辞典》就是明证。一部辞典在何种意义上成就一部长篇小说？总体性而已。

2. 微型小说之"大"

美则美矣，而未大也。（《庄子》）

如果说，"小"侧重于形式感，体积、面积、数量亦即量的区别与比较，立足于具体、有形、空间的"外感官"，那么，"大"则是一种"有意味的形式"。"小"指示的是"实有形态"，"大"标示的则是"境界形态"，体现在对抽象、有形、无形的突破和超越，立足于无形的时间的"内感官"。

子曰：大哉尧之为君也！巍巍乎！唯天为大，唯尧则之。荡荡乎！民无能名焉。巍巍乎，其有成功也，焕乎！其有文章。（《论语·泰伯》）

孔子共用四句话来称颂尧的伟大。第一句说尧很崇高，这是效法天的崇高。第二句说，尧很广大，以至不能用言语来形容他。第三句说，尧的功绩很伟大。第四句说。尧的典章制度很有光辉。四句话内容丰富，说明"大"的对象的特点是崇高、广大，而且又光辉。

下面结合孔子的四句话，从境界形态来审视微型小说之"大"。即从创世神话看自然境界，以先秦寓言看功利境界，从民间故事看道德境界，以及以《世说新语》为例看审美境界。

2.1 自然境界

《论语》："巍巍乎！唯天为大，唯尧则之。"

老子曰："有物混成，先天地生。寂兮寥兮，独立而不改，周行而不殆，可以为天地母。吾不知其名，强字之曰道，强为之名曰大。大曰逝，逝曰远，远曰反。故道大，天大，地大，人亦大。城中有四大，而人居其一焉。人法地，地法天，天法道，道法自然。"《说文》："大，天大、地大，人亦大，故大象人形。"王筠释例："此谓天地之大，无由象之以作字，故象人之形以作大字，非谓大字即是人也。"虽然"人之大"只是作为"天地之大"的象征之义，不过，把天地人相提并论，却不能不说是一个伟大的发明。

创世神话在各地都有所发现，因而它是一个具有普遍意义的世界性话题，但也不可否认，彼此之间尚存在文化差异。中国创世神话，不但让我们发现本民族的性质和性格，甚至能感受到其独特的文学取向和艺术魅力。中国创世神话奠定了微型小说志怪、志异、志人基础。

2.1.1 开天辟地

天地混沌如鸡子,盘古生其中。万八千岁,天地开辟,阳清为天,阴浊为地。盘古在其中,一日九变,神于天,圣于地。天日高一丈,地日厚一丈,盘古日长一丈。如此万八千岁,天数极高,地数极深,盘古极长。后乃有三皇。数起于一,立于三,成于五,盛于七,处于九,故天去地九万里。(《艺文类聚》卷一引《三五历记》)

首先,从"混沌"到"天地","混沌"为"有","天地"本"无",其变化体现的是从"有"到"无"的生成过程。其次,"天"与"地"为二元对立结构,中国神话却别出心裁地引入第三方"盘古",这样就解构了二元,从而产生了"一分为三"的哲学。第三,其"一日九变",说明它不是静止的,而是运动的;而"天日高一丈,地日厚一丈,盘古日长一丈",又说明它不是分别的孤立的,而是普遍联系的。第四,从"无"到"玄"。也就是所谓的"天数极高,地数极深,盘古极长"。"极高""极深""极长",所指的对象都趋于数量和力量的巨大,这一点和西方美学"崇高",有相类之处。按西方美学家的看法,崇高的对象之所以崇高,是在于对象的巨大、无限,从而引起主体对于自身力量的一种崇高感,然而,"大"所激发的恰是主体对于对象的一种敬畏之情,神秘感。

2.1.2 灾难神话

《山海经·大荒北经》:"大荒之中,有山,名曰成都载天。有人珥两黄蛇,把两黄蛇,名曰夸父。后土生信,信生夸父。夸父不量力,欲追日景,逮之于禺谷。将饮河而不足也。将走大泽,未至,死于此。"《大荒北经》云:"夸父与日逐走,入日。渴欲得饮,赴饮河渭。河渭不足，北饮大泽。未至，道渴而死。弃其杖，化为邓林。"《列子·汤问》补充："尸膏肉所浸，生邓林。邓林弥广数千里焉。"

《淮南子·本经训》："逮至尧之时，十日并出，焦禾稼，杀草木，而民无所食。猰貐、凿齿、九婴、大风、封豨、修蛇皆为民害。尧乃使羿诛凿齿于畴华之野，杀九婴于凶水之上，缴大风于青丘之泽，上射十日而下杀猰貐，断修蛇于洞庭，禽封豨于桑林，万民皆喜，置尧以为天子。"

《淮南子·天文训》："昔者共工与颛顼争为帝，怒而触不周之山，天柱折，地维绝，天倾西北，故日月星辰移焉；地不满东南，故水潦尘埃归焉。"

以上三则神话，所反映的，应是蛮荒时代频仍出现的自然灾害现象：旱灾，水灾。由于灾难的力量不可抗拒，人类的力量又过于惮弱，人们在灾难面前往往束手无策，无能为力。特别是有些灾难，与人祸紧密相连，如共工"怒而触不周之山"，这样，在无尽的恐惧心理之上，又增加了懊恼、悔恨、焦虑的复杂情感。因此，人们期盼神话人物裹挟超自然之力横空出世。

夸父与共工，都是人类的精英。然而，在与自然的交锋中，他们却不免铩羽而归。即使是羿，虽然诛凿齿、杀九婴、缴大风，"上射十日而下杀猰貐，断修蛇于洞庭，禽封豨于桑林"，战功赫赫，"万民皆喜"，却也是个悲剧人物。为什么？因为盖十日者，乃帝俊之子。"羿射十日，中其九日"（《海外东经》郭璞注引《淮南子》），是以帝俊"不顺羿之所为"。神话人物的败局，为什么会在"局外人"的情感世界掀起特殊的涟漪？柏拉图认为，是因为"好人遭殇"。亚里士多德则归之为"过失说"。尼采却坚信，这是因为"超人"在某些特殊情况下将其自身推入灾难的深渊。从而引发"局外人"的怜悯和恐惧并使这些情感得到疏泄。有个细节值得关注，那就是描写夸父，"弃其杖，化为邓林"。"邓林"，又谓"桃林"；羿，"死于桃棓"（淮南子·诠言训），许慎注："棓，大杖，以桃木为之，以击杀羿，由是以来，鬼畏桃也。"。概言之，夸父与羿之死都有桃有关。这一方面是因为桃树有祛魅之功能，另一方面可能也有"金枝"的象征意义，也就是说，人们期望夸父与羿能"置之死地而后生"。

2.1.3 造人神话

与悲剧情感相比，中国社会"乐感文化"相当普遍也相当突出。这在神话事件中亦能找到原型。

《太平御览》卷七八引《风俗通》："俗说天地开辟，未有人民。女娲抟黄土作人，剧务，力不暇供，乃引绳于泥中，举以为人。故富贵者，黄土人也；贫贱凡庸者，绳人也。"女娲，《说文解字》："娲，古之神圣女，化万物者也。"

富贵之人，是手工制作的；而贫贱凡庸之人，却是工具制作的。"引绳于泥中，举以为人"，是颇有喜感的举措。

2.2 功利境界

《论语》："巍巍乎，其有成功也。"

寓言是一种功利性、目的性、实用性较强的文学样式。其表层结构是一个故事，即"寓体"，深层结构是作者所寄托的一种观念，即"寓意"。借此喻彼，借古喻今，借小喻大，借物喻人，使得抽象深奥的道理，从具体形象的故事中自然显示出来。

中国、印度和希腊是世界三大寓言系统。我国寓言文化源远流长，自成一体，特别是战国时期，诸子百家，纵横捭阖，把寓言这种语言艺术发挥到了极致，起到"四两拨千斤"的作用，几乎涵盖后世寓言之所有类型，是中国微型小说的黄金时代。

2.2.1 讽刺寓言。《孟子·离娄下》：

齐人有一妻一妾而处室者。其良人出，则必餍酒肉而后反。其妻问所与饮食者，则尽富贵也。其妻告其妾曰："良人出，则必餍酒肉而后反，问其与饮食者，尽富贵也。而未尝有显者来。吾将瞯良人之所之也。"

蚤起，施从良人之所之，遍国中无与立谈者，卒之东郭墦间之祭者，乞其余，不足，又顾而之他：此其为餍足之道也。

其妻归，告其妾曰："良人者，所仰望而终身也。今若此！"与其妾讪其良人，而相泣于中庭。而良人未之知也，施施从外来，骄其妻妾。

由君子观之，则人之所以求富贵利达者，其妻妾不羞也而不相泣者，几希矣！

2.2.2 哲理寓言。《庄子·应帝王》：

南海之帝为儵，北海之帝为忽，中央之帝为浑沌。儵与忽时相与遇于浑沌之地，浑沌待之甚善。儵与忽谋报浑沌之德，曰："人皆有七窍，以视听食息，此独无有，尝试凿之。"日凿一窍，七日而浑沌死。

2.2.3 劝诫寓言。《列子·汤问》：

太行、王屋二山，方七百里，高万仞，本在冀州之南，河阳之北。北山愚公者，年且九十，面山而居。惩山北之塞，出入之迂也，聚室而谋曰："吾与汝毕力平险，指通豫南，达于汉阴，可乎？"杂然相许。其妻献疑曰："以君之力，曾不能损魁父之丘，如太行、王屋何？且焉置土石？"杂曰："投诸渤海之尾，隐土之北。"遂率子孙荷担者三夫，叩石垦壤，箕畚运于渤海之尾。邻人京城氏之孀妻有遗男，始龀，跳往助之。寒暑易节，始一反焉。

河曲智叟笑而止之，曰："甚矣汝之不惠！以残年余力，曾不能毁山之一毛，其如土石何？"北山愚公长息曰："汝心之固，固不可彻，曾不若孀妻弱子。虽我之死，有子存焉。子又生孙，孙又生子，子又有子，子又有孙；子子孙孙，无穷匮也；而山不加增，何苦而不平？"河曲智叟亡以应。

操蛇之神闻之，惧其不已也，告之于帝。帝感其诚，命夸蛾氏二子负二山，一厝朔东，一厝雍南。自此，冀之南、汉之阴无陇断焉。

2.2.4 诙谐寓言。《韩非子·五蠹》：

宋人有耕者，田中有株，兔走触株，折颈而死，因释其耒而守株，冀复得兔。兔不可复得，而身为宋国笑。今欲以先王之政，治当世之民，皆守株之类也。

2.3 道德境界

《论语》："焕乎！其有文章。"

作为文化大传统之一的民间故事，具有集体性、匿名性和口头性的特点，其中口头性是民间故事最为显明的特点。"不著一字，尽得风流。"分述之，第一，启蒙功用。由于具有口头特点，所以说它是先于书面语言，特别在孩子喜欢听故事的阶段，民间故事起到了初步的启蒙作用。它不需要孩子认识字，就可以通过故事的方式，告诉孩子不能撒谎，怎样做才算有礼貌。第二，交际功用。由于具有口头特点，不需要其他的附加条件，就能便捷地与别人进行故事交流。第三，创造功用。讲述者在讲述过程中，往往有把自己的生活经验以及想象加进讲述内容的冲动，从而使故事更加生动形象。第四，净化功用。由于民间故事具有传播的特点，在传播过程当中，那些不适合于传播的内容就得到了过滤。这也使得民间故事具有一定的纯洁性。民间故事在北方被叫作"劝人方"，它教人如何做人与处世。

听过一个民间故事。说某村有个地方是块风水宝地，风水先生说，谁家老人葬此，谁家后代非富即贵，飞黄腾达。风水先生的话传出来之后，有两家不太平了，哪两家？张三、李四。张三认为这块地，是他家的，因为他家有块地跟这里沾边。李四家呢，也不太平了，也认为这块地是他家的，因为他家的地，也跟这块地沾边。两家似乎都可拿出证据来。以前，两家关系处得还不错，可现在就因为这块地，闹得不可开交。再后来，就变成为仇人似的，互相不搭理。甚至两家孩子有时会莫名其妙地打起来。

张三、李四都觉得，再这么下去，也不是个办法。于是就找长者裁定，风水宝地到底是谁家的。长者的话，大家都认可。

那个长者，听了他们的叙述以后，一时间，也没有了主意。这天，他把两家找到一起，说想到个办法，不知是不是可以。两家都让他说说看。长者说既然两家互不相让，都想得到这块地，不如让老天来决定。老天怎么决定？张三与李四都愣了。长者说，他有一个建议，就是谁家老人先过世，谁就先葬这块地！张三、李四谁都不吭声了。

没想到，就这么一个简单办法，把两家全都摆平了。这就高度体现了民间的智慧。仁义礼智信是沿袭数千年的传统价值观，在两家纷争中，仁义礼信四项丧失殆尽。长者用了一个顺其自然的方式解决了这个问题，才让"仁义礼智信"的信仰系统得到了重建。

2.4 审美境界

《论语》："荡荡乎！民无能名焉。"《庄子·知北游》："天地有大美而不言。"

审美境界是无概念的普遍性、无目的的合目的性，故不能"名焉"，不能用概念来命名、概括、确定和限制。

如果说自然境界立足于知识判断，功利境界、道德境界立足于道德判断，那么审美境界则立足于鉴赏判断或趣味判断。《世说新语》为微型小说树立了一个文人创作的范本。

《世说新语》自有先天不足。第一个不足，作者的缺席。鲁迅就曾认为此书"非由自造""或成于众手"。第二个不足，作品的杂糅。"是一部抄撮故书之作"。第三个不足，类别的失衡。《世说》三十六门，最多的《赏誉篇》计一百五十六则，而《自新》只有二则。第四个不足，想象的局限。它的选材，大多取自于正史杂传，有一定的史实性，不像虚构作品能够充分发挥想象力。

然而，刘义庆却把一手"烂牌"打出了"王炸"。他所编纂的《世说新语》，与王羲之父子的字，顾恺之、陆探微的画，戴逵、戴颙的雕塑一起，云岗、龙门的造像，洛阳的寺院，共同见证了魏晋时代的"文艺复兴"。日本学者吉川幸次郎云："《世说新语》之文章，代表南北朝之风格，为中国文学史一大流派，亦可谓对《史》《汉》时代文章之一大革命，因一方面表现一种充满哲学意味之社会背景，一方面亦代表一种新文体之诞生。"这种"新文体"即新型的微型小说。它的篇幅短小、言微旨远，历来为人所关注。明人胡应麟曰："读其语言，晋人面目气韵恍然生动，而简约玄澹，真致不穷。"日本学者菅原长亲亦云："《世说》之书玄旨高简，机锋峻拔，寄无穷之意于片语，包不尽之味于数句。"鲁迅称赞《世说新语》："记言则玄远冷隽，记行则高简瑰奇。"

当然，以上所述，也仅是《世说新语》的形式创新，它所呈现的哲学质料变革才是最为重要的环节。用宗白华的话来总结，即是"晋人向外发现了自然，向内发现了自己的深情"。（《宗白华全集》第二卷，第 275 页）

首先检视"自然"。广义上的"自然"应当包括与"名教"相对立的内容（即嵇康"越名教而任自然"），而宗先生所说的"自然"乃取其狭义，或再狭之，即山水。对于山水进入文学视野，钱锺书有一段精辟论述："诗文之及山水者，始则陈其形势产品，如《京》《都》之《赋》，或喻诸心性德行，如《山》《川》之《颂》，未尝玩物审美。继乃山水依傍田园，若茑萝之施松柏，其趣明而未融……终则附庸蔚成大国，殆在东晋乎。"（《管锥编》第三册，第 1037 页）钱先生把"山水文学史"分成"陈其形势""喻诸德行""玩物审美"三阶段,并认为到了东晋,"山水"才真正获得了审美的判断、趣味或意义。而其时玄学的发达,可说是内在地构成《世说新语》自然观、自然鉴赏的主要动因。

简文入华林园,顾谓左右曰:"会心处不必在远。翳然林水,便有濠濮间想也,觉鸟兽禽鱼,自来亲人。"(《言语》)

顾长康从会稽还,人问山川之美,顾云:"千岩竞秀,万壑争流,草木蒙笼其上,若云兴霞蔚。"(《言语》)

王子敬云:"从山阴道上行,山川自相映发,使人应接不暇。若秋冬之际,尤难为怀。"(《言语》)

晋人以虚灵的胸襟、玄学的意味体会自然,乃能表里澄澈,一片空明,建立最高的晶莹的美的意境。

其次检视"人"。周作人曾说过这样的话,要想检阅一个社会的文明程度,或者说确证人类的自由与解放,那首要之点即是看人们对儿童与妇女的态度。这里,我想从人类学的角度再增加动物、死亡两个内容。这四个维度,基本上可以看出一个社会的审美态度。

桓公入蜀,至三峡中。部伍中有得猿子者,其母缘岸哀号,行百余里不去。遂跳上船,至便即绝。破视其腹中,肠皆寸寸断。公闻之,怒,命黜其人。(《黜免》)

陈太丘与友期行,期日中。过中不至,太丘舍去。去后乃至。元方时年七岁,门外戏。客问元方:"尊君在不?"答曰:"待君久不至,已去。"友人便怒:"非人哉!与人期行,相委而去。"元方曰:"君与家君期日中。日中不至,则是无信;对子骂父,则是无礼。"友人惭,下车引之。元方入门不顾。(《方正》)

阮公邻家妇有美色,当垆酤酒。阮与王安丰常从妇饮酒,阮醉,便眠其妇侧。夫始殊疑之,伺察终无他意。(《任诞》)

嵇中散临刑东市,神气不变,索琴弹之,奏《广陵散》,曲终曰:"袁孝尼尝请学此散,吾靳固不与,《广陵散》于今绝矣!"(《雅量》)

其中,动物是从生物系列的角度,妇女是从生理系列的角度,死亡是从生命系列的角度,儿童是从心理系列的角度。

3. "小中见大"何以可能

其称名也小,其取类也大。(《易传》)

文字、图形、符号是有形、有限的,而意象、意境却是敞开、无限的。那么,有限与无限之间的媒介是什么?"小中见大"又何以可能?如何从形而上学的角度去理解这种可能性?

3.1 世界 3

英国科学家波普把宇宙现象分成三个世界或三个层次:其一,物理世界,或"世界1"。指客观世界的一切物质客体及其各种现象。其二,精神世界,或"世界2"。指人的一些精神活动,以及感性和理性的认识活动。其三,客观知识世界和客观精神世界,或"世界3"。指一切见诸客观物质的精神内容或体现人类意识的文化产品,如语言文字、宗教艺术、神话故事、科学研究。

这里,我想借用波普三个世界的划分,把客观精神世界理解成"事的世界"。概言之,也就是世界1是"物的世界",世界2是"人的世界",世界3是"事的世界"。"人的世界"是"物的世界"的异化;

"事的世界",亦即"人之事";世界2作用于世界1,世界2是世界3的中介。

3.1.1 赵汀阳:"物的世界"与"事的世界"之区别

第一,对于物,我们只能有知识的科学的认识,而不能有思想的认识;对于事,我们却可以有思想的认识。

第二,"物的世界",是封闭的,有某种稳定性,因而是可以重复检验的;而"事的世界",是敞开的,不确定的,因而也是难以重复的。

第三,"物的世界"是有规律可循的,体现的是合规律性;而"事的世界"关心人的命运,命运是可以改变的,体现的是合目的性。事是我们人的有意所为,事情是跟我们的意向相关的,

第四,"物的世界",是一个完成时;而"事的世界"却是未来时。未来不仅先于现实,而且未来还先于历史。

第五,"物的世界"体现了创世论,创造主体是"神"或"上帝";而"事的世界"讲的是存在论。创造主体是人。所以在这个意义上,"to be"就是"to do"。

3.1.2 孙周兴:"物的世界"与"事的世界"之联系

在西方哲学史上,对物的认知有三个历史阶段,第一阶段是自在之物。自在性。物有自己的结构,是其所是。第二阶段为我之物。为我性。康德对此有很好的阐述:人为自然立法。不过所"立法者"只能是现象中的物,自在之物是不可认识的。第三阶段是事件之物。也就是物通过事的介入、打通、链接、行动而存在。它表现为关联性,也就是物与物的关系、人与物或人与人的关系。艺术的意义,

是主体赋予的。既不在物之上,也不在我这里,而是人与物的关联之中。或者说,在于"事之中",体现为人的创造性。有了这个创造性,即使无"物",也会有"物"。

所以,第一阶段是古典意义上的物,艺术表现是模仿。第二阶段是近代意义上的物,体现在艺术领域是再现。第三阶段才是现代意义上的物。在艺术领域,表现、印象艺术,外化明显。

3.1.3 杨国荣:"人的世界"与"事的世界"

作为人的广义活动,"事"不仅展开于人存在的整个过程,而且内在于人存在的各个方面。人通过"事"创造新的天地,并由此重塑存在。"事"既与行动相联系,又体现了人的本质力量并关乎情意的参与,行动的印记和情意的负载在扬弃"物"的本然性而赋予其以现实性的同时,又使"事"获得了多样品格。"事"不仅改变对象,也影响人自身,在"能其事"的过程中,人又进一步"成其德"。做事的过程既作用于物,也与人打交道,人与物互动的背后,是人与人之间的关系,"事"的展开,则以人与人之间的交往为背景,并构成人与人之间交往关系形成的现实之源。人的存在与价值关切和意义追求无法分离。作为人的活动,"事"也具有价值内涵,并与意义的追求相联系。

3.2 太初有为

3.2.1 以言行事

只有人类才有语言行为。经过多年的研究,奥斯汀发现,语言不但可以用来报道或描述世界,而且还能去"做"许多人间事务。语言的本质,就在于它是人类的一种特殊行为。说就是做,言即是行。言语行为本身就是世界发生的事件，是人类介入实在之中的一种特殊的"实践"。比如，"我把我的表赠给你"与"交出财产的行为"，"我愿意娶这个女人做我的妻子"与"完成婚礼的行为"，"我把这艘船命名为伊丽莎白女王号"与"完成轮船命名的行为"等。还有，牧师在教堂举行的婚礼上，说出"某男与某女正式结为夫妇"这句话，不仅仅是一种见证，甚至起到婚约的作用。

在中国话语中，经常见到"修辞立其诚"的说法。什么是"诚"？"诚者，天之道也；诚也者，人之道也。"（《中庸》）经过历代的磨灭，"诚"的原始本义变得漫漶不清。若从巫史传统来看，"诚"其实是一种宗教信仰，是巫师与天神交流的言语行为。故至诚可以动天地、泣鬼神。而在艺术方面，艺术天才无他长，即能保持真诚，发挥其诚而已。

3.2.2 结绳记事

《易传·系辞》："上古结绳而治，后世圣人易之以书契。"孔颖达引郑玄注曰："事大，大结其绳；事小，小结其绳。义或然也。"

在民间故事中，我们经常见到这个情节。东北长白山区采参人，在山林中若发现野生的"人参娃娃"，如果当时不准备挖走，就给这个人参的地上茎干部分系上红绳。据说，不这样做，有灵性的人参娃娃就会逃掉，再也找不到了。

"人参娃娃"怎么会逃掉？其实，采参人若发现野生人参，系红绳于其上，民间故事想表达的是，采参人对这棵人参有了所有权，这是一种公示行为，是一种"确权"声明。类似的，还有传统"结发夫妻"之说。

因此,"结绳"与"书契",都是上古记事的重要环节。

3.2.3 以文运事与因文生事

金圣叹《读第五才子书法》:《史记》是以文运事,《水浒》是因文生事。以文运事,是先有事生成如此,却要算计出一篇文字来。虽是史公高才,也毕竟是吃苦事。因文生事却不然,只是顺着笔性去,削高补低都由我。

首先,《史记》与《水浒》都是写事。其次,《史记》与《水浒》是两种创作方式。《史记》是纪实,而《水浒》为虚构。第三,历史材料的创作,考虑更多的是"算计",大多做减法;而虚构作品,却是做加减法,也就是所谓的"削高补低"。

3.3 事理情结构

亚里士多德认为,任何一个事物都必然包含"四因":质料因、形式因、动力因和目的因。小说也不例外。其中,事即质料因,理即形式因、目的因(形式因,见之于创作技巧;目的因,落实在文学伦理方面),情即动力因。总体表现为"事理情结构"。

3.3.1 理:动机律

在微型小说中,"动机律"是一项极其重要的创作规律。以前称之为"因果律"。其实两者还是有其本质的不同。"贼吃肉遵循动机律,贼挨打遵循因果律",大略说出了两种之不同。

对因果关系的理解,是我们认识世界的基础,如果我们不能在不同的现象之间建立因果关系,那么,我们看到的世界,就只能是一个个孤立的、静止的现象。

狭义上讲,因果关系就是一个事件导致另外一个事件,这是自然世界的因果关系。如果没有变化，就不可能有因果关系。也可以反过来说，所有的自然变化，背后都有因果关系。因果关系是我们认识和理解世界的基本方式。从某种程度上说，自然界的变化，就是一个无穷无尽的因果链条。在这种关系中首先出现的状态称之为原因，然后出现的称之为结果。原因和结果之间存在必然性。自然世界遵循必然性的因果关系。

但因果关系也是有限的。比如两辆汽车相撞了，是什么导致的？是路面湿滑，司机疲劳驾驶，机械故障，还是司机心理或者情绪？我们无法得知。因为事件有了人的参与，人的行为并不遵循"必然的因果律"，而是遵循"动机律"。老人摔倒了，路人不一定会走过去搀扶。即便是搀扶了，动机可能也是不一样的。人的行为是由动机主导的，而不是自然规律。叔本华认为，人的动机从根本上说是由意志决定的，而意志是盲目和随机的，所以人的行为并不遵循客观世界的因果律。

3.3.2 情：冲突律

事理情结构之"情"，可作"情节"或"情感"两方面构想。粗看起来，情节偏重于客观，而情感偏重于主观，但事实上，情节的推动、设计、发展却内在地受制于艺术情感。作品的艺术情感是由内容与形式的对立、冲突引起的。维果茨基认为，在艺术中，内容所激发的情感与形式所引起的情感，其流向往往是相反的，而艺术情感恰恰就是形式情感对内容情感的征服。

维果茨基曾以蒲宁的短篇小说《轻轻的呼吸》为例进行分析。此小说内容是写"一个放荡的女中学生的生活故事"。说一位漂亮的女中学生跟一个哥萨克士兵谈恋爱,但不久却与一个老地主发生了关系。后来她在火车站被哥萨克士兵枪杀了。维果茨基说,"故事的实质就是生活的混沌,生活的浑水","生活的溃疡"。在生活中,我们如果听说了这么一件事,可能会感到恶心和可怕。但经蒲宁赋予这个故事以诗意的形式之后,特别是作者描写这个女中学生,在教室里大讲女人的美,就在于"轻轻的呼吸",整个小说给人的印象就不同了。"小说同本事所产生的印象截然相反。作者所要表达的正好是相反的效果。他的小说的真正的主题当然是轻轻的呼吸,而不是一个外省女中学生的一般乱七八糟的生活。""它的主线是解脱、轻松、超然和生活透明性的感觉,而这种感觉从作为小说基础的事件本身是无论如何得不出来的。"维果茨基以细致入微的分析,令人信服地说明了蒲宁的小说,其形式情感与内容情感不但是对抗的,而且"形式消灭了内容",内容的"可怕"完全被形式征服,通篇都"浸透着一股乍暖又寒的春的气息。"

很自然地,这个故事让我们想起了汪曾祺的《陈小手》。

3.4 如何理解"见"

"隐"与"秀",通俗地讲,一个是"看不见",一个是"看见"。"隐秀"见之于刘勰《文心雕龙》"第四十",但原稿残缺不全,南宋人张戒在《岁寒堂诗话》里所引的"情在词外曰隐,状溢目前曰秀",才让后世得知有这么一句话。隐秀之说非常接近现象学的观点,即通过有限的在场的实体(秀)来想象到不在场的实体(隐)。要让看不见的东西看得见,一方面肯定脱离不了主体的能动性,另一方面这个文本不是现成的,而是生成的,是通过创造性想象来实现的。

3.4.1 以言观之

"小中见大"之"见",可以读作 jiàn,或读作 xiàn。读作 jiàn 时,意为"看见"或"听见"。胡塞尔重视"看",因为一切明证性都来源于"看"。不过,海德格尔强调"听"。他认为"听"更具有本源性,在天地神人共同建构的世界体系中,神灵之语才是值得人去倾听的。

我认为"见"读作 xiàn 比较合理,是"显示""显现"的意思,就是海德格尔反复叙说的"林中空地"。

3.4.2 以物观之

有幅宋人小画,只于尺幅中画一宫门,一宫女早起出门倒垃圾,倒的全是荔枝、桂圆、鸭脚(即百果)之类的皮壳。

科学技术能让遮蔽的东西如宫内的"生活世界"显现出来吗?不能。只有在艺术品中,其自我遮蔽的本性才能得以显现。是艺术品提供了真理得以显现、照耀的场所。宋人小画中虽然没有画灯火笙歌,但通过剩余物"垃圾",宫苑生活的豪华闲逸都表现出来了。

由于显现与遮蔽的此消彼长,决定了艺术品是生成的,而不是现成的。曹禺在谈戏剧创作时说:"我认为剧本跟小说不一样,小说可以定稿,剧本永远定不了稿,因为它的生命在于演出。剧作家的创作,仅是戏剧创作的一个重要的部分,此外,它还需要导演、演员、观众共同完成。剧本的修改,最靠得住的,是演出之后的修改。演员改、导演改、观众改,使它慢慢好起来。"

海德格尔还认为,"显现"与"遮蔽"是一对二律背反,永远矛盾但又不能消除。显现可以表现为遮蔽,而遮蔽也可表现为显现,并且比显现更为本源和原始。

遮蔽的东西一经被看成是(被揭示为)出场者的背后根源和背景,它就不仅仅是遮蔽的,而且同时又是显现的,不仅仅是神秘的,而且同时又是被揭示出来了的非神秘。

遮蔽与显现、未出场者与出场者,正如海德格尔所说,是不可须臾分离的。但这只能在艺术中做到。作为一种存在者的艺术品,向此在(人)敞开。

3.4.3 以心观之

先生游南镇。一友指岩中花树问曰:"天下无心外之物。如此花树在深山中自开自落,于我心亦何相关?"先生曰:"你未看此花时,此花与汝心同归于寂;你来看此花时,则此花颜色一时明白起来。便知此花不在你的心外。"(王阳明《传习录》)

首先,万物与我们本来存在着千丝万缕的联系(此花不在心外)。其次,如果我们无所作为(中性词),便不会生发与事物的联系(未看花时,花与心同归于寂)。第三,事物通过我们自身的行为在我们的生命中显现(你来看花时,此花颜色一时明白起来)。

3.4.4 以事观之

考夫卡是格式塔心理学的代表人物。他有个观点,认为人类的行为产生于行为环境,并受行为环境的调节。他曾用一个案例来说明这个观点:冬日傍晚,风雪交加,有一个男子纵马向一家客栈奔去。大地覆盖了一切道路和路标,数小时之后,男子终于来到客栈。店主诧异地问他从何而来,男子用手指了指过来的方向。店主不禁惊道:"我的上帝,你居然穿过了康斯坦斯湖?"没想到男子一闻此言,当即瘫倒在地。

虽然男子其时是安全的,但他脑海里重现的,却是自己骑马闯荡康斯坦斯湖的危险情景。

4."小中见大"如何可能

其大无外,其小无内,此之谓至贵。(《吕氏春秋》)

由于微型小说行为主体是"人之事",叙述的是"事的世界",而不是"物的世界",所以它不是有限的物象,而是包含一种深沉的宇宙感、历史感、人生感;不是概念、知识,而是对概念、知识的超越;不是封闭、静止、确定、必然,而是敞开、偶在和不确定……因而"小中见大"也就有了可能性。既然"小中见大"是可能的,那么,我们不免又要追问,它又是如何可能的?换言之,它是通过哪些途径从"潜能"转化为"现实"的?

4.1 故事核

什么是"故事核"?所谓"故事核",指一件叙事作品的最为关键的构成性元素。它具有以下四个基本特性:第一,本源性。这个元素是首要的,其他元素是次要的。第二,实在性。它是以实有的形态存在的,人们能明确感受到、认识到它的存在。第三,构成性。它与其他内容相互关联、相互表现。第四,唯一性。一旦它被创造出来,在文本中有所展示,它就先在地获得相关话语权,处于不可替代、不可复制的位置。

在文学创作实践中，人们早就认识到"故事核"的价值，还赋能其以各种名义：

4.1.1 戏胆说

冉欲达在《论情节》中说："'戏胆'的含义，简单说，是在一个曲折的故事情节中，出现一种事物（它可能是一个玉镯、一幅字画、一把扇子、一件兵器，有时是一句话、一本书，有时又是一个人物……），这个事物，在情节的发展中，起着特殊的作用，成为主人公命运的象征，或是人物悲欢离合的见证，或是解决矛盾的关键。"又说："'戏胆'这个名字，起得很好，大概取胆体小而又隐藏，但作用很大的缘故。戏剧性冲突，常常离不开'戏胆'。在我国古典小说中，'戏胆'有时能起画龙点睛的作用，使作品富有寓意和趣味。"

4.1.2 种子说

顾仲彝认为"故事核"就是种子，体现了作品的主题思想："这样的主题思想就像一颗好的种子，在适当的土壤和适宜的温度（即找到适合于表达这主题思想的人物形象和事件）里就能长出一株茁壮的果木，开花结果；也就是说，才能写出一个好剧本来。种子看来是一很小的圆形颗粒，一点也没有果树的雏形，但它能发芽抽枝，长成一株能开花结实的好果树。"

4.1.3 黄金点说

要在构思的时候重视作品的"黄金点"。一篇短篇小说在构思时，作者应该分明地意识到自己作品里，哪里是全篇的"闪光点"

或者"黄金点"。这常常是形象和思想最统一的那一点。它可能是一个场面，或者一个行为，一个形象，或者是一个细节。它的位置可能在作品中部，也可能在结尾。一个好的短篇，或隐或显，一定有那么一个闪光的点。即使不是那么光亮，也是作者用心安排的那么一个必要部分；构思，就要找到它，珍视它，精心处理它。……

短篇小说应该在经过周到的准备之后，照着读者的心尖子上猛扎一锥子。"辣笔著文章"。短篇小说既要引起读者心灵的震撼，就不要怕强烈，不要怕有光彩，有光，就要把生活可能写透，追寻震撼、启迪和感染的力量。但是，一定要在构思中选好这个点，并且安排好奔向"黄金点"的途径。要准备好。点没有找好，这一锥子扎不准；没有充分的准备，这一锥子也扎不到好处。(《王愿坚文集》第五卷，第75页)

"黄金点说"比较形象，"戏胆说"更有文学色彩，我个人倾向"种子说"。"故事核"就是种子。你把种子种到地里，有了阳光雨露，它就可能破土发芽、长大成熟。种子不一样，长出来的东西就不一样。还有，种子要优化优选，不是拿到篮子里就是菜。

4.2 空白

我们的先哲很早就意识到，虚与实、有与无是统一的，具有相互依存、相互转化的关系。有了这种统一，天地万物才能流动，运化才能生生不息。

三十辐，共一毂，当其无，有车之用。埏埴以为器，当其无，有器之用。凿户牖以为室，当其无，有室之用。故有之以为利，无之以为用。(《老子》第十一章)

车轮中心的圆孔是空的,所以车轮能转动。陶皿的中间是空的,所以陶皿能盛东西。房子中间和门窗是空的,所以房子能住人。"空"等于"无",但不等于"无用";"空"即是"虚",但"虚"与"实"相生。

4.2.1 艺术留白

中国古典美学认为,艺术形象必须虚实结合,才能真实地反映有生命的世界。古代诗画的意象结构中,虚空、空白占据很重要的地位。没有虚空,中国诗歌、绘画的意境就不能产生。

因此,这个"空白"实际上是作者的创意之举,是"有意为之"的。这条美学原则显然有异于西方古典艺术。宗白华曾说:"埃及、希腊的建筑、雕刻是一种团块的造型。米开朗琪罗说过:一个好的雕刻作品,就是从山上滚下来滚不坏的。他们的画是团块。中国就很不同。中国古代艺术家要打破这个团块,使它有虚有实,使它疏通。"(《宗白华全集》第三卷,第462页)

中国画是线条,线条之间就有空白。"中国画很重视空白,如马远就因常常只画一个角落而得名'马一角',剩下的空白并不填实,是海,是天空,却并不感到空。空白处更有意味。中国书家也讲究布白,要求'计白当黑'。中国戏曲舞台上也利用虚空,如'刁窗',不用真窗,还用手势配合音乐的节奏来表演,既真实又优美。中国园林建筑更是注重布置空间、处理空间。这些都说明,以虚代实,以实代虚,虚中有实,实中有虚,虚实结合,这是中国美学思想中的核心问题。"(《宗白华全集》第三卷,第454-455页)

4.2.2 读书得间

不过，按照西方解释学、接受美学的理论，一方面，文本本身就不是铁板一块的；另方面，他们认为读者在阅读过程中，间接参与了文本重建。这么一来，"空白"就成了"本已有之"的东西了。

德国美学家伊瑟尔首先对文学作品与文本进行区分。他认为文学作品有艺术的一级（文本）和审美的一级（读者），艺术的极点是作者的文本，而审美的极点则需要通过读者的阅读来实现。作为审美对象的作品，并非一开始就存在，而是以文本作为潜在的基础。在此基础上，他进一步提出文学文本的召唤结构理论。

文学文本的召唤结构由空白、空缺和否定三因素组成。所谓空白，是指文本中未实写出来或明确写出的部分，如叙事文学中情节的中断等；空缺是指文学语词、句子、段落等语义单位之间的中断或不连续性；否定则指文学文本在思想内容与表现形式方面，常常否定和打破读者阅历的世界和习惯，造成阅读过程中的动力学空白。这三个因素共同激发、召唤、诱导读者在阅读中发挥创造性想象，来填补空白，连接空缺，建立新的世界，构成文本的基本结构。

文本"空白"理论，我们古人称之为"读书得间"。冯友兰先生解释说：读书得间，就是从字里行间读出"字"来。字与字之间、行与行之间本来没有字，当你读得深入时，便会读出字外之字。读书能够"得间"，才会领悟作者的言外之意。

20世纪60年代，科学工作者屠呦呦负责中草药抗疟科研，将目标锁定在青蒿上。然而经过反复实验，却发现青蒿的抗疟效果并不明显，与史籍记载不符。便又反复研读，在《肘后备急方》发现有段描述："青蒿一握，水二升渍，绞取汁，尽服之。"一个"渍"

字引起她的高度关注。为何用水"渍"而不是用传统"煮熬"法？她陷入沉思之中，突然间灵光乍现："渍"是常温，而"煮"是高温，一字之差，她从字缝中找出了"间"的真谛。以此为契机，青蒿素研制终获成功并付诸临床应用。

4.2.3 知其白，守其黑

知其白，守其黑，为天下式。(《老子》第二十八章)

微型小说具有一般艺术品的艺术共性。既有显现又有遮蔽，而且显现中却有意不显现，遮蔽时又不是全部遮蔽。显多少（黑），隐多少（白），并没有一定之规。

小小说是空白的艺术。中国画讲究"计白当黑"。包世臣论书，以为应使"字之上下左右皆有字"。因为注意"留白"，小小说的天地便很宽余了。(《汪曾祺散文全编》第三卷，第718页)

对作者、读者来说，不但要能"守其黑"，更要能"知其白"。

小说无论大小，都是留够空白。若讲究中国的气韵、气质、气氛、气派、气，渺茫，请从空白着手，让空白把气落空——其实是落实，请看山水灵秀地方，灵秀是气不可见，若建一空灵亭子，可见空白了，也就可见灵秀的生机，穿插空白而出现生动了。(《林斤澜文集》第六卷，第173页)

微型小说一向有"螺蛳壳里做道场"的说法。虽然空间有限，但仍从容不迫，进退自如，有格局、有视野、有规划、有战略。

小小说是一串鲜樱桃，一枝带露的白兰花，本色天香，充盈完美。小小说不是压缩饼干、脱水蔬菜。不能把一个短篇小说拧干了水分，紧压在一个小小的篇幅里，变成一篇小小说。——当然也没有人干这种划不来的傻事。小小说不能写得很干，很紧，很局促。越是篇幅有限，越要从容不迫。小小说自成一体，别是一功。小小说是斗方、册页、扇面儿。斗方、册页、扇面的画法和中堂、长卷的画法是不一样的。布局、用笔、用墨、设色，都不大一样。长江万里图很难缩写在一个小横披里。宋人有在纨扇上画龙舟竞渡图、仙山楼阁图的。用笔虽极工细，但是一定留出很大的空白，不能挤得满满的。空白，是小小说的特点。（《汪曾祺散文全编》第三卷，第718页）

微型小说最忌压缩饼干、脱水蔬菜。下面是马克·吐温创作的微型小说，用笔极简，但读者却能读出"韵外之致"。

招聘女打字员的广告费……（支出金额）

提前一星期预支付给女打字员的薪水……（支出金额）

购买送给女打字员的花束……（支出金额）

同她共进晚餐……（支出金额）

给夫人买衣服……（一大笔开支）

给岳母买大衣……（一大笔开支）

招聘中年女打字员的广告费……（支出金额）

4.3 诗性智慧

诗性智慧是什么？诗性智慧，是意大利哲学家维柯在《新科学》中首先提出来的。维柯认为，在希腊语中"诗人"是"创造者"的意思。就像制鞋匠会做鞋一样，诗人的特点是擅长写诗，而且知道怎样去"写"。诗的本质是想象、激情、感觉和幻想。它像神话思维一样，是人类文明的源泉，是人类一切"制度"包括哲学和科学得以产生的根源。

4.3.1 诗性

微型小说创作为什么需要"诗性"？因为今天的微型小说，仍需要以"诗性"对抗"知性"，需要大力提倡形象思维，而不能被逻辑思维、科学思维所羁绊。

汪曾祺的小说被称为"诗化小说"。就是他的小说，不那么规整，语言也有点散漫。"我一直以为短篇小说应该有一点散文诗的成分，把散文、诗融入小说，……小说的散文化似乎是世界小说的一种（不是唯一的）趋势。"

不仅如此，他还说他不太喜欢"戏剧化"，也就是"讲故事"："我的一些小说不大像小说，或者根本就不是小说。有些只是人物素描。我不善于讲故事。我也不喜欢太像小说的小说。即故事性很强的小说。故事性太强了，我觉得就不大真实。"

其实，与许多作家相比，汪曾祺可能更加熟悉"故事法则"。他曾在一篇文章中写道，他曾经编过大约四年的《民间文学》期刊。因此，颇受"民间文学的影响"。"一是语言的朴素、简洁和明快。民歌和民间故事的语言没有是含糊费解的。我的语言当然是书面语言，但包含一定的口头性。如果我的语言还有一点口语的神情，跟我读过上万篇民间文学作品是有关系的。其次是结构上的平易自然，在叙述方法上致力于内在的节奏感。民间故事和叙事诗较少描写，偶尔也有，便极精彩，如孙剑斌同志所记内蒙古故事中的'鱼哭了,流出长长的眼泪'。一般故事和民间叙事诗多侧重于叙述，但是叙述的节奏感很强，'三度重叠'便是民间文学的一种常见的美学法则。重叙述,轻描写,已经成为现代小说的一个显著特点。在这一点上,小说需要向民间文学学习的地方很多。"

也许是更加熟悉,他也知道自己的努力和方向。"我的作品和我的某些意见,大概不怎么招人喜欢。姥姥不疼,舅舅不爱。也许我有一天会像齐白石似的'衰年变法',但目前还没有这意思。我仍将沿着这条路走下去。有点孤独,也不赖。"

4.3.2 智慧

何谓智慧?方东美在《哲学三慧》中说:"人生而有知,知审乎情,合乎理,谓之智。智有所缘之谓境,境具相状,相状如实所见,是谓智符。人生而有欲,欲称乎情、切乎理,谓之慧;慧有所系之谓界,界阃精蕴,精蕴如心所了,是为慧业。"

智慧是"事理情结构"的有机统一,体现的是存在者的存在智慧。存在智慧包括生活智慧和生存知识,体现在"知"和"欲"两方面。在生活智慧中"经验"尤为重要:

王戎七岁,尝与诸小儿游。看道边李树多子折枝,诸儿竞走取之,唯戎不动。人问之,答曰:"树在道旁而多子,此必苦李。"取之,信然。(《世说新语》)

而生存智慧中"欲望"似更明显:

孔融被收,中外惶怖。时融儿大者九岁,小者八岁,二儿故琢钉戏,了无遽容。融谓使者曰:"冀罪止于身,二儿可得全不?"儿徐进曰:"大人岂见覆巢之下,复有完卵乎?"寻亦收至。(《世说新语》)

冯骥才的微型小说集《俗世奇人》,一般人的眼光都聚焦在"奇"

点之上，并大赞其"人物的传奇，事件的新奇，构思的神奇"，但我认为，这种"猎奇"心态可能低估了他的小说价值，冯先生小说总的表现是"人生的智慧"，尤其是中国人的存在智慧。《苏七块》中的苏大夫，"有个各色的规矩，凡来瞧病，无论贫富亲疏，必得先拿七块银圆码在台子上，他才肯瞧病，否则决不搭理。"这天，有个三轮车夫摔坏了胳膊，过来看病。苏大夫正在打牌，理都不理人家，三轮车夫疼得直叫唤，但没有用，因为他没带足钱。这情形连三位牌友都看不下去了。过了一会，一位叫华大夫的牌友离开牌桌，趁方便之机，暗塞给三轮车夫七块银圆。苏大夫见到钱，立马起身，把车夫的胳膊接好了。牌局散后，苏大夫把华大夫叫住，还了华大夫七块银圆。"规矩不能破"，这是苏大夫恪守的处事准则；而还给华大夫"七块银圆"，传达的又是他的情感认同。苏大夫"看破"却没"点破"，体现的乃是存在的"智慧"。

4.3.3 智的直觉

天之明莫大于日，故有目接之，不知其几万里之高也；天之声莫大于雷霆，故有耳属之，莫知其几万里之远也；天之不御莫大于太虚，故心知廓之，莫究其极也。

这段话见之于张横渠《正蒙·大心篇》，讲认知事物的三个层次：第一层，"天之明"与"天之声"。第二层，几万里高之"日"及几万里远之"雷霆"。第三层，"太虚"。第一层的"天"是自然的天，其大小有形、有限，通过直觉可以感知；第二层所说的"几万里之高""几万里之远"，虽高虽远，其大小仍然有限，通过直觉亦可思知。只有第三层的"太虚"，其大却是无形、无限，"天之不御""莫究其极",唯有"心知廓之"才能觉知。此之谓"智的直觉"。

我们之所以能创作"小中见大"的微型小说,或者说,能发现微型小说的"小中见大",所依凭的,正是因为我们拥有"智的直觉"。

由此,我想起星云法师讲过的故事《五指争大》:

一天,五根手指头吵了起来,都争着要做老大。大拇指首先开口:"人们说自己最厉害,是大 BOSS 时,都要把我亮出来。我当仁不让,是老大!"食指听了不服气,反驳道:"民以食为天。人们品尝美食时,都是让我先尝味道的。而且,我还是一个总指挥,我指到东,人们就往东;我指向西,人们就往西。所以,我最大!你们都应该听我的!"中指不以为然,说:"五指当中,我处于 C 位,伸出五指,我也最长,你们应该听我的才对!""都不对,"无名指赶紧说,"我虽然叫'无名指',可人们却最宠我爱我。过生日,做寿,结婚,都要把最珍贵的东西,套在我这里!"

四根手指,各自夸耀一番,唯独小指头默然不语。大家就问小拇指:"咦!你怎么不说话呢?"

小拇指说:"我最小、最后,怎么能跟你们相比呢?"

大家听了,不禁扬扬得意起来。没料到,小拇指话锋一转:"不过,人们进到庙中,合掌礼拜时,我离佛祖最近!"

这则故事很多年前就在民间流传,星云法师做了一点改动。小指头确实很小、很小,但在"智的直觉"观照下,它的境界却显得是那么的高大。

【参考文献】

[1] 许世杰. 微型小说名实略谈 [A]. [2] 王朝闻. 以小见大 [A]. [4] 古继堂. 形式短·意义长 [A]. [8] 茅盾. 一鸣惊人的小小说 [A]. [9] 老舍. 多写小小说 [A]. [10] 刘锡诚. 讽刺和幽默是小小说最重要的特色 [A]. [11] 林斤澜. 短中之短 [A]. [14] 峻青. 于精微处下功夫 [A]. 江曾培主编. 世界华文微型小说大成 [C]. 上海：上海文艺出版社，1993.

[3] 郏宗培. 关于微型小说的思考 [J]. 文艺理论研究，1985 (2).

[5] 顾建新. 微型小说的写作话语 [J]. 写作，2001 (7). [17] 江曾培. 微型小说是一种独立文体 [J]. 写作，1991 (8).

[6] 郑贱德. 小小说姓"小"：小小说的主要特征 [J]. 新闻与写作，1985 (11).

[7] 刘海涛. 现代人的小说世界 [M]. 上海：上海文艺出版社，1994：32.

[12] 彭志凤. 中国小小说尚处在尝试阶段 [J]. 小小说选刊，1985 (5). [13] 刘进贤. 小小说创作断想 [J]. 小小说选刊，1985 (4).

[15] 于尚富，许廷钧. 小小说纵横谈 [M]. 北京：文化艺术出版社，1991：17.

[16] "一句话小说"：地球上最后一个人独自坐在房间里，这时忽然响起了敲门声……（英国科幻小说作家弗里蒂克·布朗）"三字小说"：神垂死。（英国《每日镜报》）"一字小说"：题目：《生活》，正文：网。（美国《时代周刊》）

[18] 袁昌文. 微型小说写作技巧 [M]. 北京：学苑出版社，1988：9.

[19] 曹禺. 谈《雷雨》[J]. 人民戏剧，1979，(3)：43.

[20][古希腊] 亚里士多德. 诗学 [M]. 陈中梅译注. 北京：商务印书馆，1996：78.

[21] 本书编委会. 熊佛西戏剧文集（下册）[M]. 上海：上海文艺出版社，2000：624-625.

[22] 范钧宏. 戏曲编剧论集 [M]. 上海：上海文艺出版社，1982：13.

[23] 麻国钧，祝海威选编. 祝肇年戏曲论文选 [M]. 北京：文化艺术出版社，1998：187.

[24] 祝肇年. 古典戏曲编剧六论 [M]. 北京：中国戏剧出版社，1986：150.

[25][英] 克莱夫·贝尔. 艺术 [M]. 薛华译. 南京：江苏教育出版社，2005：126.

[26][英] 克莱夫·贝尔. 艺术 [M]. 薛华译. 南京：江苏教育出版社，2005：107.

[27] 麻国钧，祝海威选编. 祝肇年戏曲论文选 [M]. 北京：文化艺术出版社，1998：208.

[28] 马振方. 小说艺术论 [M]. 北京：北京大学出版社，1999.

[29][英] 爱·摩·福斯特. 小说面面观 [M]. 苏炳文译. 广州：花城出版社，1984：59-60.

[30][法] 让-弗朗索瓦·利奥塔. 后现代状况——关于知识的报告 [M]. 岛子译. 长沙：湖南美术出版社，1996.

微型小说"故事会学派"叙事艺术初探

– 高健 –

摘要：微型小说"故事会学派""新奇情巧趣智味"这一叙事策略的提出，把"故事会学派"叙事策略引入微型小说创作，既符合微型小说叙事的创作实际，又与其他体式的小说叙事区别开来，为微型小说叙事创作提供了另一种借鉴，开拓了另一种可能。

关键词：微型小说；"故事会学派"；叙事艺术

关于小说创作的叙事，大体可以理解为故事情节的推进演化，并在这一过程中塑造人物、表现生活。微型小说因篇短制微，难以通过铺陈渲染来实现这一创作目的，因而与其他体式小说的叙事，有很大的不同。

自1960年代，以上海《故事会》杂志为主阵地，经过编辑、作者、学者等一代代故事人的努力，这一叙事文体逐渐形成自己独特的叙事风格和艺术特色，并建立起相应的理论体系。而作为"口头叙事"的故事，与作为"书面叙事"的微型小说，在情节推进、人物设置、空间场景等方面都有相近之处。应该说，把故事的叙事策略加以梳理改进并运用到微型小说创作，为这一文体的创新发展打开了

基金项目：国家社会科学基金重点项目"世界华文微型小说百家创作年谱"（18AZW024）；湖南省教育厅重点项目"中国微型小说作家作品经典化研究"（20A456）。

作者简介：高健，中国微型小说学会秘书长，《故事会》杂志副主编，主要从事中国现当代文学研究。

新的思路。

一、"故事会学派"的概念提出

微型小说如何叙事，与其他体式的小说叙事有何不同？中国微型小说学会会长、《故事会》杂志主编夏一鸣，在借鉴、总结故事"口头叙事"文学特点的基础上，把微型小说"书面叙事"文学特点概括为：新、奇、情、巧、趣、智、味。他认为："作为叙事文学之一，微型小说同样亦复以'故事核'为必要条件，新奇情巧趣智味'七要素'既是对故事核的限制与约束，也可视为故事核的独特性和超常性体现。"[1]所谓故事核，"是指构成一篇故事作品的关键性情节。"[2]在这里，可以理解为故事核心情节的叙事类型与模式。故事情节的千变万化、人物类型的千姿百态是以故事核为底层支撑的。这就像是面粉，既可以做成馒头、包子，也可以做成面条、面汤，既可以做成中式面点，又可以做成西式点心。与其他食材搭配、混合加之烹饪方式的不同，还可以做出更多品种、口味、风格不同的食物，全在于"厨师"的操作。

多年来，以《故事会》杂志刊物风格为特点的"口头叙事"，以其引人入胜的故事、跌宕起伏的情节、鲜活生动的人物受到读者热捧。1980年代，日本学者加藤千代在考察中国当代故事文学发展现状时，赞誉以《故事会》杂志为主阵地的当代故事文学创作为"故事会学派"。[3]应该说，"新奇情巧趣智味"这一叙事策略的提出，把"故事会学派"叙事策略引入微型小说创作，既符合微型小说叙事的创作实际，又与其他体式的小说叙事区别开来，为微型小说叙事创作提供了另一种借鉴，开拓了另一种可能。

二、"故事会学派"的叙事策略

（一）道人所未道，及人所未及

"故事会学派"所说的"新"，既包含其呈现内容的新鲜，也包括其表现手法的新颖，但主要强调"故事核"的新意。就生活的本质来说，一方面"太阳底下没有新鲜事"，另一方面"太阳每一天都是新的"，现实与其镜像呈现的文学之间的二律背反永远考验着作家的眼力、脑力与笔力。

革故鼎新，在陈旧题材上有新挖掘。作家王蒙的《刻舟求剑》作为一篇在古代寓言基础上演绎生发的微型小说，不仅讽刺了虚荣小气、装腔作势的所谓贵客，而且讽刺了顺势炒作、造势谋利的船长，同时还对现实生活中不辨真假、盲目跟风的从众行为进行了批判。短短1500字的内容，却透露出丰富的含义，老题材新写法，老故事新内涵，写出了新意和深意。

推陈出新，在思想内涵上有新突破。微型小说作家蔡楠的《行走在岸上的鱼》，作为一篇环保题材的微型小说，没有惯常的从"人"的视角入笔，而是从"鱼"的际遇来展示其生存环境，从而给读者以身临其境的阅读体验，让"人"感触到"鱼"因自然环境的恶化带来的切肤之痛，令人印象深刻。

破旧立新，在表现形式上有新呈现。中国香港作家刘以鬯的微型小说《打错了》，以两段大同小异的情节，以复沓、重复的富有凝重韵味的复合结构，暗寓着人生中偶然的因素也可以决定着一个人祸福和命运的哲理。微型小说作家戴希的微型小说《祝你生日快乐》，在一篇小说里，设计了三种结局，巧妙地将一个家庭闹剧写得跌宕起伏，给人以新的阅读审美感受。两篇小说在表现形式上，均突破了惯常的表现形式，使用了新的艺术手法。

创新永远是一切文学创作的生命力之所在，微型小说也不例外。"生活永远比小说更精彩"不仅应该是作家遵循的座右铭，而且还应该是激励作家创新的警句。

（二）以正合，以奇胜

《故事会》杂志原主编、著名故事家何承伟曾经说过："故事是一种以情节见长的口头艺术，没有超常的'新奇巧'的情节不可能形成好故事。记故事，主要是记故事中的情节，借助情节使人物活起来，使主题、立意鲜明起来。"[4]"故事会学派"所说的"奇"，是指"注意猎取传奇性的题材，并善于对生活中独特事件、独特人物性格进行描绘，去展示具有普遍性的生活意义和人生哲理。"[5]微型小说的"奇"，既有历史的传承，又有现实的选择。历史的传承，因这种文体系从上古神话、六朝志怪、明清笔记嬗变而来，带有天然的"奇"的因子；现实的选择，因这种文体，要在极短的篇幅里，引人注目，"奇"是较为讨巧的方法。

志人，以奇人异事来塑造人物，彰显性格。通过把虚化想象的有一定奇异性的人放置在真实可信的历史背景中，或者把有一定真实性的人放在虚化想象有一定奇异性的特定环境中，通过虚实相生的叙述，来表现作者脑海中的奇异世界与生活。这类小说行文间不仅弥漫着浓郁的传奇色彩，还蕴含着作者对历史、文化、人性的展示和思索，不仅增加了可读性，也使作品具有较强的文化含义和思辨色彩。作家冯骥才的《俗世奇人》可以说是"奇"的代表。作家高晓声的《雪夜赌冻》、毕飞宇的《英雄》也属于此类作品。

志怪，以鬼狐仙怪来影射现实，镜像社会。志怪类作品具有浓郁的魔幻色彩，这类作品的主人公已脱离正常的人类，多为鬼狐仙怪，作者通过对他们的描绘来影射现象的人世。如作家魏继新的《定风珠》、谢志强的《一船淘气》。还有些作品即便保留有现实的"人气"，但这些"人"也具有超现实的存在，而具有了"怪气"，如作家刘庆邦的《只要油锤》、尤凤伟的《鼓王》。

需要注意的是，虽然文章"非奇不传"，但这种"奇"要以扎实的生活基础、可信的生活细节，以及与人物性格发展相协调的故事情节为前提，从而使作品达到"酌奇而不失其真，玩华而不坠其实"[6]的艺术境地。

（三）感于事，动于情

"故事会学派"所说的"情"，不同于诗歌、散文的直抒胸臆或借景抒情的"情"，而是指作品故事主人公命运以及其对待命运的行为态度的令人动容。白居易在谈到诗歌创作时曾说"人之感于事，则必动于情"[7]，微型小说创作更多侧重于"感于事"，"感于事"是前提，"动于情"是结果。抒情虽然不是微型小说的主要功能，但以情动人却是微型小说打动读者的主要手段。

感于事，以事感人。日本作家川端康成的《父母心》，描写一对贫穷夫妻因抚养不起四个孩子，一次次将孩子送人，又一次次将孩子换回来，最终一个也不舍得送人的故事。小说在浓郁的愁绪中，蕴含着浓浓的爱暖暖的情，刻画了人性的美好以及面对现实无奈的复杂感情，读来令人动容。

动于情，借事抒情。不同于散文的借景抒情，这类作品在叙事的同时，也透过文字抒发作者的感慨。如微型小说作家尹全生的《延安旧事》，悉心刻画了毛泽东对黄克功案件如何处理的内心纠结与沉痛之情，展现了作为昔日功臣、今日罪犯的黄克功，坦然受死、接受惩罚的痛心悔过之情，以及延安百姓对我们军队的拥戴之情。随着故事的推进，小说将情与法、情与理的矛盾冲突展示得淋漓尽致，结尾毛泽东嘱咐为黄克功买口上好的棺材，也从情感上将小说推向高潮，字字铿锵，读来令人感慨万千。

"感人心者，莫先乎情"，以情动人，以情感人，是文学作品永恒的魅力。微型小说不同于抒情性文体之处，在于主要是通过作品叙述的故事情节、辅之以适当的渲染打动读者感染读者。《延安旧事》《父母心》均是通过故事中主人公的命运以及他们对待自己命运的行为、态度令读者动容，较为典型地诠释了微型小说"故事会学派"七要素之"情"的叙事特色。

（四）构思的匠心独具，情节的峰回路转

由于微型小说多通过生活中非常规事件来表现生活、刻画人物，故"巧"是用得较多的表现手法之一。"故事会学派"也强调在不违背生活本质的前提下，通过生活中的偶然事件，以及曲折跌宕的故事情节，突出人物的性格特征，增强作品的审美效果。当然，这个"巧",既包含作品故事情节的巧合,也包括作者构思的巧妙。

情节的巧合,通过曲折跌宕的故事情节,丰满人物形象,丰富作品层次。微型小说作家邢庆杰的《晚点》,写男女二人真诚相爱,30年前和30年后两次相约私奔,都是因为火车晚点而被家人强行架回。表面上看,是火车晚点造成男女二人的爱情悲剧,实质上,真正的凶手,是人们头脑中残存的封建观念。两次巧合,既顺理成章、真实自然,又暗示了虽然30年时间过去了,小站周围的变化很大,但人们的思想观念还和30年前一样。两次巧合情节的设置,较好地提升了小说立意,升华了主题,加深了读者对人物悲剧的印象。

构思的巧妙,通过巧妙的情节设计,提升作品内容的表达效果,增加作品阅读的审美效果。美国作家钱宁·波洛克的微型小说《遗失的金币》,讲述了伤残老兵雷勃在一次家庭聚会中,因有人丢失金币,雷勃拒绝接受搜身而被怀疑。后金币被无意中找回,失主道歉,雷勃却一语道出当年拒绝搜身是偷拿了酒席上的食物,为了回去给家人充饥。小说虽然篇幅较短,但两处巧妙设计的巧合,一是金币丢失与雷勃拒绝搜身的巧合,二是金币找到与雷勃偷拿食物的巧合,既巧得合情,又巧得合理,结尾出人意料,让人不仅没有对雷勃的"偷"愤慨,反而让人心生尊敬,人物形象由卑微变得高大。

俗话说"无巧不成书",但不能为巧而巧,一要巧得自然合理,顺着故事的脉络自然到来,合乎生活的因果逻辑,即巧在"情理之中"。二又要巧得意外,让情节的发展柳暗花明,峰回路转,即巧在"意料之外",让叙事变得更加情趣盎然、充满生气。三是巧要为塑造人物、推进情节服务,节外生枝的单纯为巧而巧没有意义。

（五）情节的有趣,语言的风趣

能抓住读者、留住读者的永远是"好看",即作品的可读性。"故事会学派"所说的"趣",既包含讽刺、幽默、夸张、变形、错位等艺术手法,也包括新颖奇巧、曲折生动的故事情节。

作品人物行为性格的有趣性,通过个性人物的个性表现。第十七届中国微型小说年度奖获奖作品、作家安勇的《再见了,虎头》,作为表现从计划经济年代走过来的两个人纯粹质朴爱情的微型小说,按照一般表现手法,会写得缠绵悱恻,神伤心摧。但作者却反其道而行之,通过两个人的亲昵互动,苦中作乐,展现了两个人对生活、生命、情感的态度。生活的情趣,语言的风趣,阅读的乐趣,统一于一文,是一篇将微型小说叙事的"趣"较为完美体现的作品。

作品语言表达方式的风趣性,借助于个性作家的个性叙述。俄罗斯作家格·戈林的微型小说《您不信任我》同样是一篇有趣的作品,这篇基本由对话组成的小说,由于运用反讽的手法,虽然画面是静止的,但读者在阅读时,仿佛在看两个人表演小品,于笑声中领悟到作者对某类人的讽刺之意,感悟到万千世相中的人生百态。

鲁迅先生说:"人说,讽刺和冷嘲只隔一张纸,我以为有趣和肉麻也一样。"[8]作者在以"趣"叙事时,须注意要把握一定的"度",力求趣味性与思想性的有机统一,过多的、没来由的插科打诨很容易演变成油嘴滑舌。

（六）问题的挑战性，解决的智慧性

英国剧作家大卫·巴波林曾说："我们提出并回答问题，大问题跨越了整个故事范围，小问题涵盖一个句子或段落，中问题则涵盖一章。"[9]"故事会学派"所说的"智"，即提出的问题要有挑战性，解决问题的方法要体现出较高的智慧性。微型小说的叙事就是在故事冲突中推进。故事冲突就是提出问题、解决问题的过程。故事主人公解决问题的智慧性其实就是考验作家本人的智慧性。

不要选择简单的问题，问题的难度决定作品的厚度，彰显主人公智慧的高低。微型小说作家欧阳明的《挥手》描写李、刘二人之间从始至终的真挚友谊，两人退休后一起下棋，腿脚不利索就每天互通电话，嗓子哑了、耳朵聋了就以拍桌、挥手代替回音，直至两个都走到生命的最后，也没有中断彼此之间的互相联系。这期间二人之间的联系就是伴随着提出问题、解决问题的过程，既充满生活的智慧性，又满含浓浓的人情味。

不要让主人公很容易就解决问题，有难度的问题会吸引读者沉入其中，与主人公一起去解决问题。微型小说作家李伶伶的《翠兰的爱情》也因充满生活的智慧而妙趣横生。翠兰看上同村的马成，托媒人说合，但马成顾虑翠兰的性格不同意。翠兰以一个女性的心计，一步步让马成走到自己身边。小说中，翠兰所耍的小心机，既较为形象地表现了农村女性的泼辣大胆，又十分贴切地体现了翠兰作为母亲的细心善良。这一系列以"智"为内涵的情节冲突，烘托了人物形象，丰富了作品的表现层次。

需要注意的是，不能把微型小说叙事的"智"单纯地理解为剧中人物之间的计谋，而更多的应该是情节冲突、命运回旋的丰富层次。毕竟，一次小冲突的解脱，呈现的只能是小计谋，架构在生存之上的生活，才能体现人生的大智慧。

（七）意激而言质，言尽而意远

应该说，微型小说的"味"是由作品的意蕴与语言之间的张力形成的。"故事会学派"所说的"味"，在于其字里行间所呈现出来的那种别样的精神气质。而这个精神气质，与作家的个人气质是一脉相承的。作家的语言特色透露着作品的地域风味，作家的文化底蕴彰显着作品的精神韵味，作家的情感倾向蕴涵着作品的人文趣味。就像上海的清口、天津的相声一样，同样是说唱形式的表演，却有着鲜明的地域特色；同样是面食，中国的包子油条和欧美的面包糕点，也有着不同的滋味。冯骥才笔下的俗世奇人透露着"津味"，老舍笔下的京城百姓透露着"京味"。

汪曾祺的微型小说《祁茂顺》，描述了手艺人祁茂顺裱糊顶棚的精湛高超技艺，以一个小人物的形象，展示着一个时代的发展，表达着对特定文化式微的叹惋之情，朴实的语言中透露出无穷的韵味，令人再三咀嚼。

可能大多微型小说作家在创作中不太会去关注这个似有若无、虚无缥缈的"味"。确实，有没有这个"味"，并不妨碍作家写出一篇出色的微型小说。但有了这个"味"，就像女人有了独特的风韵、小吃有了独特的风味一样，使一篇微型小说卓然于其他作品之外，有了别样的内涵和意蕴。

三、"故事会学派"的内在特质

在多年的故事生产实践中,《故事会》杂志逐渐形成系统化的故事文学理论体系。概括来说,就是坚持和遵循"一项原则""两个要点""四条标准""六大要素"。一项原则即:眼睛向下、情趣向上;两个要点即:人民性、口头性;四条标准即:讲得出、听得进、记得住、传得开;六大要素即:新、奇、情、巧、趣、智(作为微型小说的叙事策略,增加了"味")。这一理论体系,经过多年的实践检验并逐步完善,有着丰富的精神内涵,对于当下的故事文学创作起到良好的引领、指导和促进作用。

如果说"新奇情巧趣智味"是微型小说"故事会学派"叙事策略的外在特征,那么,研究其艺术特色所蕴含的内在特质,可以帮助我们更好地理解"故事会学派"的叙事逻辑。

(一)叙事的流动性,以事见人,以事塑人,注重在故事中表现人物

由于篇幅的限制,微型小说不可能像其他体式的小说那样,通过大段的外表特征、心理刻画以及景物衬托来表现人物,即便对话也是生动简洁。所以,通过故事的推进,让人物在事件中行动起来,应该是最经济、最生动、最有说服力的表现人物形象方式。"故事会学派"叙事最主要的特征就是"流动性",即故事是进展着的,尽量少用静态的描述,作品中的人物是行动着的,场景是轮换着的。"动着"的人才是有"自主意识"的,才能避免人物的"木偶化";"动着"的人才是有"自己思想"的人,才能避免人物的"标签化",

总之,"动着"的人才是"活着"的人。

在流动的叙事中表现人物,让读者的想象去丰满人物。微型小说作家万芊的《半夜急救》,写被抢劫的医生和抢劫犯之间的一场急救,夏院长明知女儿身受抢劫犯的伤害,父女二人还是忍痛完成了手术。作为医生的夏阳父女,不仅抢救了抢劫犯的命,还抢救了其灵魂。一场抢救手术,却使三个人物在步步推进的叙事中"活"了起来,形象生动鲜明起来。小说除了故事情节推进必要的交代之外,没有过多的渲染,但读者却可在字里行间体味到剧中人的微妙心理。这样由读者主动参与的阅读体会,比毫无保留的交代更耐咀嚼更耐品味。

在流动的叙事中塑造人物,让读者在人物的行动中去体味人物。微型小说作家赵淑萍的《客轿》,描写乡村小财主郑店王脚穿草鞋怀揣馒头步行去城里看戏,戏罢不舍得住店,借着客轿的灯光归来,却在家门口与儿子相遇,原来客轿里坐着儿子。小说中,郑店王蹭戏、蹭"吃"、蹭灯,外在行动配以适当的心理活动,仿佛一个人的独角戏,一步一景,一步一画,把一个尖酸刻薄的财主形象刻画得活灵活现,及至结尾与撒金败家的儿子相遇,更进一步增添了小说的喜剧色彩和讽刺意味,仿佛读者也随着作者的叙述看了一场好戏。

《半夜急救》和《客轿》,前者是在相对固定的场景,以人物的不同动作推进故事,后者是以变换的场景,以人物的连贯动作推进故事。摒弃静态叙述,让人物在故事中行动,让故事在流动中推进,这也是"叙事的流动性"的主要内涵。

（二）情节的特异性，奇中见巧，曲折生动，强调情节的转折与意外

超常规的事件才叫故事，常规的家长里短只是唠叨。"情节的特异性"也是"故事会学派"的叙事特色之一。这一特色运用到微型小说，进一步强化了微型小说在叙事中塑造人物这一功能。所谓微型小说，无非就是舍弃了那些平常光景高度凝炼后的生活。这些经过精选、提炼后的生活瞬间，大多以生活中的非常规事件组成，一系列问题的提出、解决，也是以非常规的形式出现，它们共同构成了故事的冲突与悬念，所以才有了新奇巧合的故事情节。这些在非常规事件中表现出来的人性，更能够体现特殊情况下人的本真面貌，也更能够体现小说主人公解决问题的智慧性，所以也更能够给读者以深刻的印象。

特异的情节更能够凸显人物。微型小说作家尹全生的《海葬》，将事件环境放到汪洋大海的惊涛骇浪中，鸽子爷借出海打鱼之名，意欲将与其养女相恋的阿根葬身鱼腹。不料却遇上风暴。在人与自然的较量中，一系列人物行为使鸽子爷改变想法，遂把生的希望留给一对恋人，自己兄弟三人一起魂归大海。如此，鸽子爷的性格在风暴中得到淋漓尽致地体现。

特异的情节更能让读者记住人物。安石榴的《那一刻》，写青春少女毛尖儿元宵夜游，被陌生大叔救助的故事。小说虽然是从毛尖儿的视角出发，但着力表现的却是神秘的救人大叔。小说语言较为含蓄，没有去描写事件的紧张、惨烈，而是通过主人公所见、所想、所及，让读者跟着主人公的感触去体悟事件的发展。云淡风

轻的笔墨与特异情节的张力，进一步增强了读者的阅读审美体验。

《海葬》与《那一刻》虽然都是在特殊情况下表现人物的特别选择、特殊命运，却一个汪洋恣肆，一个含蓄蕴藉，迥异的笔墨，彰显了不同微型小说叙事风格的迷人风采。

（三）结构的单一性，单纯简洁，脉络清晰，追求以少胜多，以短制长

口头叙事的故事由于讲求口耳相传，所以在叙事时强调单一人物、单纯环境、单线推进。书面叙事的微型小说由于字数的限制，则追求叙事的言简意丰，以一当十。两种文体在表现手法上颇有异曲同工之妙，虽然二者所追求的不尽相同。

单一的结构一样可以反映社会的丰富纷繁。微型小说作家刘斌立的《时差》，写在加拿大的男青年夏祺与在北京的女青年安秋，表面上是天各一方的一对恋人，实则是各自另有对象；表面写恋人间的情意缠绵，实则反映了当下社会的生存压力，以及人们为幸福生活所做的努力。正如文艺理论学者李晓东所说："小说的张力，微小说的大境界，通过这一暗藏的细节，豁然开朗。由个案，拓展成了具有普遍的意义。"[10]

单一的结构一样可以表现人性的复杂莫测。作家周锐的《除法》情节则更为简单。表面是写 12÷5 蚊子不好分的除法，实则是写宁愿赶走解决问题的人，也不去想办法解决问题，以及斤斤计较、自私自利、懒惰推责等多维多义的人性。

就行文的简洁来说，古人"逸马杀犬于道"的精练，以及"操刀以割，示有宰天下之志"的玩味，似可为微型小说作家写作层

面上的借鉴。历史不能模糊，微型小说却可以以小形示大象，以有限表无限，从而达到以表达的简洁抵达意蕴的丰厚。

（四）文本的蕴藉性，言外之意，声外之音，强调作品的立意，追求语言的意蕴绵长

作家邢可曾说"小小说是立意的艺术"，我的理解，这里的立意不仅是指"意在笔先"，也包括"意在笔后"，即文字背后的那种意蕴绵长，语言之外的那种耐人寻味。

文本的蕴藉性可以是作者的胸臆曲隐，耐人寻味。微型小说作家戴涛的《一片苍茫》，写知县白生因为民请命、偷换晶梨，在民众奔走欢庆之时被午门斩首。小说以"京城里，白生被推出午门，天空一片苍茫"结束。这一片苍茫的天空，既是表达为民请命却被斩首的愤慨之情，也暗含仅靠清官的自觉难以超越社会制度的无奈之意。

文本的蕴藉性也可以是叙述事理的指东打西，令人咀嚼。微型小说作家修祥明的《天上有一只鹰》，简单的故事情节，却有着深刻多义的哲理含义。大多人解读为小说讽刺了生活中空有虚名、自以为是的一类人。但换一种角度解读，又何尝不可以理解为乡村生活的恬淡安逸，两位老人看似为一只鹰争论较劲，实则以自己的方式安享着世外桃源似的自在适闲。

民间文艺理论学者任嘉禾曾列举故事创作的四大门槛，即平、繁、拖、静。[11]从这个角度观察微型小说创作，既缺乏"情理之中，意料之外"的故事情节，又缺乏"山重水复疑无路，柳暗花明又

一村"的阅读效果，难免令读者感到乏味；众多的人物，繁杂的情节，必然失去微型小说的精粹传神；过多的无谓铺垫，迟迟不能进入故事情节，结尾以草草解决问题完成矛盾冲突，也是初学者易犯的通病；情景无变化，人物不行动，故事就显得单调，也无法通过叙事塑造人物。可以说，故事创作的四大门槛，也是微型小说创作应当尽量避免的四大误区。

虽然"故事会学派"为当下的微型小说创作提供了新的叙事策略，但生活的丰富多彩与创作的千变万化，亟须理论思维的与时俱进。"故事会学派"更须常省常新，不能仅止于跟上创作的步伐，更要力求在某种程度上引领微型小说的创新发展。

中国最古老的"口头文学"——故事，历经数千年岁月流淌的历史长河，与微型小说这种新兴文体在今天汇合，它们以各自的辉光映照着对方。愿我们的微型小说作家，在体悟其蕴涵的艺术特质时，能够汲取各自的长处为我所用，创作出更多更好的微型小说作品。

【参考文献】

[1] 夏一鸣.关于微型小说，他们这样说[J].故事会（蓝版），2022（5）.

[2] 王国全.新故事题材的强调原则[M].何承伟.故事基本理论及其写作技巧.北京：大众文艺出版社，1993.

[3] 姜天涯.这本上海特产的小杂志影响了半个世界[OL].微信公众号"上海生活指南"，2021-8-28.

[4] 何承伟.上海，中国当代故事的一个窗口[M].任嘉禾.上海新故事实践解读.上海：上海文艺出版社，2018.

[5] 王国全. 新故事题材的强调原则 [M]. 何承伟. 故事基本理论及其写作技巧. 北京：大众文艺出版社，1993.

[6] 刘勰. 文心雕龙·辩骚 [M]. 北京：作家出版社，2017.

[7] 白居易. 策林六十九 采诗 [M]. 朱易安. 白居易诗文精读. 上海：上海教育出版社 .2021.

[8] 鲁迅. 朝花夕拾 [M]. 北京：中国友谊出版公司，2018.

[9][英] 大卫·巴波林. 故事技巧：如何创作出引人入胜的剧本 [M]. 北京：人民邮电出版社，2016.

[10] 李晓东. 生存艰难的二维映照 [J]. 故事会（蓝版），2019（7）.

[11] 任嘉禾. 上海新故事六十年概述 [M]. 任嘉禾. 上海新故事实践解读. 上海：上海文艺出版社，2018.

那一段难忘的记忆
——中国微型小说学会成立的前前后后

– 申弓 –

中国微型小说学会，是目前国内唯一国字号的全国性微型小说学术团体。从20世纪90年代初成立至今，已走过了31个年头，学会参与、组织过许多微型小说活动，其中包括每年一度的全国微型小说评奖、世界华文微型小说评奖、微型小说学会年会、世界华文微型小说及国内微型小说研讨会、出版微型小说图书等，在国内外微型小说界有很大的影响力，是中国微型小说学术研究、活动组织、发展推进的一个较权威的组织。十分幸运的是，本人经历了中国微型小说学会从筹备到成立的过程，并在自己的创作经历中，见证了它的成长与发展。

上海的《小说界》是中国最早倡导微型小说的大型文学杂志。二十世纪八九十年代，国内曾有一批刊发微型小说的报纸杂志，诸如天津的《新港》、浙江的《三月》、吉林的《精短小说报》等。可作为大型刊物倡导微型小说，就只有上海文艺出版社的《小说界》。《小说界》杂志社拥有一群专门从事微型小说编辑与研究的老师，其中最著名的是老主编江曾培，曾经编辑、撰写、出版过多部微型小说专著，是国内研究微型小说的先驱和权威，他的同

作者简介： 申弓，原名沈祖连，申弓系笔名，中国微型小说学会副秘书长，广西小小说学会会长。

事还有郑宗培、徐如麒、王肇歧、左泥、谢泉铭、戴素月、修晓林、钱红林等一批编辑，都在从事微型小说的创作与研究。

1989年，由江曾培倡导发起，联合国内九家报刊，作为中国微型小说学会的发起人，其中由上海的《小说界》牵头，《文学报》《解放日报》《北京晚报》《三月风》《小小说选刊》《微型小说选刊》《精短小说报》《北部湾文学》等响应。本人当时任《北部湾文学》副主编，有幸参与了这个活动。

说起本人参与这个发起活动的经历，有很多机缘。其实我跟《小说界》和江会长的认识，是在1988年。那年冬，因为我们《北部湾文学》杂志的出版和发行工作，我只身出了一趟远门，乘坐火车，先到武汉，再到郑州，在郑州第一次见到了《小小说选刊》的主编王保民，然后到山东济南，再从济南到江苏南京，最后奔向上海，拜访了《小说界》编辑部和崇拜已久的江曾培老师。江老师热情接待了我，还请我到当时的逢博酒家吃了饭。江老师向我透露，他正在策划，准备成立一个全国性的微型小说机构。当时名字还没定，而且想要将我们的《北部湾文学》列入发起单位，问我愿意不愿意。我当即表示十二分愿意。而且，我们的确应该有一个全国性的组织机构来领导和指导微型小说这一块了。江老师高兴地表示，打算明年在上海召开一个筹备会，到时你要争取出席。我表示没问题，因为当时我虽然是一名副主编，可《北部湾文学》杂志的事情，基本上是我说了算，比如我们每一期都在《文艺报》和《文学报》上刊登广告，公布目录；比如开展一些全国性的征文大赛，都是我策划的。而且，我们的《北部湾文学》是由原来的《美人鱼》

改办的，当年《美人鱼》曾经创造过月发行150万份的纪录，在国内产生过巨大的影响。我们的《北部湾文学》也开设有微型小说栏目，所以江曾培老师在策划创始成员的时候，将我们列入了。

第二年，国内发生了一场大事件，从春夏之交一直延续到秋冬才趋于平静，也就是1989年10月下旬我才接到通知，定于当年11月15日至17日在上海樱花度假村举行中国微型小说学会筹备会议，联系人是徐如麒。我便做好了一切准备，因为那时还没有高铁，乘飞机我还不够级别，出行乘搭的都是绿皮火车，从广西南宁到达上海，需要约40个小时，时间跨度达三天，因此我不得不提前于11月10日从广西出发，乘火车奔赴上海。11月12日到达上海，先在朋友魏福春家住了两天，办理一些杂志社的业务，于14日晚上由魏福春送我来到樱花度假村报到，接待我的人就是江曾培及徐如麒老师，安排我跟《微型小说选刊》的李春林主编同住一个房间。15日开了一整天的会议，专门讨论《中国微型小说学会章程》，16日全天参观采风，我们参观了宝山钢铁厂，浏览了青浦的淀山湖和根据《红楼梦》场景建筑的园林景观大观园。

记得当时的会议气氛十分活跃。与会者都是在报刊一线从事编辑、创作的作家和编辑，计有《小说界》的江曾培、郑宗培、谢泉铭、徐如麒、王肇歧、戴素月、修晓林、左泥，《解放日报》的吴芝麟，《文学报》的主编郦国义（谷泥），《北京晚报》的魏铮，郑州《小小说选刊》的主编王保民，南昌《微型小说选刊》的主编李春林，吉林《精短小说报》的主编祖阔，北京《三月风》的许世杰，广西《北部湾文学》的沈祖连，泰州的微型小说作家生晓清，青浦的作家戴仁毅，高邮的胡永其等出席会议。

讨论的焦点是中国微型小说学会的宗旨，如何为全国微型小说界服务，多办实事，多办活动，最大力度地凝聚和发挥微型小说作者的积极因素，繁荣微型小说创作。同时还讨论了微型小说与小小说的名称关系、学会如何向中国作家协会申请、如何进行正式登记、挂靠什么部门以及什么时候举行成立大会等问题。其中关于小小说及微型小说的名称，集中认为，在中国的北方，也就是以黄河为界，多称小小说，而南方多称微型小说，但其特征和实质是一样的，都是指1500字左右，包含小说的全部内容，以短小精悍、微言大义、言近旨远为特征的小说，是小说四大家族的成员之一，与长篇小说、中篇小说、短篇小说一起并立于小说之林的小说之一。会上还对名称的讨论一锤定音，统一称谓在微型小说后面加括号小小说，即中国微型小说（小小说）学会，这样就全面了，也照顾到了南北的称谓差异。到此，一切准备工作都已就绪，就等待报批中国作家协会，然后宣告成立。回去后，我一直关注着学会的申报情况，还多次写信和打电话到编辑部询问，江老师都是说，报上去了，可还得等待。好事多磨，直到两年后的1992年才获得中国作家协会的正式批准，然后经国家民政部的注册登记，才算是大功告成。

经过周密的筹备，1992年6月，中国微型小说学会在上海衡山大酒店宣告成立。成立大会的会议规模比筹备会大得多了，国内多家杂志社和报社都派员出席，我也以正式代表的身份，从广西再次乘上绿皮火车，途中颠簸40个小时来到上海衡山宾馆参会。

成立大会选举江曾培为会长，凌焕新、张志华、王保民为副会长，郑宗培为秘书长。本人也荣幸当选成为理事。

学会成立之后，江会长即受邀访问新加坡，与新加坡华文作协开展了微型小说交流活动，商定联合举办首届"春兰杯"世界华文微型小说征文活动，还敲定了首届世界华文微型小说研讨会，拟于1994年12月在新加坡举行。并且形成了决议，以后每两年举行一次世界华文微型小说研讨会，由有条件的世界各国华文作协轮流举办，至今已在东南亚各国举办了十三届。还以中国微型小说学会多位骨干会员为发起人，成立了世界华文微型小说研究会，首任会长为江增培老师，江老师退休后，由郑宗培继任，再后来由微型小说作家凌鼎年担任。

中国微型小说学会成立之后，出版了一批重量级的微型小说大书，其中有《世界华文微型小说大成》、《微型小说双年选》、汉英双语《微型小说选》等，为中国微型小说走向世界做出了不可磨灭的贡献。

全点破,半点破,全留白。

(一)立意的留白与点破

梅寒的《一棵树的非正常死亡》[1]写了一个情节独特、人物反常的微型小说故事,它的创意表达就是"全留白":

一个画家在一个镇上,看到林林总总的造型生动的根雕艺术,一个少年人介绍说:树根是从不远处的原始森林运出来的。这个启动细节可以说是人物与故事的正常形态。从正常到反常是这样的:画家从少年口中得知真相后,仓皇而逃;在旁人看来,画家"疯了";他卖掉自己的所有家产,承包了那产出树根的原始森林;画家竟然"只要守护权,不要拥有权"——这就是发展细节——画家反常的、怪异的、带上了传奇色彩的人物行为方式。高潮细节:画家"倚着树根,睡着了","无人知道画家的死因"。高潮细节是画家用最高的行为代价(死亡)将反常和怪异写到了极致。如何理解画家的反常与怪异呢?作家"全留白"了。看作品的最后一句话:"风吹过,满林的松声叶声呜呜咽咽,如诉如泣,似问,似答……"

悲剧性的叙述基调,能让读者想象出作家留白的内容:画家的"环保良心"让他用全部的家产,甚至是用自己的生命来守护原始森林的自然美和生态美。这就是读者想象出来的人物的行为动机。这个想象出来的人物行为动机,会让读者理解发展细节里的人物所有怪异的行为内容和行为方式,领悟这个反常的细节和材料出现的生活合理性和人性合理性。

微型小说创意的产生,相当大的根源就在这种"正常+反常→全留白"的结构模型里。作家为了让读者能够无障碍或者通过自身努力克服障碍来正确理解"反常与正常之间的因果",他可能会采用"全点破""半点破"及"全留白"的方式引导、暗示"反常与正常之间的因果"。而"立意全留白",就是微型小说创意中智慧含量较高而艺术风险较大的高级技法。读者通过作家叙述的"反常与正常相连的故事",能够大致理解、认同反常状态下的正常哲理或普遍立意,即从反常故事中理解了人性的正常内涵,从新奇、陌生的材料中认同、掌握了生活、历史的客观逻辑。读者读懂了故事,理解了历史、人性的深层内涵,这就成功地领悟了微型小说创意。

侯发山的《唐三彩》[2]的创意形成的方式则是:正常+反常(1)+反常(2)+反常(3)→全点破。故事梗概是这样的:

村里的脱贫户栓保的女儿梅花考上北京大学了,村主任老贵和康乡长发现栓保正为梅花的学费发愁。这是故事"启动细节"时的正常形态。康乡长突然发现栓保家里一个腌咸菜的瓷罐是古物唐三彩,他愿意用3万元买下这个宝物。这个"发展细节"是反常(1)。(一个需要脱贫的困难户,和爷爷只用两个鸡蛋在集市上换来的瓷罐难道真的是宝物?)而梅花此刻认定瓷罐是传家宝,她不愿意让祖传的东西流落他人手中,于是向康乡长提出:5年后将用4万元将唐三彩瓷罐赎回。这个"发展细节"属于反常(2),并对"反常"引起的故事悬念做了"斜升"处理。谁知紧接着梅花的赎回意愿,康乡长进一步"加码":赎回可以,但不是4万,而是10万。这个"发展细节"可说是反常(3)。故事的"高潮细节"是个"全点破":梅花读书发奋,成绩优异,毕业后被一家公司聘为年薪20万的副总。她真的带上10万，开着小车找康乡长。此刻，康乡长说了真话：这是一个很普通的瓷罐；梅花也说了真话：我当初就知道是个很普通的瓷罐。

三次反常叙述把读者的疑惑和悬念"吊"到了极致。这篇作品的文学创意来自"正常"与三个"反常"之间的因果关系的"全点破"。梅花为什么要用4万元赎回瓷罐？她说"做人得讲良心"；康乡长为什么要从4万加码到10万？梅花点破了："康乡长一是不愿让我赎回这个假的唐三彩，二也是在逼我学业有成，干出一番事业。"

这个"全点破"不仅仅是呼应故事的三个反常细节，更重要的是一个细节写活了两个人物。康乡长的两次"反常"言行，那是因为他既要解决栓保家的困难，又要尊重栓保的自尊心，还要激励梅花的上进心。这样一个爱民有心、助人有方的乡长形象就被这一个细节给勾勒出了。这个全点破的细节也捎带写出了梅花做人的良心和读书的奋进，承诺的兑现证实了梅花的成长。一个细节写活了两个人物的艺术功能就来自于作品机智的全点破。

对于一些特别陌生、新奇、反常的材料，用精练的语言瞬间揭示、点破真正的内涵，这确实能形成作品的艺术力量。不过，这种"立意全点破"可说是一种较为直白的创意方法。"半点破立意"相对用得较多、较普遍；也就是出示一个借代式的、局部的依托细节（语言、事件、行动等），来完整地想象出、还原出"反常与正常的因果"的全部，让读者能把握作家在构思中的文学创意。需要说明的是，我们所说的"正常与反常"之间的因果关系的"全点破",不是指作品的文学创意的"全点破",而是指故事悬念的"全点破",指在故事的具体情节中用人物的独特语言来"全点破"人物的行为动机。这是微型小说创意形成的方法之一。"全留白"是让读者通过想象,来理解"反常"背后的"人性合理性"或"事件合理性",当文学创意来自读者通过想象对反常的合理性理解,或者,当文学创意来自作者艺术地对反常理解的"全点破"时,这便是符合规律的微型小说立意的创建与表达。

（二）立意的半破与暗示

冯骥才的《俗世奇人》[3]里有一篇《蓝眼》,它的文学创意方法是"半点破"。先看作品的故事情节：

蓝眼是天津古玩行中最能识破假画的高手；有一次一个念书打扮的人来到铺子里,欲出售石涛的《大涤子湖天春色图》,蓝眼判断是真品,以不高也不低的18两金买下了；不久津门古玩街传开了：蓝眼买的东西是西头黄三爷的赝品,真品在针市街一个崔姓人家手里。蓝眼在佟老板的授意下,去崔家查看,蓝眼这才认定崔家的是真画（情节至此是"一正一反"的180度的大反转）；蓝眼和佟老板为保全面子,用了比先前多三倍的钱买下崔家的真品,但买回后挂在一起对比,才发现：先前买的是真画,而这次买崔家的才是假画（变化型的情节又是"一反一正"来了个第二次180度的大反转,这就是典型的"多重反转"情节模型）；蓝眼大病一场后卷起包袱离开了裕成公。在"高潮细节",故事叙述人通过叙述蓝眼的内心反思,明白了那个黄三爷不是冲着钱来的,而是冲着他和他的名声来的：黄三爷给他设了一个圈套,让他手里攒着真画再去用天价买他造的假画。

这个一正一反的"多重反转"传奇故事的因果关系，是典型的"半点破"——作家没有让黄三爷出场，黄三爷究竟是如何设计圈套，一步步地部署、实现这个阴毒的策划的？作品一个字也没有写，全留给读者去自由想象了；而仅仅是通过蓝眼的内心反思，确认自己一世英名被毁全是黄三爷的陷害，可以说这就是"半点破"的因果情节和故事底蕴。

这样的"半点破"，既拓展了读者阅读的空间，又创造了更多的审美信息供读者展开艺术的想象。类似《蓝眼》这样的"半点破"创意方法在《俗世奇人》中还有《酒婆》《冯五爷》《好嘴扬巴》等14篇作品，占全书的39%。"全点破、半点破、全留白"是作家表达文学创意的三大方法。而《俗世奇人》的立意方法多数为"半点破"和"全留白"，这与微型小说的创作规律与文体特点极为吻合。微型小说需要通过智慧的艺术构思和正面的、侧面的以及含蓄的细节描述，在短小的篇幅里创造更多的审美信息，激活读者的阅读想象力。

如果说《蓝眼》是通过"多重反转"的故事结局里的人物内心意识来"半点破立意"，那么，聂鑫森的《鸳鸯锁》则通过"折叠反转"的故事结局来"暗示性半点破立意"了。《鸳鸯锁》的总体故事情节是这样的：

一对夫妻颜笑和茅矛准备办离婚手续，需要到鸳鸯谷去解开他们结婚时系上的"鸳鸯锁"。路途中，杨老大讲述自己儿子和儿媳的故事；颜笑又特意为茅矛准备了"苏州红绸折叠伞"；此时杨老大的钥匙已打不开鸳鸯锁了;结尾时一个"暗示性动作细节"(从分开住到住到一起)表示他们重归于好。从准备离婚到放弃离婚,这就是情节的反转。故事开头先是"背景细节":张家界的鸳鸯谷有套牢的鸳鸯锁;发展细节(1)是杨老大送颜笑和茅矛去解鸳鸯锁——故事是从中间开始的。接下来发展细节(2)则是"折叠"进颜笑和茅矛四年前来这里旅行结婚,专门购买、套挂鸳鸯锁的原因和过程。这样的折叠叙述,完成了故事反转前要交代的缘由和铺垫。发展细节(3)是杨老大对他们不带钥匙来开锁的直觉:"不带钥匙,说明有舍不得对方的地方。"发展细节(4)是颜笑特意为茅矛预防感冒而准备的一把"苏州红绸折叠伞"。发展细节(5)是杨老大的儿子、儿媳因现实生活的"累人"也各分一方,杨老大和儿子照顾瘫痪大娘的故事终于感动了茅矛。

这三个发展细节实际上是为情节的反转,为茅矛和颜笑的情感变化,打下了让读者可以认同的"因果铺垫",正是因为这3个情节才使得我们理解了他们从想离婚到不离婚的反转是合情合理的,是有爱情心理和人性人格的因果逻辑的。高潮过后的结局细节是个暗示:"夜深了,茅矛听见颜笑小心地拉门、关门,听见轻悄的脚步声朝自己的木屋走来,她赤脚下床,蹑手蹑脚地去把门栓抽开,然后兔子一样钻进热烘烘的被子里。"这个动作性的细节描写,不用直接明示,已暗示他们重新和好的反转结局。对这个高潮与结局的细节,作家没有点破一句立意的内涵,全靠读者凭借这个细节来想象故事的结尾,作家的"暗示细节"仅仅是客观叙述主人公的一些动作——通过动作细节来暗示未来可能会出现的或必然会出现的情节,让这个想象中的情节包蕴着故事的底蕴,这就是"暗示性创意"的艺术呈现。用具体的细节、情节,用具体的人物动作和情节意象来做读者展开审美想象的"艺术起跳板",这就是"暗示性创意"的基本含义。

这篇作品的"暗示性创意",有着较大的生活哲理性和艺术概括性。颜笑和茅矛从相恋到结婚,从结婚到想离婚的过程,是当下无数中国年轻人的真实生活写照:他们热爱生活,向往浪漫,想通过脚踏实地的奋斗去实现高质量的生活。但困顿的世俗生活,又一步步地磨损着他们的激情和理想,逼迫着他们"倒退、撤离、逃跑",人们常说的"理想是丰满的,现实是骨感的",就是当下无数青年生活现实的写照。而在困难中坚持,在矛盾中奋起,不忘"初心",坚守爱情的信仰和理想,正是这篇作品鼓舞人们勇敢面对生活挫折的文学创意。

二、文学立意的思维与方法

(一)立意的因果发现和文学叙事

2018年"善德武陵"杯全国微小说获奖作品《巡山》[4],从故事材料到人物行为,充分显示了一种个性化的"独特和奇异"。故事情节如下:

"他"作为一个天山的猎人被收走了猎枪,天山的众多珍贵的动物都定出了国家保护级别,"他"只好每年都定期去"巡山"。这一年的"巡山"发生了一件不可思议的怪事:一只爬在大圆石上的岩羊一动不动地在等着"他",走近一看,原来是一只老得已经痴呆了的岩羊。"他"的奇特的行为动作开始了:先割下了老岩羊的首级,肢解了这只岩羊的身躯,让乌鸦、喜鹊、秃鹫争食这只老岩羊的肉。

这个奇特的场景故事和反常的人物行为有一个什么样的属于正常形态的文学创意呢?开始"他"的心情是奇怪的,然后是震撼的:当"他"做出反常动作——亲手送走老岩羊生命的最后一程,心情沉重之后"突然彻悟了"。他究竟"彻悟"了什么呢?作家没有接着叙事,留下了空白。重读作品开头的暗示:"自从持枪证和猎枪一同被收缴……"我们是否在这个比较反常的故事材料和不一般的人物行为中发现一种最普通、最有概括性、也最具有正能量的诗美创意呢——保护自然生态的国家战略经过几十年的艰苦努力现已经开始产生效果了:岩羊在这个自然生态保护区不再被猎捕和追杀,这里的自然生态竟然可以让它活到老死。这个诗美创意就是来自这个奇特的故事和违反正常逻辑的人物行为。在极度反常的故事材料中隐含着一个需要我们读者展开想象的充满正能量的诗化和哲理化的创意,这就是在微型小说的反常故事里隐含正常而又深刻的文学创意的经典方法。

对这篇作品的创意形成,我们可以从更高的艺术审美的角度进行审视,并从更宽的视野来总结微型小说创意写作的方法。我们曾谈到了微型小说的"单一场面单一事件的独特性与转折性"等题材和情节的特征;谈到了需要用"动作+传奇+情感"的高质量写人细节来展开微型小说人物的正写、侧写和暗写;也谈到了用"点破、半破和留白"来归纳微型小说常见的表达文学创意的基本方法。现在我们需要从艺术美学和新时代微文学的审美规律的高度来进一步确认这种微型小说创意写作的思维特征和文体规律。

微型小说文体的基本创作规范形成了微型小说"感知生活和发现生活"的独特方式，这个"感知和发现"的微型小说特有方法就在于微型小说作家独有的主观创造和情感孕育的强力介入。微型小说作家能够敏锐地发现生活中的"特别与反常"；能够机智地理解生活中的这个"特别与反常"背后的正常生活逻辑和得到人们认同的人性逻辑；能够通过1500字左右的精短文本，表达出作家在内心中根据微型小说文体模型展开与别的文体作家绝不相同的"微型小说因果思维"。

所谓"微型小说因果思维"，是指微型小说作家认识生活、理解世界的一种"主观艺术思维方式"。无论我们生活着的这个客观世界是否存在着这个"微型小说的因果关系"，微型小说作家都将在主观上用这个"因果关系"来思考、体验、理解我们的生活，形成用微型小说特有的因果模型来概括表达我们眼中的现实生活。

微型小说因果思维要求作家在构思中如何提炼微型小说题材呢？微型小说作家比较擅长于用最简洁、最精练的语言来发现和表达故事内核中"微型小说特有的反常的惊奇元素"。这个反常的惊奇元素，可以通过一种微型小说作家内心孕育的"小概率的事件"来做机智凝练的艺术表达；微型小说作家比较善于用"动作＋传奇＋情感"的写人细节来突出地渲染微型小说人物独特的行为内容和行为方式；然而最重要的却是，微型小说作家能够在这个人物、事件惊奇的背后、反常的背后，发现并理解这个反常元素产生的正常原因和人物惊奇言行背后的人性动机与人性根源，这个"微型小说因果"的发现、理解和表达，便产生了微型小说独特的文学创意。

《巡山》的故事主角"他"从一开篇起，就连续遭遇了两次奇特的事件——"他"一年一次地去巡山，发现了一头列入国家保护动物清单的岩羊见到"他"并不惊慌失措地逃走；他骑马翻过山头来到岩羊等"他"的大圆石旁，第二次惊诧于这头已经痴呆的岩羊，正从容地在等待着生命终点的到来；此刻故事主人公反常的意外的人物行为方式开始出现了——他亲手割下岩羊的首级，让秃鹫、乌鸦和喜鹊来争食老岩羊的肉体。作家集中笔墨来连续渲染的是两件事，是一个人物行为的"反常与意外"。这就是微型小说从"反常和意外"起笔而创造出的奇特的"果"，作家体验到并突出描写的奇特和意外，最后落实到一个什么样的作家主观认识，感悟到一个什么样的原因呢？这个作家感悟的原因，就隐含着作家寄寓在这些奇特的反常事件、奇特的人物行为上的文学创意。

这个特别的微型小说立意形成之后，将有一个如何表达的创造性的文学构思。在前面多篇作品的解读中，我们分别总结过全点破、半点破以及留白的微型小说的创意表达方法。冯骥才的《苏七块》的创意是利用故事人物自己的语言做了全点破；《蓝眼》的创意是通过人物自己的内心活动做半点破；梅寒的《一棵树的非正常死亡》、聂鑫森的《鸳鸯锁》则是通过人物的动作描写来暗示创意……这些微型小说各种各样的创意方法均能给读者强烈的震撼式的领悟；而《巡山》的"留白式叙事"更能够创造出让读者展开充分想象的巨大的创意空间——这只老岩羊为什么会老死？"他"为什么要用如此悲壮的"文化仪式"来为老岩羊送终？作家没有明写一个字，但是任何一个聪明的读者都会明白，国家的生态保护战略和广大人民群众保护生态的意识已经深入人心。这种立意的形成，正是最符合微型小说审美规律的创意方法。微型小说创作不可多得的强项和独特魅力，就是这样让读者充分调动自己的艺术创造性来与作家共同完成一篇"微型小说叙事"。

（二）立意的相关生成与审美规律

作家用"微型小说因果思维"来感知生活、创建模型，展示他主观心灵里所感受体验的现实生活。他通过精妙的文学构思来显现微型小说的"因果情节"，希望读者也跟随他来认同微型小说的因果情节，理解他通过这样的因果情节来创建微型小说的文学立意。这就是目前微型小说的读写常态。

现在我们论述另一个话题。大千世界的万事万物可分为两种基本的连接方式：事物的因果关系和相关关系。在相关关系的事物中，有些能形成因果关系，有些则与因果关系毫无关联。当微型小说作家主要用因果关系来理解大千世界的"小概率的意外事件"时，这确实会让读者也能从自己的主观认知里发现他过去没有理解的"反常或意外"的生活故事；由此显出了微型小说文体与其他文体绝不相同的艺术趣味。

微型小说作家能不能不用"因果思维"来表现生活？他能不能不再精心构思生活的"意外或反常"，不再智慧地寻找"意外或反常"的因果起源，不再希望读者也跟随他这样来理解、认同"意外或反常"的历史原因和人性原因，而仅仅只是表现大千世界的"相关关系"，仅仅是通过真实的具有"相关关系"的事物描写，为读者留下巨大的想象空间和创造天地，让读者自己积极主动地去理解现实生活和人物群体的"相关关系"？

中学语文课本里曾有一篇微型小说《20年后》。这篇作品虽然有个经典的"既出意料之外又在情理之中"而被人称作是"欧·亨利式"的结尾，但从全篇的故事内核和叙述形态来看，欧·亨利并不是突出地描写一对好朋友鲍勃和吉米20年来截然不同的命运的历史根源。鲍勃在20年间是怎样混成一个被通缉的罪犯的？吉米在纽约的环境中又是怎样成长为一个"理智战胜情感"并亲手抓捕这个"被通缉"的好朋友的警察的？鲍勃和吉米20年前在大乔勃拉地饭馆分手，两人作为好朋友的交往，仅是"相关关系"而无"因果关系"；20年后，两人又在此地重聚，当了警察的吉米抓捕了通缉犯鲍勃——欧·亨利客观地写了故事的情境和过程，而没有详叙吉米这样做的因果行为。这就是说，欧·亨利是将两人的意外结局，写成了"相关关系"而不是写成解开悬念的"因果关系"。欧·亨利就这样把故事的意外结局可以形成的各种各样的原因全部留白了，他让读者自己去想象两个人各种各样的"相关关系"，在这个相关关系中两人20年来究竟是怎样成长的？生活环境对人性的生成究竟有着怎样的影响？作家不再陷入有意外结局的因果关系的强力探讨和描写，而仅仅是客观地展现了与个人"相关关系"相连的场面描写，这就为读者针对各种各样的"相关关系"的想象打开了一个极为广阔的创造天地,也为微型小说作家脱离传统的"微型小说因果情节"的主观描写而开启"微型小说相关情节"的客观描写,提供了一个可供学习、可供探讨的文学经典。

从这个角度我们来分析莫言的《奇遇》[5]。这篇作品的故事形态极为怪异和奇特。从艺术结构看它是典型的"斜升反转"式:前半部分不断渲染"我"半夜回家怕"见到鬼",结尾实际上真的就是"见到鬼"了。从故事内容来说,可作好几种解读:第一,作家"纯纪实叙述"了清晨遇到一个已死去三天的赵家三大爷,可否把此理解为作家在一夜的高度紧张和担心害怕中而产生的幻觉?第二,即使不是幻觉,那如此的纪实是否说明我们人类目前还真有不能解释的神秘的灵异现象?作家在最初发表的版本里,曾有一段这样的议论:"这么说来,我在无意中见了鬼,见了鬼还不知道,原来鬼并不如传说中那般可怕,他和蔼可亲,他死不赖账,鬼并不害人,真正害人的还是人,人比鬼要厉害得多啦。"这一段已被删去的"议论",实际是点破了作家写这篇灵异题材的真正寓意。鬼并不害人,真正害人的还是人——作家用了一个怪异的、反常的、超现实的纪实故事表达了一个生活中最普通、最常见的生活哲理。从反常中见出正常——这就是微型小说创建立意的一种经典创作方法。

《奇遇》的故事主人公"我"在故事的结尾确实是遭遇到了一个意外——一个三天前的早晨就已去世的邻居赵家三大爷怎么就会和"我"在天蒙蒙亮的村头相遇,并说了家常话,"我"还给"他"递了烟,"他"还给了我一个冰冷的"玛瑙烟袋嘴",还说用这个来还欠"我"父亲的五块钱。这绝对是这篇作品的意外结局。作家莫言很真实、很客观地描述了这个"故事场面",但莫言却丝毫没有去有意追寻、刻意解释这次"奇遇"的因果;即便是原稿中删去的"原来鬼并不如传说中那般可怕,他和蔼可亲,他死不赖账,鬼并不害人"的全点破立意,也与"奇遇"的原因毫无因果关系。我们只能说:赵三大爷的出现,赵三大爷递给我的"玛瑙烟袋嘴"……这一切与"我"的奇遇,仅仅是"相关关系"而不是"因果关系"。正因为是"相关关系",读者才对"我"的"奇遇"生出无数个版本的解读,而对"相关关系"无数种版本的解读,才正是莫言这篇《奇遇》真正的文学创意。

研读莫言的《奇遇》,让我们再一次理解了:微型小说因果题材的匠心描写,确实是微型小说文体的一大审美规律,确实是作家们在创作中苦苦追求的一种艺术效果和文体魅力。而微型小说创意写作另辟蹊径,离开微型小说因果关系的"轨道",而智慧地感受和描写生活事件的"相关关系",有意让进入微型小说描写范畴的"相关关系",展现出巨大的创造性的想象空间,创造微型小说能唤醒读者阅读意识的"文本召唤结构",让读者真正发挥自己的主观能动性和创造性,这也正是微型小说创意写作的一大艺术魅力,创新微型小说文本写作的另一条道路,也是对微型小说艺术留白手法的一种高层次的涉及艺术哲学、人类社会学层面的学理解释。

所以,微型小说创意写作不按原有的"因果关系"、而按"相关关系"来构思和选材,可以创造微型小说特定的艺术情境和审美情趣。这样的微型小说创意写作可以让普通人的或平凡、或意外的故事"通过相关关系"构成生活的真实和文学的真实,让"普通人反常与意外的事件"也能进入文学的神圣殿堂。"相关关系"的文学材料同样可以形成微型小说打动人、感染人的真实性和艺术性。在微型小说里展现文学材料的"相关关系",是"大数据时代"人们解释微型小说创意写作的新理论和新角度。"因果关系"过于明显的微型小说构思和选材有时处理不好反而容易降低人们对微型小说的信赖感和欣赏度。

三、文学立意的暗示与隐喻

（一）创意的因果故事与相关情节

我们可以通过对作家作品具体的解读来进一步阐释"因果思维"和"相关思维"两种微型小说的构思思维与立意方法。

梳理李永康的微型小说创作，可以发现他数量较多的作品，明显地表现了三种故事形态：第一，以《十二岁出门远行》《有那么一天》等为代表，这是一种有独特材料、表达独特体验的生活故事；第二，以《新守株待兔》《吹气球游戏》为代表，是一种变形生活的现实故事；第三，以《两棵树》《失乐园》《中国传奇》为代表，那就是用纪实方式叙述一种超现实的寓言故事或科幻故事了。尽管把李永康的作品做了这么一种独特的、变形的、超现实的粗略分类，但我们仍能明显地发现并分析出，这三类不同题材形态的故事，都与他作品的创意有一种或者是"因果关系"，或者是"相关关系"的艺术联系。无论哪一种情况，可以更进一步明确地说：

李永康的微型小说立意，通过全点破、半点破、留白等方法创建的微型小说"相关立意"在数量上超过了"因果立意"。

《知道又怎样》本来是一个陶陶和彬彬不同命运的因果故事，但作家最终却在这个"斜升结局"的因果材料里创建了一个"相关立意"。仔细分析、体味李永康的这种写法首先可以帮助我们更深刻地领会微型小说"因果立意"和"相关立意"的微妙之处。《知道又怎样》用了四个情节单元讲述了陶陶和彬彬两个人20多年中截然不同的人生命运：

A.作为弟弟，彬彬不服长得高大的陶陶；他耍计谋和陶陶比赛，输了以后就向奶奶告状，并很任性地对奶奶和陶陶发脾气。

B.陶陶读书成绩好，连续考上重点中学和师范大学，毕业后去了一所重点中学当数学老师；而彬彬成绩一般，进了职高，毕业后到建筑工地扎钢筋。

C.陶陶结婚，对象竟是彬彬初中时的初恋。而彬彬此时仍是建筑工，无法实现奶奶要他结婚成家的愿望。

D.陶陶带着爱人和孩子去逛街；彬彬恰巧在建筑工地的高架上；他以为陶陶一家看见了他，心一慌，就从高架上摔下而亡。

E.陶陶一家根本不知道是彬彬看见他后受刺激摔下的，陶陶只是从当晚电视的城市新闻中得知彬彬的死讯。陶陶说："多好的同学，说没就没了。"

这是一个写两个从小到大一起长大的同学绝不相同的命运故事，两个人为什么会有这样不同的性格和不同的命运呢？作家没有讲，这也不是作家叙事的重点。而彬彬是在建筑高架上看到陶陶一家后失足摔下，这中间的"因果"我们读者完全清楚——彬彬的死因与不知情的陶陶有直接的因果关系。但是，作家在这里却把这个写实故事的意外结局，由明确的、我们读者完全知道的"因果关系"转换为"相关关系"来展开叙述，看作品的最后一句话——"陶陶当然不知道彬彬的死因和他有关——知道了又能怎样呢？"

李永康在作品的结尾把一个有"因果关系"的故事底蕴有意识地处理成"相关立意"。用的叙述方法是"作品人物不知道，而作家和读者全知道"。作品最有力量的是一个"金句式"的结语——"知道了又能怎样呢"——这是一句对"相关立意"的"半点破式"的提示。这个"半点破式"的"相关立意"使一个常见的、普通人物不同命运的概括立刻提升到了一个人生哲理的高度。彬彬的死亡结局在故事中与陶陶是有直接的因果关系的；但作家就是提示我们读者认定彬彬的死与陶陶只是"相关"而不是"因果"——这实际上是概括了现实生活中的一大哲理——我们每个普通人的命运和别人没有直接关系，只和自己的主观努力有关联。如果彬彬从小不任性，如果不被溺爱，如果自己能知耻而奋进，那他的人生就是另一种样子，只有充分发挥了自己的主观能动性，才能掌握自己的命运，才能创造自己美好向上的人生。可以设想，彬彬如果考上大学，能够和自己的初恋共同创造新的人生，还会看到自己的初恋和自己的"竞争对手"结婚生子而大受刺激吗？

李永康在此把一个明显的"因果故事"有意创建了一个微型小说的"相关立意"，这是很有创新意义的一种微型小说创作的新探索。我们人类一个惯常的、传统的思维方式就是要寻找大千世界的"因果联系",并以此来发现、归纳生活的本质与规律;而如今的大部分微型小说作品,也就是这样——通过在短小篇幅中发现和表达有独特反常形态的传奇故事的"因果",帮助人们理解千变万化的现实生活,实现微型小说文体的阅读情趣。这是目前微型小说创作中的一个"主流"和"强项"。而李永康的微型小说创作有些"逆袭",他有意识地探索原生态生活的真相与本质。在大数据时代,有意地避开作家主观意识强烈的"因果描写",而追寻生活原生态的"相关关系",这就是微型小说文体对现实生活的一种真实的有深度的认识,这种微型小说创意写作的新实验,将会进一步拓宽我们对现实生活、对微型小说文体的认识。

现在就从这样的角度来研究李永康这三类故事的立意方法。《十二岁出门远行》比较能代表作家这种创作方法的基本特征。这篇作品的故事形态独特性是作家站在今天成人的视角来回溯少年时代的一次出门远行的经历:"我"一个人走了八十里山路去县城看住院的父亲,但历经种种困难终于到达县城医院后,父亲却刚刚出院回家了,父子俩在这八十多里的山路上竟没有相遇。

这个故事内核包涵了若干个独特的细节和一个反转式结局。从微型小说文体特征来讲,这样的微型小说故事内核的性质和内涵最符合微型小说目前传统的"强项"写法。但我们现在讨论的是作家对故事材料和立意的与众不同的新写法。

作家主要篇幅描写一个十二岁的少年第一次走出大山时的独特感觉——临行前,妈妈的千叮咛万嘱咐;出了门后他看到路边雾中的各种花草;看到了"如针一样细的秧苗","金黄返油绿"的稻田；走上坑坑洼洼的山路后，想追拖拉机搭车又怕藏在裤裆里的钱掉了的矛盾心理；跟着驴车走并和车把式的趣谈……这一切，描写、渲染得十分主观情绪化，把一个十二岁少年第一次出远门的独特的感受和体验写得非常动人。可以说，这种人生中不可多得、不可重复的生命体验，被作家写实了、写透了；这写实了、写透了的人生独特体验就构成了这篇微型小说的"重头戏"。而到了那个意料之外的转折性结尾，一般的作家会在此做足微型小说反转结局的重头文章，但作家在这里却是一句简洁的概述——"爸早上已经出院回家了。我二话没说，撒腿就打了转身。"倒是这个"反转结局"的尾声描写非常感人——妈发现了她给"我"做中饭的玉米窝头还没有吃；爸用虚弱的声音吩咐妈，赶快去抱捆柴火进来烧盆滚水给娃烫烫脚。娃娃今天走了八十多里地呢！"我"再也控制不住自己的情绪，伏在饭桌上就呜呜地大声哭了起来。

作家描述的着力点并不在那个"反转式结局"的意外。而是在于父母对年仅十二岁少年所承受的生活磨难的关爱。这篇作品的"相关立意"是什么呢？作家用文学的笔法写透了"我"走80里山路的种种独特感受和体验；这概括了那个时代的山区少年在成长过程中，所遇到的生活艰辛和在这种生活艰辛中的父爱与母爱；这种艺术地表达和概括独特体验的故事，不再仅仅是一个纯粹的"想去医院看父亲而父亲又刚好出院"的反转故事。作家的创作构思不是解答这个"传奇因果"，而是鲜活地原生态地写出与这个独特故事所有相连的独特情感和情绪，这种"相关的立意"，它的内涵与外延，它的人生传奇的内涵和人性父爱的外延，被极大地扩展了、延伸了。《十二岁出门远行》启迪我们：在微型小说创意写作中，有意地追寻、探索"相关立意"会是一种微型小说创作别具一格的写法。

（二）创意的相似思维与隐喻象征

"隐喻"一词我们并不陌生，大中小学的语文课堂，一般是把它当作一种修辞的方法，一种把某种事物比作另一种事物，让"本体"与"喻体"之间建立艺术关联的"写语言的方法"。后来，中外学术界逐渐地把"隐喻"发展为人们对大千世界万事万物的一种认知方式——人们常常"把表示两个事物的思想放在一起，让这两个思想活跃地相互作用"，形成人们的"用一物来理解另一物"的思维方法（见英国I.A.Richards的《修辞哲学》）。所以，我们现在所说的"隐喻性思维"就已经成为人类认识世界的工具和方式了。

而微型小说创意写作中的"隐喻性思维"，特指一种围绕着文学创意的提炼和表达的创作构思方法。微型小说中的"隐喻性思维"出现的"本体"是指微型小说文本中的一种独特的文学创意；而它的"喻体"则是一种完整成型的某个局部性的"隐喻细节"或整体性的"隐喻故事"。微型小说的创意写作，就是把一种只有作家独特体验的某个具体的物品细节或某个独特的故事，衍化为一个特别的"微型小说喻体"，去与那个抽象的独特认识和立意内涵建立起一种象征隐喻般的艺术关系。这就是微型小说"隐喻性思维"的展开过程和构思成果。

世界上一些著名的小说家和评论家，如美国的欧·亨利、罗伯特·奥弗法斯，日本的星新一、进腾纯孝都曾把"新颖奇特的立意"当作微型小说的第一个要素。"立意"是整个微型小说创作的生命之魂。没有"立意"，一篇微型小说无法成活；没有好的"立意"，微型小说也很难进入真正的艺术殿堂。这个好的"立意"在作者的隐喻性思维中是怎样形成的呢？如果从"意"的形成和表达的规律的角度来看会发现，微型小说文本一般有两个层次结构：一个是微型小说形象的表层结构，一个是微型小说形象的深层结构；一个是人物、故事、情节的艺术具象，一个是人物、故事、情节以外的艺术抽象；这个"意"就是蕴涵在这个文本的深层结构、艺术的抽象之中。如果我们把微型小说材料结构中的艺术具象定义为微型小说叙事"喻体"，把微型小说的材料结构中的艺术抽象称为叙事"寓意"，那么微型小说读写中的"喻体"与"喻意"的关系的创建和表达，在具体的阅读实践中将出现各种各样复杂并带有艺术规律的情形：

修祥明的《天上有一只鹰》[6]写两个七老八十的钟老汉与朱老汉在村头争论天上的究竟是鹰还是雕，这个争论的场面写得步步升级并充满情趣，到了作品结局，天上的鹰落了下来才让两位老汉大吃一惊，它既不是鹰，也不是雕，却是一个鹰形的风筝。这篇作品最有情趣的是两个老汉"升三级"的带着乡土个性化语言的争论场面，这个争论场面就是这篇作品的"喻体"，那么这"喻体"究竟寓意是什么？它实际上概括也象征着我们的生活和工作中也有很多类似这样的"无谓的论争"，论争的双方振振有词，步步高升，实际上事情的真相和本质是个意想不到的"曲转"，它既不是A，也不是B，而是另一个曲转的C，无意义的论争消耗着人类无比宝贵的人生资源，这就是"两老汉论争"的"寓意"。可以说，"两老汉论争"是一个"现代寓言"，它的寓意完全文学化地隐藏于、且用不着任何的点破或半点破的这个"两老汉论争"的"喻体"。如果把一篇微型小说的"喻体"与"喻意"分别比作两个"圆"的话，那么这两个"圆"的结构关系就是两个"重叠的圆"了。

从这个角度切入，我们可以这样判定：王往的《活着的手艺》里的"喻体"与"喻意"是两个"相交的圆"；红墨的《梯子的爱情》的"喻体"与"喻意"是两个部分"交叉的圆"。到了曾颖的《锁链》，他的"喻体"与"喻意"就完全是两个互相独立、互不相关的"有距离的圆"了。

在《活着的手艺》里，"我"目睹了一个天才的木匠"他"的本事和木工的绝活，"他"说这棵树的木料能做多少家具，就真的兑现了他的眼力；乡村里的人家都以能请到他为荣；但是"他"却是一个人缘不好的懒木匠，"我"有次请"他"安个粪舀柄，"他"就是不肯干。但就是这个懒木匠最后竟被上海的一家仿古家居店聘请，"挣了大钱"，两年间就把小瓦房变成了两层楼。"我"看着"他"工作、生活的变化，联想自己对别人要自己写些"有偿纪实"文字的烦恼，忽想到"他"的所谓"懒"，实际上是一种职业的尊严，于是"我"的联想和感悟实际上是"半点破"了这篇微型小说的"寓意"，我们每个人无论做什么职业，都不是为了糊口谋生，把自己的职业做到有尊严了，才能体现自己的人生价值和意义。可以说，王往这篇作品的"寓意"是和"我与木匠的相识相交"的"喻体"

发生了一个"相交"的关系。作品的"寓意"来自并连接着"我感悟到的木匠的人生故事"。

红墨的《梯子的爱情》[7]写了三代男人：祖父、父亲、儿子都在自己的生活中，遇到了"对眼"的女人，这些女人生活中都遇到了这样那样的不足和困难，因为有"成人之美"的队长、热情爽朗的祖母和内心善良的学生等三个人的"成全"而获得了爱情。三个人的爱情都与一架"梯子"相关，他们都是因为"梯子"的帮助而与心爱的女人产生爱情，供人向上的"梯子"是个具体形象的物品细节,也寓意着梯子帮助成全了他们的美好生活。这个"寓意"的产生来自三个与梯子相关的小故事，可以说,《梯子的爱情》的"喻体"和"喻意"就发生在它们的相交之中，就在你中有我、我中也有你的部分交织中。

曾颖的《锁链》[8]主要篇幅是写鸟贩子林红嘴驯养鹦鹉的市井文化故事，这只鸟很会学话并总是恋着笼子不飞走，这其中的谜底也迅速释悬：从小驯着鹦鹉不敢离开木棍，这个结果使得"别的鸟锁链是拴在腿上，这只鸟的锁链却是拴在心上"。这个关于鹦鹉的传奇故事，被曾颖用第三人称全知叙述方式，有滋有味地做了颇有情趣的个性化讲述，在故事情节上并没有意外的反转或曲转，倒是在作品的最后一段，作家非常简洁轻淡地讲了与林红嘴养鸟赌鸟的故事毫无联系的另一个故事：那天以后，司法局吴副局长和久不升职的技术员小陈双双辞职，一个去当律师，一个创业开公司去了。叙述的简略,却出其不意地创建了一个要靠读者联想的"喻意"。从鸟的生命状态的描写，突然地、毫无过渡地、出其不意地联系上了人的生命状态的思考，是在几十年的大锅饭和铁饭碗中度过自己的一生，还是选择摆脱眼前的生存功利的锁链去放手开始新的选择呢？这个"喻意"和"喻体"已毫无情节上的因果联系，但正是靠了"喻意"的内涵和"喻体"故事在外形上有那么一点"跨界"的相关，或者说相似，可以说，这一直击转型期生活中的"生存主题"的"深度思考"就这样出其不意地产生了。而且它的产生与表达，是采用了微型小说全留白的方式，使得这个喻意的表达符合微型小说的创作规范和审美规律。

【参考文献】
[1] 梅寒.一棵树的非正常死亡 [J].微型小说选刊，2017（15）.
[2] 侯发山.唐三彩 [J].微型小说选刊，2017（16）.
[3] 冯骥才.蓝眼 [M].俗世奇人.北京：人民文学出版社，2016.
[4] 艾克拜尔·米吉提.巡山 [J].微型小说选刊，2019（19）.
[5] 莫言.奇遇 [J].微型小说选刊，2019（29）.
[6] 修祥明.天上有一只鹰 [J].小小说选刊，2018（23-24）.
[7] 红墨.梯子的爱情 [J].金山，2018（10）.
[8] 曾颖.锁链 [J].百花园，2018（5）.

微型小说创作的三种思维方法

— 王海峰 —

摘要：微型小说创作相较其他类型的小说创作，更讲究故事情节与叙事视角背后的思维方法。微型小说创作者不论从经验出发，还是从概念出发，其创作思维都需要借助科学有效的思维方法与思维工具。通过分析思维导图法、水平思考法、辩证思维法，微型小说创作的科学思维方法被予以总结和探索。思维导图可以贯通微型小说作者的创作思路，水平思考可以从概念层面和思考的第一阶段重新检视微型小说作者的创作思路，辩证思维方法则有助于微型小说人物困境与内在矛盾的生成与解决。三种思维为微型小说创作思维方法研究提供了一个窗口。利用这个窗口，作者可以更有效地创作文本及反思其背后的思维网络。

关键词：微型小说；思维方法；创意写作

微型小说创作有没有思维方法上的成规或创意？答案是肯定的。但问题在于，我们如何理解和利用这种微型小说创作的既成的或创造性的思维方法？这是本文要回答的问题。所谓"套路"，是一种成规，对文学创作而言，即现成的、能够用以指导创作的一系列规则。这种规则，康德（Immanuel Kant）在《判断力批判》中认为，是由天才创造或总结的。而矛盾的是，后来的天才进行创作的目的，就是为了打破那种既往的成规，而由其创造新的成规。所以，创作这件事是一个破与立的矛盾行为，即类似艾略特（T. S. Eliot）所言的传统的承继与个人才能的发挥之间的矛盾。这两件事构成了

作者简介：王海峰，上海大学文学院博士研究生。

一种辩证。赖声川在《赖声川的创意学》中说："创意是人类最向往的一种能力，但我们却不了解它，也不知道如何才能拥有它。"[1]关于创意是否能学这个问题，赖声川也给出了肯定的答案。所以，不论是破是立，这两件事都可以通过学习来完成。早在20世纪30年代，美国很多大学就开设了创造学课程，继而在此后产生了创造教育运动。尤其是在第二次世界大战之后，英语文学强调创意写作，以致以美国爱荷华大学及爱荷华市为代表的大学和城市，成为培养创意写作人才和发展创意经济的代表，并取得了举世瞩目的成绩。不论是作家工坊、高校创意写作教育，还是以创意媒介为导向的文化创意产业，都证明创意是可以依靠训练来获得的。

但是，目前的创意写作教学，在很大程度上是将创意思维与创意写作分开讲授的。市面上的小说创意写作教材基本上是在讲如何编写一个好故事。至于讲故事的科学思维，则并不在写作教材的讲授范围之内。这是一种舍本逐末的现象。事实上，写作的过程就是《文心雕龙》中所谓的"运思"的过程。"运思"即"思维"，畅，则灵感至，有如神助，塞，则灵感无，不能着字。巧运，惊风雨，涕鬼神，则是创意。赖声川说，创意必须也应该被超越，并且没有界限，而为创意下定义这件事本身就违背了创意的本意。所以，我们从思维方式及思维工具角度来谈微型小说的创意方法，是可行且必要的，但并不意味着我们要将微型小说创作的思维方式局限在本文所言的三种创意思维之中。

一、思维导图：贯通微型小说创作思路

微型小说创作非常重视情节。所谓情节，是指关联作品中人与人、人与环境的一系列行为。情节是叙事性文学作品中的重要构成要素。人物在情节中得以行动，故事借助情节得以发生和发展。情节之间的逻辑关联使得故事和人物得以发展和行动。所以，我们甚或可以说，情节是决定人物在故事中的"命运"的表征。在这个意义上，情节和性格形成了故事中人的表里：性格在可见的情节中得以表现，情节在隐含的性格上得到展开。精彩的情节对人物的塑造一针见血，让人物和故事拥有自己的"性格"。例如，微型小说《扣子》在开篇即抛出"她"系扣子这一情节。[2] 这篇微型小说的故事是俗常且漫不经心的，而正是这个具有象征意味的系扣子的情节，让这篇小说生动起来。作品围绕"扣子"和"衣服上的小孔"，进行了女人和男人相伴而生的关于欲望和荒诞关系主题的叙事。这篇小说的叙事起点是扣子，终点也是扣子，只是终点强调了扣子存在的环境。在叙事的起点和终点之间，有诸多情节。对起点、终点及这些情节的组织，被称为微型小说的创作思路。对这个创作思路的管理，有多种方法。思维导图法是一种有效且重要的微型小说创作思路管理方法。

通过思维导图法，创作者不仅可以将微型小说的诸多情节有效组织起来，而且还可以进行有效的构思。发明思维导图的"世界大脑先生"东尼·博赞（Tony Buzan）认为，思维导图是一种创造性的思维工具，也是一种科学的发散思维方法。[3] 思维导图不同于一般意义上的逻辑思维，其是一种建立在秩序性和科学性基础上的创造性思考。逻辑并非评估思维潜能的标准。创造性思考才是评估人类思维潜能的根本标准。思维导图在近些年逐步融入了商业、教育、文化等需要创造性的领域，而文学则一直对此保持警惕，尤其是讲究灵感与性灵的中国古典文学和当代诗学与诗歌创作。对于微型小说而言，思维导图则完全可以作为创造性思考小说中故事、情节的重要思维工具。

思维导图要求微型小说创作者有一个起点。这个起点是思维导图的核心，即创造性思维和发散思维的中心。这个中心可以是一个抽象的主题，也可以是一个具体的实物。抽象的主题，如爱情；具体的实物，如扣子。从这个中心出发，创作者将自己能够联想、想象到的主题或实物，按照不同的逻辑顺序、类属关系、情感关联组织起不同的分支。每一个分支上的每一次联想或想象的主题或实物，都是一个情节发生的支点。而支点与支点之间的行为关联，则可以在思维导图的意义上，被称为情节。我们以微型小说《临街的窗》[4]为例，用思维导图解构这篇小说。从创作视角看，这篇小说在思维导图上的中心可以是"窗"，也可以是"二胡"，还可以是其他支点。从阅读视角看，这篇小说在思维导图上的中心是"窗"。"窗"是关联两个老人的关键支点，从这个支点出发，开窗（老太太）、耳病（老太太）、医生（我）、二胡（老爷爷）、修鞋（老爷爷）、运动鞋（我）等支点构成了一幅情节变化、发展的叙事图景。而作者叙事的思路则是从"我"的运动鞋坏掉开始的，发展到"我"作为医生给"老太太"治疗失聪病症，发展到"那个幸福地微笑的老太太，什么也听不到"。这个思维导图分支，揭示了"我"与"老人""老太太"之间的人物关系。而这些关系的确立，得益于思维导图分支上的诸多节点及其关联：情节。

　　思维导图是对微型小说情节及其情节网络管理的有效方法。从既往的优秀微型小说作品中，我们可以看出，精彩的情节能够让微型小说独具特色、脱颖而出。"微型小说由于其'微型'，所以在作品容量以及提供给读者的信息量方面，根本无法同中、长篇小说竞争，而要在艺术方面获得异曲同工的审美效果，微型小说必须在构思方面下功夫，以巧取胜。"[5] 而"构思"的"巧胜"具体到微型小说创作实践中，则主要表现在情节上。由于微型小说体量小，其对人物的塑造和主题的表达，要求必须将人物和主题放置在关键或某种"极端"的情节网络之中。例如，作者在处理微型小说故事情节中的"包袱"与线索时，可以利用思维导图进行构思，梳理思路并发散思维，进行创造性思考。作者可以将小说中的人物分别画在不同的思维导线上，注明人物身上的特点与人物间的关联；也可以将小说的主线与副线甚或其他线索放置在思维导图中，便于观察和发掘叙事线索间的隐微；更可以利用计算机思维导图软件将小说中要叙述的所有故事情节的节点描绘在思维导图中，以此完成整个小说的创意。

　　日本作家山本雅一有一篇小说叫《灰姑娘》[6]，写的是一个中年男子向一个老人祈求再给他一件调查工作的故事。老人出于复杂的心理，给了中年男子一个架空的调查对象，令老人没想到的是，这个中年男子竟然找到了老人描述的具有断指、伤疤特征的女子。

小说的叙述笔墨主要呈现在老人和中年男子的对话中。中年男子如何找到断指女子和老人为何最后嘴角露出"一副交织着友情、想象和快活的笑容",我们都不得而知。这个故事有一个开放性的结局。如果我们从这篇微型小说的构思角度,用思维导图来重新解构这个故事的话,可以画出三条线。

第一条线(主线)是老人与中年男子的对话线,这条线上有很多节点,是小说着力用语言呈现给读者的明线。第一个节点是中年男子向老人乞要工作,第二个节点是老人点出此前中年男子办事不力,第三个节点是老人向中年男子交代新调查工作,第四个节点是中年男子找到断指女人。在第三个节点上,我们还可以做几条分线,如调查对象的特征线——断指、伤疤等,又如调查对象的原因线——私生女等。第二条和第三条线(副线)则是暗线,一条是中年男子调查断指女子的办法和心理,一条是老人这样给予中年男子调查工作的复杂原因及心理。

事实上,对于山本雅一这篇微型小说,从构思和创作的角度看,我们完全可以将第一条主线(明线/对话线)用极省略的方式叙述,而将第二条线(副线)作为主线,以中年男子调查工作的方式、原因和心理作为主要呈现给读者的叙事明线。微型小说作者在构思的时候,一旦选定了一个叙述视角或确定了一种表现方式之后,就很难跳出或否定自己的思路。

如果微型小说作者能够将自己的构思用思维导图的方式,把小说中涉及的各种线索、逻辑、情节、人物、时间、地点、心理、环境等内容逐一呈现,那么,作者的思维将会更加清晰,叙述视角和表现方式将更加直观、多元和立体。微型小说文本也便更加精致，情节走向也会存在更多可能，小说的意蕴也将更为丰富。日本图形思考专家久恒启一认为："我们常常发现一旦开始在纸上着手各种图解的模拟试验后，居然能令脑中久思苦思的事情，出乎意料地找到解决的方法……边看图解边写文章，就好像站在高处的瞭望台上鸟瞰全景般，可以掌握住本质上的概要。"[7]这也正是我们需要借助思维导图进行微型小说创作的重要原因。

二、水平思考：重审微型小说创作思维

以往微型小说的创作思维一般而言是垂直思维，即传统的逻辑思考。垂直思考是指"人们从一种信息状态直接推进到另一种信息状态"[8]。垂直思考的特点是连续性，即强调微型小说故事情节发展的因果关系。思维导图方法即是一种垂直思维方法，强调情节发展的某种逻辑性或连续性。例如，在微型小说中创建一个人物形象，我们常常使用垂直思考的方式，让这个人物做出选择，是或者不是，对错或者非对非错，从而引发矛盾冲突。我们在微型小说中所提供给读者的信息都是有意义的，且随着故事情节的展开而渐次呈现和发挥作用，这个作用的目的就是某种意义或启示。在大多数情况下，微型小说中的素材都是彼此相关的，都是朝着一定的中心发展的，这个朝向走向一个固定的闭合的意义空间。

而水平思考则强调不连续性或独立性。爱德华·博诺（Edward de Bono）认为，人类的思考有两个阶段，第一个阶段是概念阶段，

第二个阶段是处理阶段。而前者属于水平思考阶段，后者属于垂直思考阶段。通过大量的数据分析，博诺发现，现实中只有少于5%的人会进行水平思考，而绝大多数人都会直接跳过水平思考阶段进入垂直思考阶段，即"跨越"概念阶段而"进入"处理阶段。第一阶段的思考主要是思考：选择什么样的概念，且赋予这些概念怎样的价值。例如，我们选择关注哪个领域、哪个切入点、哪个要素等等。也就是说，第一阶段关注的不是概念的处理，而是概念本身。"这是概念的阶段，人们形成概念，调整概念，简化概念及引进新概念等等。"[9]

例如，考核公司员工缺勤，对于"缺勤"这个概念，人事部门一般的处理思维是垂直思考的模式，如：如何处罚缺勤员工，如何建立更加科学的制度避免缺勤现象发生等等。而水平思考则首先会从"缺勤"这个概念入手：这是一个时间概念，还是一个空间概念，是否要观察员工缺勤时间和空间的变化情况，缺勤的人数是如何分布的，缺勤的原因和状态与任务或职务之间的关联如何等，进而思考员工或公司发展的深层问题。对概念本身的界定和理解，会导致对概念所引发的行动的处理具有较强的倾向性，处理方式发生改变，则事件结果也便可能存在较大差异。

所以，总括起来，垂直思考是进行选择的思考，是使用"是/非"系统的思考，是由于信息本身的意义而使用信息的思考，是循序渐进的思考，是只考虑相关逻辑因素的思考，是朝着保守的方向前进的思考，是封闭的思考。而水平思考是寻求改变的思考，是无关对错的思考，因信息能引发新观点而使用信息的思考，是跳跃式的思考,是欢迎随机因素的思考,是探索蹊径的思考,是开放式的思考。这种思维方法是根本性的,带有某种本体论的色彩,而非方法论的意味。在前面所列举的文本中,《临街的窗》《灰姑娘》的创作思维方式是垂直式的,而《扣子》则是水平式的。《扣子》不着意于展示女人和男人生活之后的某种线性的逻辑关系或情节上的"反转",而是关注"扣子"这一种原始概念本身所含藏的情节。小说中的叙事,都是对那个作为起点的概念的思考。"系扣子"这个情节,无所谓对错,却象征男人和女人的某种依存关系,这是从生活琐事出发的一种开放式思考:这种关系的根本是什么。

在微型小说创作中,一般创作者的思维方式更多是处理某一个矛盾,而非从矛盾概念本身的层面去分析这个矛盾。这在很大程度上是受到创作者自身文化背景、生活环境、生活经验等因素的影响。也就是说,很多创作者是在处理小说主人公的生命线或生活线——我们也可以称之为人物故事的发展。但如果我们暂时放下这些垂直的线性思考,而转向人物生命或生活的原始概念本身,那么,我们的故事情节处理可能会出现另外一种景观。

《故事会》曾发表过一篇微型小说《狐戏》[10],讲的是一个唐姓捕快迷上了石洞里的狐仙小翠的故事。这是读者阅读未毕时的思维判断。如果作者按照这个思维写下去,极大可能是另外一个人写的《聊斋志异》之一篇。但作者在结尾时结束了读者在阅读伊始对狐仙概念的判断,转而将这伙人写成了强盗。而唐捕快的捕快身份也在情感的层面上从他身上剥离了。所以说,这篇微型小说的亮点并非在情节上的冲突,而是在概念上的冲突。相对读者而言的狐仙,相对捕快而言的强盗,这些概念和身份都发生了改变,小翠与唐公子到底如何,则成为一个需要重新定义的未解之谜。这些概念冲突背后所表现的便是思维方式的转变。

在进行微型小说创作时,作者最多考虑的往往是情节的精彩程度,以及情节网络中人物形象、性格、命运的表现。水平思考还为我们提供了一种横向创作思维方式:将小说中情节的客观性、创造性、建设性、否定性、情感性、逻辑性六方面特征进行平行思考。这要求作者分别从这六个方面进行独立思考:在思考某一方面特征时,不牵涉其他五方面内容。例如,在小说《临街的窗》中,客观性的情节是:"我"的运动鞋破了,"老人"会修鞋、拉二胡等;创造性的情节是"老太太"听不见声音,却经常开窗对拉二胡的"老人"微笑;建设性的情节是"我"是一个为"老太太"治疗耳疾的医生;否定性的情节是"我"可能治疗不好"老太太"的耳疾;情感性的情节是"老人"和"老太太"的爱情,医生和病人的医患感情,"我"和修鞋"老人"的友情;逻辑性的情节是"我""老人""老太太"三者以三种特殊的社会关系联系在一起。以此分析这篇小说,小说中的情节即呈现了六个平行存在的思维方式。每一种思维方式都只从一个层面进行情节的叙述,六种思维方式在创作时是分开的、清晰的,而在构成文本并被阅读时则是交织的,形成一个复杂多样的情节网络和思维网络。

在实际的创作和阅读活动中,作者和读者一般都以生成精彩文本、理解和欣赏文本为目的,而往往在生成、理解和欣赏过程中忽略文本中情节网络背后的思维网络。所以,采用水平思考的方法,作者和读者可以如抽丝剥茧般清晰地建构和理解文本。水平思考在本质上是对概念的延宕,即重新定义概念,让概念从封闭走向开放,从保守走向探索;水平思考在形式上是对概念的分析,即在客观性、创造性、建设性、否定性、情感性、逻辑性六方面对概念进行彼此独立、平行的思考。形象地讲,水平思考类似一个洋葱,其最核心的部分是那个摸不着、看不见的概念,洋葱的每一层都代表着一种独立、平行的思维分支。看清这些思维分支,就是为了从这层层思维过程和方式中获得微型小说的创作思维方法。

三、辩证思维:微型小说创作思维的动力

越是故事情节精彩的小说,往往越被理解为构思巧妙或思维独特。但是,当我们探究故事的本质动力时,我们会发现,精彩的故事往往是小说中人物所面临的"精彩"的困境与独特的选择使然。微型小说恰恰比其他类型的小说更强调故事情节的精彩,所以,微型小说必须关注和深挖小说中的人物困境及其选择。这离不开一系列辩证思维方法:颠倒思维、两难困境。

颠倒思维一般都是逆向的,但也并非都是逆向的。例如,有个故事这样写:一个人进入了地狱,吃饭的时候,地狱长给每个人都发了一把长长的勺子,人们无法吃饭,所以地狱里的人都苦大仇深;有一天,这个人和进入天堂的另一个人偶遇,便问天堂里怎么吃饭。另一个人告诉他,上帝给他们发了一把长长的勺子,每个人吃饭的时候都被别人喂。同样的环境,同样的工具,地狱

和天堂的人因为思维方式不同，便有了不同的命运。逆向思维说的便是这个道理。但也有另外一种颠倒思维，即视角的逆转。关于镜子有个经典难题：为什么镜子里只是左右颠倒而非上下颠倒？我们在镜中看自己，左右手是颠倒的，但我们的头和脚不是颠倒的。传统的思维是难以理解镜中所隐含的轴线原理的。我们需要进行视角的逆转：我们看镜中自己的鼻子，如果自己鼻子的朝向是北，那么镜中的鼻子则是朝南。[11]这样思考便改变了镜子只能呈现左右对称的思维局限。

颠倒思维提示微型小说创作者，可以让小说中的人物站在小说中另一个人物的视角进行思考，从而做出一种属于小说人物自己的选择。例如，在微型小说《左耳》[12]里，作者利用颠倒思维方式构思了"老大爷"的一次令人感动的换位思考，即"老大爷"年轻时候为了追求到当时身有残疾的"老太婆"，一直对"老太婆"谎称自己左耳天生失聪。小说中的"老大爷"用颠倒思维的方式与"老太婆"相爱，又借助右耳手术失聪来揭开这个隐秘。"老大爷"左耳和右耳的两次听觉颠倒，展示了这篇微型小说颠倒思维的运用。微型小说中这种颠倒思维的运用处理了小说中人物面临的困境，继而可以展现人性富有共情和乐观的一面。但是，微型小说创作必须要为人物创造困境，这便涉及另外一种与颠倒思维相通相似的思维方式：两难困境。

朱利安·巴吉尼(Julian Baggini)认为："假如一个观点可以理解为多种意思，而任何一种都不能令人满意，这就被称作两难困境。"[13]事实上也是如此，所谓的两难困境，并非只为微型小说中的人物限定了两个选择，可能是多个，但每一个都是困境。在克日什托夫·基斯洛夫斯基(Krzysztof Kieslowski)的《十诫》第二诫里有这样一个故事：女人和自己不能生育且得了癌症的丈夫的主治医生私通怀孕，但她的丈夫病情迟迟不见恶化且有好转迹象。她问医生，医生的回答也模棱两可。医生告诉她，如果现在堕胎，那么她将无法再孕。医生最后对女人说谎：她的丈夫很快会死。于是她留下了孩子，但与此同时她的丈夫也康复了。这个故事之所以震撼，就是因为女主人公瓦伊达陷入了伦理与道德的两难困境。小说人物面对伦理困境的心理冲突和抉择，实际上在作者预设给小说的社会伦理规范中能够窥见。这是一种基于伦理学的叙述困境。但反向思考，是否同样可以借助小说人物的冲突与抉择摆脱这种困境呢？此外，小说对社会伦理规范的铺陈和预设，是否会决定小说叙述的结构、语言、视角，也是值得思考的问题。《红楼梦》之所以惊世骇俗，其重要原因是"反伦理"，即令人物反抗作者为小说预设的社会伦理规范。带有地域文化色彩的小说《边城》与《受戒》亦是这样。

伦理困境之下的个体心理的冲突（反抗），是处理人物命运和故事情节走向的一个关键点和切入口。例如练建安的两篇微型小说《阿青》《九月半》[14]。两篇小说的主要笔墨都在叙述环境和故事起因的铺陈上，《阿青》的多半笔墨写比武招亲，《九月半》的多半笔墨写决斗起因。这种"遮蔽性"叙述实际上是在建构小说的社会伦理规范。所谓"遮蔽"，在海德格尔哲学里与"澄明"相对，是一种鸿蒙的现象或表征。在这两篇微型小说中，这种"遮蔽性"则可理解为是"祛魅"和"澄明"之前的一种铺垫性叙述。在这种"遮蔽"之中，小说的人物个人心理往往也是沉潜状态。它依靠或等待小说最后的情节冲突来推动或辅助表现。这是微型小说叙述的普遍状态，最后的冲突，或者帮助人物完成自我调和（顺从），或者让人物达到伦理规范的顶点：前者如《阿青》，后者如《九月半》。[15]村上春树的微型小说《第109响钟声》[16]，讲述了一个男孩努力和一个女孩交往的故事。女孩先是拒绝了男孩，但男孩没有放弃，想用诚心打动女孩。而女孩却为男孩制造了一个"如果神社的钟响109下"的专属于个人内心的两难困境（甚或在男孩看来不可能的困境）。这个两难困境让小说达到高潮。此类微型小说人物两难困境的例子有很多。制造困境是为了表达矛盾冲突，在困境中发现人性、审美及更多问题。这种两难困境的故事思维方式能够使微型小说更加精彩。

　　微型小说由于篇幅短小，多数作者着力于建构外在的故事情节意义上的矛盾冲突，往往忽视自身有意无意为小说人物预设的社会伦理规范，从而在表现人物心理冲突和现实矛盾时，较难摆脱如影随形的"伦理困境"，以致虽叙事精彩，却不够深刻，不能给人留下长久而深刻的印象。因为伦理困境，通常是两难的选择。黑格尔在《美学》中认为："近代伦理学说的出发点是意志的两方面的坚强对立，一方面是它的心灵性的普遍性，另一方面是它的感性的自然的特殊性，道德并不在于这两个对立面的完全调和，而在它们的互相斗争，从而产生这样一个要求：各种和职责相冲突的冲动都应屈服于职责。"[17]这一论断描述了这样一个事实：文本中人物无时无刻不在伦理困境中。从作者的心理及作者的创作处境看，这也是伦理学意义上微型小说创作本身的一种困境。这种困境显然已经从文本内部拓展到了文本外部：创作者自身如何对待小说虚拟的伦理困境。

颠倒思维与两难困境都展现了思维的不同视角，都从至少两个方向对人们的思维施压。颠倒思维是为了寻求一种能够被认可的答案，或找到一个可以平衡冲突的理由。两难困境则是为了堵住寻求者的出路，为小说中的人物制造骑虎难下的障碍。二者都可以为微型小说创作提供基于视角转换的思维方法，都可以让一篇微型小说的人物形象变得立体、真实与丰满。

需要注意的是，辩证思维在微型小说创作中的运用，并非只是为了解决小说中人物所面临的矛盾，而且还要给予小说中人物以一种永恒的矛盾，即那种矛盾的困境并不因为属世环境的改变而改变，而是一种永世环境的恒久困境。在这个意义上，这种辩证思维就具有了相对性和绝对性两个属性。所谓相对性，即改变某些影响或造成困境的因素，即可解决那种困境；所谓绝对性，即无法从根本上彻底解决那种矛盾的困境。前者可谓微型小说中情节的巧合或偶然性，后者则是微型小说中情节的必然性。谢林（Friedrich Schelling）的同一性哲学里所言的自由与必然性的冲突，即是对那种永世的、绝对的、必然的矛盾困境的一种描述：人对自由的向往与人的不自由之必然性之间的矛盾。在这个辩证思维之中，悲剧意识从中而生。所以，我们经常能够在辩证思维的运用中，体会某种因人物困境而生成的悲剧性情感。

四、结语

　　思维是语言的本质，语言是思维的外衣。与其说文学是语言的艺术，毋宁说文学是思维的艺术。从文本经营与结构的微观角度讲，语言经由逻辑、语法和修辞搭建了一个又一个精致的文本。而从文本内在的张力与意义的宏观角度讲，思维是一种编织文本、统治语言、创造修辞、生成意义的本质力量。不同文化背景之下的不同思维方式会产生不同的文学文本。微型小说是比较侧重思维转换的文本样式。很多作品的故事内核与模型大致相似，但因其讲述故事及结构文本的思维方式不同，便产生了相对独特的审美形态。优秀的思维及科学的思维方法成为其中不可或缺的组成部分。总结这些科学的思维方法及技巧，有助于微型小说创作者的思维训练与成长。

　　微型小说讲究尺水波澜，讲究在一滴水里见世界，讲究在微小的文本中表达深邃的审美意蕴和巨大生命张力。微型小说这种文体没有给作者留下太多时间和空间铺陈和交代人物背景与社会环境，读者也不会为冗长的叙事和描写买单。所以，相对于长篇幅的小说，微型小说更讲究思维的创造性。这是一种在读者脑海里几分钟便见分晓的创意文本。这几分钟里，微型小说创作者必须凭借崭新的富于想象力的思维方法打动读者。我们虽然总结了三种常用的辅助微型小说创作的思维方法，但是，对于极为复杂的人类思维世界而言，这仅仅是冰山的一角。如何能够总结和探索更有助于人类思考、创造和表达的思维方法和工具，会是一个有用且有趣的事情。

【参考文献】

[1] 赖声川.赖声川的创意学[M].北京：中信出版社，2006：3.

[2] 陈璐.扣子[J].小小说月刊，2021(19).

[3] [英]东尼·博赞，巴利·博赞.思维导图[M].北京：化学工业出版社，2015.

[4] 闫耀明.临街的窗[J].百花园，2022(6).

[5] 高素英."巧设道具"的构思之美——评魏金树的微型小说《鞋架》[J].写作，2011(19).

[6] [日]山本雅一.灰姑娘[J].故事会（蓝版），2015(9).

[7] [日]久恒启一.图形思考[M].汕头：汕头大学出版社，2003：12-17.

[8] [法]爱德华·德·博诺.水平思考的力量[M].北京：中信出版社，2009：2.

[9] [法]爱德华·德·博诺.水平思考的力量[M].北京：中信出版社，2009：5.

[10] 李永生.狐戏[J].故事会（蓝版），2017(10).

[11] [美]迈克尔·米哈尔科.米哈尔科创意思维9法则[M].北京：中国人民大学出版社，2010：122-123.

[12] 黎凡.左耳[J].故事会（蓝版），2018(6).

[13] [美]朱利安·巴吉尼，彼得·福斯.简单的哲学[M].北京：中国人民大学出版社，2016：202.

[14] 练建安.九月半/阿青[J].故事会（蓝版），2020(11).

[15] 王海峰.微型小说的伦理学困境——读微型小说《阿青》《九月半》[J].故事会（蓝版），2020(11).

[16] [日]村上春树.第109响钟声[J].故事会（蓝版），2017(1).

[17] [德]黑格尔.美学（上）[M].朱光潜，译.北京：外语教学与研究出版社，2018：54.

小小说塑造人物的方法论

— 谢志强 —

摘要：针对当前国内小小说创作的现状，指出存在的通病的同时，提出表现的重心所在，即高度关怀人物，在处理故事与人物、人物与细节的辩证关系上，要高度重视人物形象的塑造。写活人物，用妙细节，贴着人物运动中的细节写。这是方法论，也是世界观。

关键词：小小说；塑造人物；方法论

小说史其实是一部人物形象史。小小说作为小说家族的重要成员，成长到如今，该是考虑其内在的本体性问题的时候了。因为，小小说创作的一个重要任务，就是写出有新意的人物形象。

一种文体的诞生、成长，是时代的召唤。种种现象表明："我们已生活在短文写作越来越重要的时代"（此为美国创意写作教授罗伊·彼得·克拉克收到责任编辑的一张便条中的判断）。我在阅读和写作中颇有同感。碎片化、快节奏的互联网多媒体时代，小小说如何表达？我认为，小小说无疑是一种适时的表达方式，是文学宝石最耀眼的切割面。

2018年诺贝尔文学奖获得者奥尔加·托卡尔丘克有一句警示的话：不能像过去那样描述世界了。面对瞬息万变的互联网世界，她指出："我们不仅没有准备好讲述未来，甚至没有准备好讲述具

作者简介：谢志强，中国作家协会会员、中国文艺评论家协会会员、中国微型小说学会副秘书长、浙江省作家协会特约研究员。出版小说集、文学评论集多部。

体的当下、讲述当今世界的超高速转变。我们缺乏语言、缺乏视角、缺乏隐喻、缺乏神话和新的寓言。"

托卡尔丘克用自己的碎片式表达回应了她对世界的发现。人类世界活动的主体是人物。面对表达的为难,小小说准备好了吗?会做出何种反应?

这些年,我受聘特约研究员,每年都要对一个地域的小小说做出专题述评,而且,也常读国内的小小说。就当下的小小说来看,80%以上还是停留在故事层面,在编织的故事情节的流程中平面滑行,甚至还去模式化地复制,用的是老视角、老方法、老思维。人物往往装在故事的"盒子"里。可以看出若干通病:一是缺乏独特的感知。仅浮在情节的泡沫上,不能潜入心灵之河的底部。情节和细节的元素里,注重情节,有耍花招之嫌。这类小小说能见度很高,其实就像垂钓,细节的铅坠才能将鱼钩带入那能见度低的底部。二是缺乏独特的方法。旧瓶装新酒,形式和内容不相吻合,还没找到相配的最佳表达式,恰应了博尔赫斯那句话:古今故事不过是有限的若干模式。在模式中,靠什么弄出新意?三是缺乏独特的提炼。我记得大江健三郎处理素材,用了一个形象的词:拎。一堆东西,拿起,得有个拎手,那就是提炼的结果。提炼体现一个作家的敏感和能力:瞥见、顿悟。四是缺乏独特的发现。雷蒙德·卡佛说过,当一个作家对世界有了独特的发现,那么,就成功了一半。托尔斯泰说,作家应当有"一种能见到别人所未见的才能"。现在大量的小小说文本里,我看出的是那些作者在写别人所已见的常事,炒冷饭的居多,甚至有"偷吃剩饭的人"(套用宁波七塔寺桂仑禅师之禅语）。

以上所列小小说创作中存在的问题，关键是表达时作者心中只装"事"，不放"人"，即不为"人物"着想。刻意编造情节，会导致故事成了好看的"棺材"，装的是"死人"。或者说人物成了故事平台上的提线木偶。我认为，小小说作家应当高度地关怀"人物"才是，要活人。汪曾祺在小小说《陈小手》中有一句话："陈小手活人多矣。"作家也应"活人多矣"。

怎么让小小说"活人多矣"，是方法论，也是世界观。首先，面临一个选择：是注重故事，还是关注人物？是事套人，还是人引事？当然，故事和人物在小小说里并不对立，我也不排斥倚重故事情节，但是，要把小小说放在当今世界的小说发展的背景中去考量，就会发现，小说出现了一种新动向：无事，就是不讲究情节的戏剧化，甚至，中长篇小说有一种新形态，"无事"的碎片化表达。比如，匈牙利马利亚什·贝拉的《垃圾日》和艾斯特哈兹·彼得的《一个女人》、南斯拉夫丹尼洛·契斯的《栗树街的回忆》、美国桑德拉·希斯内罗丝的《芒果街上的小屋》、意大利卡尔维诺的《马可瓦尔多》、法国马丁·杜加尔的《古老的法兰西》等，多为每一章（节）写一个人物，而且淡化了戏剧性，跟中国的笔记小说不谋而合。日本有个新的小说观念，叫连作小说，即一部长篇由若干短篇和小小说构成，各自独立，串珠为链，这种以系列小小说（或短篇小说）构成的长篇，与网络时代的现实相呼应。它既是长篇小说的可能，也是系列小小说的可能。小说不就是探索独特的可能性吗？

我至今难忘，数年前有一位上海的戏剧导演说起一位著名演员，仅凭四个字登场：闲来无事。那念白、动作，把"闲来无事"演得惊心动魄、内在紧张。小小说写油盐酱醋、鸡毛蒜皮的日常生活，最难的是"闲来无事"。曲折的外在的戏剧化情节——有事好写，但熬人的"无事"怎么写？多数人都过着周而复始的"无事"（没戏）的生活，忙到了头，捏在一起，挤出水分，剩下的竟是"无事"——算不上啥事。汪曾祺的小小说，为何老少皆宜？其中的人物，在日常生活中"熬"，竟熬出了别样的味道、情趣、气氛、境界。比如《打鱼的》《钓鱼的医生》《护秋》等。看了会有反应：小小说还能那么写？把汪曾祺放在当今小说的发展史中，相比先锋小说，他从"内容"上开辟了一条"无事"小说的道路，也是对惯常的主流表达的一种颠覆。尤其是他笔下"活人多矣"。我曾将汪曾祺的小小说与穿裙子的马尔克斯——墨西哥女作家安赫莱斯·玛斯特尔塔的《大眼睛的女人》比较，他们背靠背，却用了相似的表达方式。

小小说与小说家族中的其他成员，虽然在叙述语言、细节运用、规模篇幅等方面，有着自己独立的方法，但在精神追求上是一致的，探索的基本也是永恒的人类情感的母题，比如怜悯、同情、勇气、孤独以及嫉妒、报复等。许多经典作家终其一生都在表达同一个主题。例如，马尔克斯以《百年孤独》出名，他的所有小说都在写各种孤独。既是拉丁美洲的孤独，同时也是人类的孤独。

由此，我想到日本作家黑井千次。他的小小说《小偷的留言》，写了一个有洁癖的小偷，很讲究，给房主写了个留言条，因为失恋的房主的室内"脏得使我连偷东西的情绪也没有了"。留言条的细节写活了有洁癖有讲究的小偷,这使我想到日本作家阿刀田高说的:小小说是一种讲究礼貌的文体。那是小偷和房主各自不同的孤独。黑井千次的《老太婆和自行车》,让人难以忘怀。老人的孤独,众多作品已有表现。黑井千次写了一个孤单的老太婆与一辆废弃的自行车的关系。她每天"闲来无事",打扫院子。有人突然靠放了一辆自行车,然后,自行车的零件一天一天被卸走。这就是自行车这个物件在"运动":车座、后架、车轮、笼头……自行车的零件在递减,老太婆的情感在递增。物质与精神反向运行。最后,在尘土中,只剩下一个铃铛盖。她像埋一个死去的宠物,同时又像种一颗种子那样,埋下了铃铛盖。黑井千次进一步让细节"运动"。结尾,写了老太婆的一个梦,梦里"种子"迅速地长成一棵树,结满了铃铛,在风中响。如此,以轻抵重,以童话般美妙的轻逸,消解了老太婆沉重的孤独,这种孤独更有力度。漫长的岁月里,我记住那个铃铛盖细节的独特表现,而且细节自然地打开"运动",复原了老太婆和自行车的故事。人常说:老小孩,人老了,心灵返回儿童。黑井千次笔下的老太婆以她童年的心完成了独特的对待自行车的方式。我想到门罗说过,重要的不是人物做什么,而是怎么做。确实,怎么做才能呈现人物独特的"这一个",这很重要。

我在跟踪阅读浙江几位作家的作品时,发现他们的小小说,有一个从"有事"到"无事"的转变,即由注重故事到关心人物的转化,于是,我提出了针对创作现状的问题:小小说创作的哈姆雷特式的生存之问。

博尔赫斯是一个高级读者，是作家中的作家，他的小说多为小小说。他发现，古今的小说无非是若干故事的模式。我们常说突破和新意，博氏的小小说的新意在于细节。就像孙行者在如来佛之掌翻筋斗，一个筋斗有十万八千里，翻了几个，当他以为已跳出，就得意地撒一泡尿，抬头发现五指山，意识到仍在如来佛的掌心上。

对于小小说而言，翻筋斗（加上抖包袱）的情节，仍然在故事的如来佛之掌上，因为有了一泡猴尿，于是，旧套路的故事就有了新意。

决定俗套故事出现独特的新意，又与人物密切相关，不就是那一泡猴尿的细节吗？这一点，也符合记忆，当我们回忆过去，往往记住的是某个人物的细节。然后，打开细节，细节牵出情节，这也是小小说创作的方法。

注重塑造人物形象的小小说，有个处理人物与细节关系的问题。汪曾祺用沈从文的话实践小说创作：贴着人物写。不过，对一些小小说作家而言，明知要"贴"，却不知如何"贴"？鉴于可操作性，我从创作实践出发，扩充为：贴着人物运动中的细节写。

我写过两部上海青年系列，一部以长篇小说的形式出版。其实它是系列小小说。开篇，就是一个报复的故事。古今中外，报复的故事汗牛充栋。《报复》中的主人公，是一个年仅十四岁的上海知青，他的报复心很重。到了新疆的农场，感到什么都新鲜。别人睡午觉，他钻进果园，爬上树吃桑葚，结果，枝断，坠落，骨裂，住院。出了院，暂时让他护果园，他找到那根树枝。最狠的报复是折磨，不死不活，他把枝改制成杈，木杈。年少，恢复得快，被安排放羊。那是老羊圈，多年的羊粪实地叠积，他终于找到报复的方式，就起劲地挥杈起圈，他获得了报复的快感。然而，连长欣赏他的不惜力，就将他塑造成上海青年支边的先进典型。他对由一根造成他受伤的树枝改造成劳动工具的木杈的态度也发生了转变，由恨到爱。报复转为报答。一棵桑树和一个少年产生了密切关系，树枝在"运动"中发生了质变。我写完了也惊喜，因为到了树枝那个环节，我还不知后面会发生什么。凭着我对农场生活的熟悉，感觉他会"怎么做"，贴着那个细节写，就出现木杈。不用生硬地编造。这就是"贴"着人物运动中细节写的妙处。那根"死"了的树枝以另一种方式，在精神层面上"活"了。

要让细节运动。因为，当今的小小说还要讲究节奏。美国创意写作教授克拉克像个教练，他强调过一句话：动起来，要动，要动，一直动下去。这涉及当代小说的语言表达，多叙事，少描写，口语化。小小说的一个特点是：叙述语言（还有调子）的简洁。动，当然是人物之动，其实动的是细节。人物靠细节生成动感——细节在运动中，一是有了形象，二是成了意象。细节在重复和变异的使用中，不断增殖，不时升华，形成一种意象，由此创造出了形而上：象征、寓意、隐喻。这一点，小小说最能够靠近诗歌。小小说固然写形而下，然而，是形而上决定其品质和品位。

小小说塑造人物时，运用细节的方法跟传统的中长篇小说不一样。细节决定成败，小小说里，一个细节可以照亮全篇，像小岛上的灯塔。细节多以物件的形态呈现，一个物件的细节，包含两个层面：一是日常生活的功能，二是小说修辞的意味。统一融合了形而下和形而上。它考验一个作家的能耐：融会贯通其中的重与轻、实与虚、显与隐、低与高、明与暗的微妙关系。小小说一边靠近诗歌，另一边还靠近短篇小说。不过，在细节的运用上，比短篇小说更为极端。国内外也有人将许多小小说（尤其是系列）贴上短篇小说的标签。我姑且套用雷蒙德·卡佛的话来说细节的能量。他说："作家有可能在一首诗和一个短篇小说里使用平常但准确的语言描写平常的事和物，而赋予这些事物——一张椅子、一幅窗帘、一把叉子、一块石头、一只耳环——以巨大，甚至是令人吃惊的力量。"

　　经典作家卡佛的创作和想法很统一。每个作家都应当有一套自己的创作想法（或理论）。不妨把其中的"一首诗或一个短篇小说"置换成小小说。因为，这也是小小说应有的方法——小小说的独特性在于细节的运用。贴着人物运动中的细节写，从而"活人"——塑造出鲜活的人物形象。此为创作的要务。

聂鑫森的实践与小小说的方向

— 张春 卿爱君 —

摘要：作为"短篇小说圣手"的聂鑫森，近年来在小小说创作领域厚积薄发。聂鑫森小小说的最大特色是以古典文化为内核，用激情笔墨勾勒湘潭古城三教九流，努力通过顺其自然的闲笔运用、人物形象的刻画凸显人性的温暖和岁月的静好。聂鑫森小小说的行文从容、诗性阐发、文字隽雅、深厚哲思，为快餐文化盛行的当下小小说创作繁荣提供了镜鉴和方向。

关键词：小小说；古典文化；湘潭古城；闲笔运用

论及中国现当代小小说发展，聂鑫森是一个绕不开的话题——他以海纳百川的学识、儒雅飘逸的笔触、凝练雅致的语言，见证并助推着小小说阔步前行。20世纪末段崇轩曾经指出，"聂鑫森凭借他丰富而独特的生活积累与体验，敏锐的艺术悟性和刻苦的创作实践，在小小说的方寸土地上，创造出一个绚丽多姿的艺术世界来。"[1]十多年后的今天，聂鑫森依然在小小说这方园地里深耕细作、笔耕不辍，创作了不少堪称时代经典的精品力作。近日读到他的《逝水新波》(小小说六题)，一如既往延续着底蕴深厚、行云流水、

基金项目：本文系教育部人文社会科学规划项目"中国小小说发展史研究"（20YJA751026）、湖南省社科评审委项目"湖南小小说作家作品研究"（XSP20YBC197）阶段性成果之一。

作者简介：张春，湖南师范大学博士，现为湖南工业大学文艺创作研究中心副教授、硕士生导师，主要研究方向为文学传媒。卿爱君，湖南师范大学硕士，讲师，现为衡阳幼儿师范高等专科学校专任教师，主要研究方向为中国现当代文学。

大气高雅的创作风格，达到了炉火纯青的化境——在这些以古典文化为内核的小小说作品上面，我们或可洞悉小小说发展的一个方向。

熟悉聂鑫森创作的人都知道，聂就像武侠小说中的世外高人，寂寞、淡定而虔诚，但却用激情的笔墨祭出不少新招，逐一勾勒湘潭小城里那些栖息着、劳作着、来往着的文人、学士、技师和工匠，比如《茗友》里的幸叔儒、叶春山，《联家》里的王砺勤伉俪，《雅赚》里的冯楚声，《呼啸震千山》中的高昌。当然，聂鑫森在塑造这些人物形象时，不仅着墨于他们出众的才华、超群的技艺，更着意于赞扬他们的古典主义人文情怀。比如《虎啸震千山》以独特的双线结构，写出了老画家高昌和"方兴未艾"等才俊难能可贵的独特风骨和人文情怀；比如《联家》中的王砺勤，毕生对对联的痴迷，那表明心迹的自挽联"我为联生，我为联死，只乞传中华书香一脉；情以世喜，情以世悲，最思唤后学旭日群峰"，暗示的是他对人文精神的守望、对不公平人物和事件的彻悟。从这些人物形象身上，我们或许能看到才士艺匠们古典文人类型化的性格特征：追求自由、思想深沉、珍惜名誉、尊重他人。也由此可见，聂鑫森的小小说不仅仅只是为了描述一个生动的故事，而在于探讨故事后面寄寓着的某种愿望、理想和人文诗情，并借此提升人的心灵品位、人格素质，塑造着人性的尊严。而这，在当今众多小小说作品中恰是十分缺少的。

人性的美好和丑陋一直是文学创作者关注的焦点。有些作家善于写人性假丑恶的一面，以达到振聋发聩的目的；但更多的作家愿意像聂鑫森一样,面对纷繁复杂的社会,用温暖的眼光去审视生活,审视人性,他们更乐意用平和的笔调去颂扬人性中的真善美。细读聂鑫森的小小说,我们总是不难找到那人性中的光辉一抹。《茗友》中的叶春山,几家茶叶铺的老板,在落魄的幸叔儒冒昧闯入家中并提出有些奇怪的要求时,他并没有生气,相反以礼相待。当他知道幸叔儒对茶和七律有独特造诣时,马上煮茶论诗,引为知己。当他知晓了幸叔儒的窘迫,不动声色地以买半个壶的提议帮助幸家渡过难关。幸叔儒过世后,他悲恸大哭,遵守诺言归还壶款,还出资操办丧事。以后每次品茶,都不忘给幸叔儒斟满。他就像新上市的武夷岩茶,清香扑鼻,温暖人心。《兵姐》运用生活片段剪裁法,"在一个较小的时空范畴里,演绎一个较大的时空概念,使人物在一个恰如其分的'片段'里,展示自己的历史、性格和命运。"[2]作品以理发店为叙事场所,没有对"兵姐"的经历有过多的铺垫,也没有交代"兵哥"的来龙去脉,只是运用插叙的叙事手法,用简短而又内涵深刻的对话描写,讲述"兵姐"和"兵哥"短暂而又凄美的爱情,表现他们的日常生活和精神状态。小说赞扬了"兵姐"对爱情的忠贞,"兵哥"戍卫边防壮烈牺牲对祖国的忠诚,"鼻老大"深爱"兵姐"但又不强人所难、默默守护的温馨。他们并不崇高,可他们都有一颗善良的心。作者把一个个小故事相互融合,从作品中表露出他的悲悯情怀,体现出他的社会责任感和对人类的终极关怀。

"聂鑫森的小说,很少有世俗当中的钩心斗角,很少有坑蒙拐骗,他从来不会把坏人写到坏到极致,即使要写也是从另一角度进行反衬，表现得很有特色。"[3]当然，聂鑫森不是没有看到社会的钩心斗角、小市民的市侩庸俗、人性中的弱点，他也不是不敢揭露和讽刺社会和人性的黑暗面，他只是想树立更多的正面榜样，让那些人性丑恶的人反省和改变，去重新获得人性的美好。在描写社会黑暗现象，表现道德律条，感悟人生体验，进行哲理探求时，聂鑫森不是简单的说教。他不靠复杂的情节，也没有大段的激情议论，总是把丰厚深刻的思想融化在诗意芬芳、真挚动人的感情和表达中去。《雅赚》树立了两个完全对立的人物形象，来探讨人性的美和丑，但他没有直接表述对汪县长的不满，而是通过纸折扇事件，让读者看到汪晓廉的黑暗和心机，让读者去评判人性的美和丑。《顺风车》取材于现实生活，作品也没有刻意地追求情节的奇巧和复杂，而是用一种讲述的口吻揭示出当今社会存在的普遍不信任现象，但他以付忠林的善举和马力的苦心，带动了邻里和谐，表现出作者对美好人性的热切祈盼。正如马力所说："我怕冷了你的这一片爱心，更怕社会的公德受到歧视。"

"这些小小说的背景，多为具有浓郁历史文化氛围的古城湘潭，或是散发芬芳文化气息的某个场地。小小说中的人物，多是闪烁传统文化光辉的文人墨客、能工巧匠，以及蕴含文化精神特质的各个阶层的人物。贯穿此中的是一种古典主义的人文关怀，所要表述的是一种对于传统文化的守望和弘扬，企图为现代生活展示可供借鉴和矫正的文化、道德标识。故许多评论家,称这些小说为'文化小说'。"[4]这是聂鑫森对作品的自我认识，可见文化这一要素在他的脑海里早已根深蒂固，他也一直在为写出更多更好的"文化小说"而坚持不懈地努力。聂鑫森是集诗人、作家、联家、书画家、文物学者于一身的忠实的传统文化和古典文化的守望者，正如第三届中国小小说金麻雀奖的评奖词所言："他的小小说构思奇崛，格调典雅，品味纯正，表现出深厚的中国小说传统的艺术功力，散发着浓郁的中国文化芬芳……"聂鑫森作品的文化品格首先表现在文章的选材上，在流传甚广的《大师》这一作品集里，涵盖了许多传统文化行当。如《治印》里的篆刻、《名琴师》里的曲艺、《琥珀手链》里的古玩、《吉先生》里的文学、《墨竹图》里的绘画、《校徽》里的书法、《剪婆婆》里的剪纸、《刻瓷圣手》里的刻瓷、《最后的核雕》里的核雕，等等。《逝水新波》里也有相关聚焦，如《茗友》里的茶壶与茶道、《联家》里的对联、《雅赚》里的纸折扇、《虎啸震千山》里的指画。在这些作品里，让我们感触最深的是聂鑫森对各行各业专业而又独到的描述，难怪他曾经说过，"力图打破文、史、哲、艺的阻隔，熔知识性、趣味性、文化性于一炉，让国学草根化，能近距离与各方面的读者亲密接触。"[5]当然，小小说的文化品格不仅表现为对传统文化的感知和体悟，也表现在对久远历史的钩沉，对现实历史的切入，比如《联家》就直指"文革"中的人和事，显示出一个有社会担当的作家，对于那段敏感的历史的严肃、认真和客观的态度。

"闲笔是叙事文学作品人物和时间主要线索外穿插进去的部分，是小说艺术不可或缺的组成部分。"[6]聂鑫森的作品，闲笔随处可见，点点滴滴中却散发出密集的文化讯息，使故事和人物笼罩在浓郁的文化氛围中。如"穿过花木繁茂的庭院，再走进一间洁静的书房。正面挨墙是一排书柜、书架,两侧的墙上挂着字画。他们在正中的几案边坐下来。地上立着红泥小火炉,火苗子舔着烧水的大瓦壶;几案上摆着一罐茶叶、一把紫砂壶和几个紫砂小杯。"简单的描写却勾勒出一个品味高雅的读书人、品茶者。"求名求利,只求己莫求人;惜衣惜食,非惜财实惜福。"一副对仗工整却通俗易懂的对联则是王砺勤高尚品德、书卷为伍、简单追求的真实写照。"我为天下育英才,有什么可遗憾的。"一句简洁的回答,瞬间凸显了冯校长的社会责任感,也使文章的讽刺意味愈加强烈。品读聂鑫森的小小说,就可以看出他用简洁的文字坦露着我们的文化精髓,他对文字的掌控游刃有余中,蕴含着太多诗歌、对联和哲理,就连人物的取名都有着文化的气息,整体风格上呈现出一种凝练、细腻、淡雅、和谐的美学特征。这无一不和"文化小说"的要求相吻合,在这个文学逐渐失去诗性、走向快餐化的时代,他对文化的坚守让人敬佩,更是值得所有写作者学习和效仿。

在中国近百年小小说发展历程里,特别是在改革开放后小小说的蓬勃发展过程中,我们不能否认的是小小说面临着这样那样的质疑,"小小说难成大气候""小小说是个小儿科""小小说是文学爱好者的习作狂欢",等等,都与小小说繁荣发展的现实语境不相匹配。抛开一些个别人士的极端言论不谈,我们会发现小小说与中短篇小说比起来,与长篇小说比起来,在担当文学发展重任上,确实显得有些微不足道。究其原因,小小说篇幅很小,难以在简短的情节建构中赋予太多重负,但不能否认的是当前小小说繁荣的背后确实有些"虚假繁荣"的症状在里边。就像顾建新在第十届全国微型小说（小小说）年度评选时所言："大多数的写作者对写作、发表过于随意，对生活的观察、对文学的构思、对语言的锤炼很少下苦功。现在的一些创作过于浮躁，急于发表，较少积淀，较少打磨。"因此，仔细盘点改革开放数十年来的小小说，也只有许行、凌鼎年、王奎山、孙方友、刘国芳、沈祖连、谢志强等作家的小小说经历大众的过眼后没有成为云烟。

当然，聂鑫森自然位列其中，而且排名应当靠前。因为他的小小说在数量上虽然不是最多，出版的小小说集也只有《大师》《紫绡帘》《最后的绝招》等几部，但其中的每篇作品都可以作为经典美文传颂，这在小小说作家中是很难得的，难怪很多人都直呼聂为"小小说大师""短篇小说圣手"，我想这里的尊重与诚恳是显而易见的。毕竟他的短篇小说成就摆在那里，他的文化小小说摆在那里，他的为人为文折服了无数读者和学者。因此，聂鑫森作为一个"寂寞"的小小说"大师"，他那行文的从容，诗性的阐发，文字的隽雅，古典主义的人文关怀，不仅是他的孜孜追求和长期实践，也可以作为小小说创作者的奋斗方向。虽然成功不可能被轻易复制，但方向却可以被很多人所看见——我们有理由相信，聂鑫森的小小说创作会给我们带来更多惊喜，小小说也能在可以预见的未来取得更大的成绩——小小说，将继续会是当代文学的一道靓丽风景。

【参考文献】

[1] 段崇轩. 方寸之间的雕刻——评聂鑫森的短篇小说 [J]. 当代作家评论，1999(6).

[2][4][5] 聂鑫森. 氛围·印象·片断·情绪———谈谈我的短篇小说创作 [J]. 写作，2012(11).

[3] 张春. 中国小小说六十年 [M]. 长沙：湖南大学出版社，2012：129.

[6] 童庆炳. 中国古代文论的现代阐释 [M]. 北京：中国人民大学出版社，2010：5.

论夏阳小小说的深耕细作

– 雪弟 –

摘要：夏阳的小小说，语言扎实，主题厚重，既有较为传统的表达，亦有新颖形式的探求，这一切皆源于他的"深耕细作"，也就是大量阅读和批判性思考。这就把他的小小说与故事区别开来，同时也在他的写作与那些平面化叙事之间形成一道明显的分水岭。具体表现为：题材上，发现了空白地带；情节上，充实、繁复；立意上，深刻、丰富；叙述上，恰当、别致；语言上，考究、雅致。

关键词：夏阳；深耕细作；批判性思考

近年来，在小小说领域，无论是小小说创作，还是理论批评，夏阳均取得了丰硕的成果。他的小小说，语言扎实，主题厚重，既有较为传统的表达，亦有新颖形式的探求；他的理论文章，通俗易懂，深入浅出，但又一针见血，独到深刻。那么，在2008年10月才开始发表小小说处女作的夏阳，为何在十余年里就从一个小小说新秀蜕变成重量级作家和评论家呢？

我认为，这一切，皆源于他的"深耕细作"。具体点说，就是大量阅读和批判性思考。

与大多数小小说作家一样，夏阳未接受过系统的文学教育，但阅读一直是他惯常的态度和行为。夏阳说，他曾于2008年闭门三个多月，苦读几乎囊括所有小小说名家的1500篇小小说作品，

作者简介：雪弟，惠州学院中文系副教授。主要研究成果有《当代文学格局中的小小说》等，曾获首届中国微型小说理论奖。

同时他也不忘对短、中、长篇小说的阅读。他偏好中国文学，但对西方文学，譬如卡夫卡、卡尔维诺的作品也会涉猎。他主要阅读文学作品，可他同样对音乐、电影等艺术满怀激情。一切，都在阅读中发生了变化。

平时生活中，夏阳不太开口对现实发言。众声喧哗的场合下，他的沉默尤甚。就是这么一个看似木讷的人，内心却时刻在熊熊地燃烧，不停地思考着人的生活和存在。毫不夸张地说，夏阳的思考是深入的、深刻的。它越过事物的表象，直抵本质。这就把他的小小说与故事区别开来，同时也在他的写作与那些平面化叙事之间形成一道明显的分水岭。

以上谈"深耕细作"，是从因的角度说的。其实，"深耕细作"亦是一种"果"，它十分鲜明地体现在夏阳小小说的内容与形式上，体现在题材、情节、主题、叙述和语言上。

一、题材：空白地带的发现

夏阳在《关于音乐小小说的思考》中说："如何打造自己的小小说王国？近年来，我一直像上帝一样愁眉苦脸，对这个问题苦苦地思考……随着研读的深入，诸多沾沾自喜，瞬间化为泡影。我沮丧地发现，很多领域都已经被人占领了，留给我这样后来者的开拓空间非常狭小。有一天，偶然情况下，我发现了音乐，发现了这方小小说领域的空白地带。"十余年来，夏阳在这方空白地带上孜孜以求，绝不是借用一个标题或引用几句歌词，而是把音乐元素渗透进小小说创作中，有意识地按照其旋律和节拍，用文字来讲述一个个和音乐主题相吻合的故事。在夏阳的深耕细作下，如今，他的音乐小小说可以说是水草丰茂。其中，24篇刊发在《小小说选刊》的《时光翻唱》专栏。《蚂蚁，蚂蚁》《好大一棵树》《马不停蹄的忧伤》《寂寞先生》等作品获得全国性大奖，在读者中产生了广泛影响。以别样的故事准确地传达出同名歌曲相同的内涵与旋律，让小说与歌曲相得益彰，相映成趣，这实在是一种不俗的创造。

除了音乐小小说系列，夏阳的"致敬经典"系列，也可谓一方小小说领域的空白地带。作者以读者耳熟能详的小小说经典作品为素材，或借用其开篇，或借用其人物名字，或借用其意象，或借用其氛围等进行再度创作。据笔者所知，已完成24篇。客观地说，尽管夏阳的这个系列有一些作品是失败的，如向申平《记忆力》致敬的《冷记忆》，在人性深度挖掘上远逊于前者，但确实也创作出了不少好作品，如向迟子建的《与周瑜相遇》致敬的《与刘若英相遇》。两文都是以一个农妇的视角，经由现实或梦境之路，去建构两个不同的世界的一致性。不过，仔细读之，我们便发现，二者是不同的。《与周瑜相遇》侧重于对"英雄"这一概念的颠覆和还原，其中蕴含的是一个农妇平静、祥和的生活观；而《与刘若英相遇》则重在铺叙农妇单纯的生活和内心，表现了乡村生活的活力和对另一种生活的向往。从风格上讲，如果说《与周瑜相遇》是浪漫现实主义的，那么《与刘若英相遇》则是现实浪漫主义的。两文都称得上优秀之作。再如，向王奎山的《红绣鞋》致敬的《一双红绣鞋》。这篇作品，不仅标题与原作大致相同，连小说中人物的名字也是一样的。可当我们把这两篇作品放在一起时，绝对看不出二者内在的关联。从文学性上讲，《一双红绣鞋》走向了更为纯粹的艺术境地。理由如下：一是它采取双线结构，内涵更为浑厚；二是情感显得比较自然；三是采用"红绣鞋"作为叙述者来讲述故事，非常别致，也十分细腻地展示了主人公的内心。此外，向黄建国的《谁先看见村庄》致敬的《好大一棵树》，向陈毓的《伊人寂寞》致敬的《寂寞先生》也都是难得的佳作。

总之，夏阳在小小说创作上，总是苦苦地寻找空白地带，力争先在题材选择上与别的作家区分开来。

二、情节：充实与繁复

受篇幅的限制，小小说作家往往惜墨如金，但若处理不当，就会把自己带进写作的泥沼：情节单薄、瘦削，只见树干不见叶。夏阳的小小说则不然，其故事大多充实饱满，某些作品甚至称得上繁密而复杂。

首先，这种充实饱满来源于曲折多变的情节，包括欧·亨利式的结尾。如在《寻找花木兰》中，同样是被三个烂仔调戏，十年前，花木兰是临危不惧；十年后，花木兰则是临阵脱逃，来了一个大转折。这种转折，出人意料，令人震颤。但倘若全篇的情节只有这种大的转折，就会显得单薄、瘦削，它还需要更为具体的枝叶。夏阳正是这么编排故事的，十年后，花木兰被三个烂仔调戏，开始是隐忍退让，然后是奋起反抗，最后才是临阵脱逃，从而揭示了生活的残酷以及个人向生活中的恶妥协的悲剧。这样，有了枝叶和树干，整个故事就会富有层次感，显得丰茂和充实。

其次，这种充实饱满来源于情节的互动与观照。如在《漂白》中，苏苏失身的情节与多春鲫蹦入船中的情节看似风马牛不相及，但其实两者关联度很高，因为两者的处境是一样的，即都处于怀春的时节且在对方的蛊惑之下难以自禁。这样，两个情节之间就不再是简单的线性关系，而是构成了一种互动与观照，从而使整个情节变得更加充实饱满了。《行脚》也是如此。一个瘦高个每天在冻米糖总厂到市政府之间的长长的坡上来回溜达，与这个人写小说看似无甚关联，但其实二者是有联系的，因为后来这个人因写作成绩突出，被市政府破格录用，也可以看作上了一道长长的坡。只不过，一道坡是显在的，另一道坡是虚拟的。正是在虚实之间，情节构成了互动与观照，从而也具备了更多意味。

另外，这种充实饱满还来源于精彩的细节。如在《钉子户》中，把墙上钉满钉子（以便像眼睛一样望着老伴）的细节可谓神来之笔，既把情节推向了高潮，产生了撼人心魄的力量，同时也因其独特使得整个情节非常饱满。又如《念亲恩》中，"父亲"扯"母亲"两条腿中间的蓬毛这个细节，虽然从读者接受的角度说，存有一些障碍，但我们无法否认它是一个好的细节，这个细节既符合"父亲"作为屠户的职业，又把男人的愤怒和狭隘表现得淋漓尽致，自然也使得情节变得充实了。

充实之外，夏阳有些小小说的故事情节甚至称得上繁复。一般来说，受篇幅的限制，小小说以单一情节居多，曲折多变也是限于单一情节。不过，总有一些作家勇于探索，力图打破固有的模式。夏阳即是如此。他的《马不停蹄的忧伤》写了两个故事，一个是马逃离的故事，一个是人回家的故事，虽然这两个故事存在某种关联性，可以构成互动与观照，但很显然，它们并不在一个完整的情节链条上，而是分属于两条同中有异的情节线。《上苍保佑吃完了饭的人民》亦是如此，不过，它走得更远。它直接把作品区隔为正文和相关链接两个部分，一个是有钱人张大炮的故事，一个是女服务员张小芳的故事，而这两个故事基本上没有交集。

当然，从表达方式上说，这种充实和繁复来源于叙述、描写、抒情等方式的综合运用，尤其是对描写的强调，画面感十分突出。

夏阳在谈到《蚂蚁，蚂蚁》的故事情节编排时曾说："如何从一只蚂蚁推演到一百一十七条人命，耗费了我大量的心血。其中最难的一环是打火机的出现。为此，我访问过不少人……为此，我寝食难安，辗转反侧。"由此可看出，正是在作者的深耕细作之下，才有了他源源不断的充实而繁多的故事情节。当然，反过来说它也是成立的，这些充实而繁多的故事情节也体现了一个作家的深耕细作。

三、立意：深刻与丰富

篇幅会限制小说的容量，但限制不了小说的思想，限制不了作者对人性深度的探讨。因此，小小说篇幅虽小，但小中见大依然是它不懈的追求。如何理解这个大？夏阳认为是温暖与呐喊，它们是小小说创作立意的两个终极目标。所谓温暖，指的是弘扬我们希冀中的那一抹真善美的暖光，给苦难创造一条光明的精神出路；所谓呐喊，指的是通过道德力量和伦理深度去揭示人性弱点，展示伟大而崇高的人性悲悯、救赎与良知的情怀。夏阳是这么理解的，也是这样实践的。

如在《念亲恩》中，"我"爹为了找出与"我"娘偷情的人，十多年来，一直折磨着她，待她上吊自杀后，他又想趁着安葬她，把"我"亲爹引出来。虽然作品中没明写"我"爹要把"我"亲爹引出来做什么，但潜台词很清楚。这时，"我把他拉起来，说，爹，我们回吧"。一个"回"字，写出了"我"内心的柔软，"我"爹跟着"我"回（作品中暗示出来的情节）则意味着仇恨的放下。"回"字就像一道阳光，给了"我"亲爹一条光明的出路，同样，也给了"我"和"我"爹一条光明的出路。夏阳以"温暖"为立意的作品还有很多，如《扒火车》《春天里》等。

以"呐喊"为立意的作品就更多了，《寻找花木兰》经由一个人抗争到妥协，写了人性的软弱，可这种软弱是谁造成的？一句诘问，指向了恶的势力与社会秩序。《上苍保佑吃完了饭的人民》把故事置放于两极分化的社会背景下，对人性的残忍进行了有力批判，但背后藏着的却是对底层小人物生存悲剧的悲悯。《孤独的老乡》越过"老乡"这一惯常的地域划分，从略显狭隘的自然身份认同，转换成心灵沟通，并由个人遭际过渡到了普遍人性反映，从而揭示了底层小人物对精神抚慰的渴求。

综观夏阳的小小说，不管是立意为温暖还是立意为呐喊的作品，均做到了小小说立意上的深刻与丰富。这一方面源于作者对世界和人生的深刻体味与认识，另一方面则源于作者在小小说创作主题上的多义性表达。《捕鱼者说》本是一篇"环保主题"的命题作文，但经由夏阳的思考之后，它由单一走向了丰富，呈现出摇曳多姿的样貌，既批判了工业社会带来的环境恶化，又对正常的人性和传统的伦理关系进行了有意味的思考。《马不停蹄的忧伤》的结尾是"现在，我好想回到你的身边"，由此来理解作品的主题，它好像是确定的，即一个流浪多年的人的回归，他与生活达成了和解，也得到了家人的谅解。但如何看待马不停蹄的忧伤呢？如何看待人对自由的追求呢？过往的自由和忧伤，应该被否定吗？我认为，这篇作品的主题是多重的，它不应被圈住，作单一化的理解。

夏阳在《思想立意的探寻》中说："我一直在思考，当一篇小小说创作出来，它究竟有着怎样的存在意义。"这里的"思考"，应该可以指深耕细作吧。

四、叙述：恰当与别致

在小小说作家中，有意识地对叙述技巧进行研究和实践，并做出重要贡献的无疑是蔡楠和夏阳。两者均有不少小小说和理论文章问世，并在小小说领域产生了大的影响。不过，若从创作时间先后看，蔡楠是前辈。夏阳坦言，自己创作《幸福可望不可即》是从蔡楠的《一波三折》中受到了启发。但无论是作品的立意还是叙述技巧，两者都迥然不同。从这个角度看，那应该是夏阳深耕细作的结果。

夏阳在叙述上的深耕细作主要体现为：

一是对叙述人称和视角的探索。如在《与刘若英相遇》中，大胆使用了第二人称和限知视角，这样既便于透视主人公的内心世界，也便于叙述内容的自由转换；又如在《过滤》和《漂白》中，使用了第一人称和第三人称的混合视角，使用第三人称便于描写，生成画面，而使用第一人称则有助于增加在场感。

二是对叙述者的探索。如在《一双红绣鞋》中，作者选择了"红绣鞋"作为叙述者，把物作为有灵魂的存在，借它的眼睛来打量人物。这样，不仅真实地观察到了人物的内心，而且通过"红绣鞋"这个媒介也把两个本不相关的人物与故事连接了起来。在《明星露露的3月18日》中，作者借鉴日本作家芥川龙之介的短篇小说《竹林中》，采用了保安、保姆和奥迪TT三个叙述者来讲述同一个故事。在《虚构》中，表面上看只有一个叙述者在讲述故事，其实它有多个叙述者，只不过这些叙述者不像《竹林中》的叙述者那样直接显现，而是以影子的形式出现。但不管怎样，这样的叙述非常别致。

三是对叙述结构的探索。如在《蚂蚁，蚂蚁》中，作者使用了"多米诺式"结构，从一只蚂蚁经由一只蝗虫，最后推演到了一场矿难，导致一百一十七个人丧生；在《梦境》中，作者使用了"俄罗斯套娃式"结构，讲述了梦中梦，并以出人意料的结尾书写了小人物的生存艰辛；在《上苍保佑吃完了饭的人民》中，作者使用了"正文+相关链接"的拼贴式结构，通过"正文"的重与"相关链接"

的轻完成了阶层分化和人命轻重的隐喻;在《春风沉醉的夜晚》中,作者使用了"吃甘蔗式"结构,五个连环的故事,既独立,又完整,人物不设主角,全部轮岗,闪过了就不再出现;在《推迟》中,作者使用了双线结构,一步步向故事的中心交汇,然后又擦身而过;在《捕鱼者说》《马不停蹄的忧伤》《那些花儿》等作品中,作者使用了并联式结构,独立成章,又有机关联。

夏阳在叙述上的深耕细作还体现为对叙述速度、叙述声音和元叙述的探索,其本质是为了寻找一个与题材最相配的叙述形式。何为最相配?简单地说,就是恰当与别致。以上作品均体现了这两点。

五、语言:考究与工笔

夏阳谈到《蚂蚁,蚂蚁》时曾说,语言方面,他前后修改了不下五十遍,几乎一个字一个字地去抠。这样"吟安一个字,捻断数茎须"的考究态度,使得夏阳的小小说颇具韵致。具体来说,夏阳的小小说的语言具有以下几个特点:

一是字词使用精准。《集火花》里有这么一段:"娘正在煤油灯下补袜子,听见我的问话,身体一抖,针扎在手指上,绿豆大的血珠涌了出来。她将受伤的手指放在嘴边吮着,吮了一会儿,冷冷地说,死了。"这是一个补袜子时的场景,"抖""涌""吮"等动词十分传神地描绘出了"娘"突然被针扎伤时的样貌,"绿豆大"形容血珠恰如其分,而"冷冷地"则准确传达出"娘"无助、落宽的内心。

二是多使用比喻等修辞。如在《梦境》中，作者多处使用了比喻，"我会像风一样自由""两只布拖鞋泡在水里宛如面包一般臃肿""半只老鼠的尸体像牛皮糖一样牢牢地粘在那里"等。作者为何热衷于比喻修辞呢？显然是为了使语言更形象，内涵更丰富。就《梦境》而言，作者使用这些带有恐怖色彩的比喻恰恰与主人公内心的恐慌、不安相一致，形象地传达了主人公的心理和意绪。

三是在进行描写时，多使用工笔。如在《念亲恩》中，有一个杀猪的场景，作者是这样描写的："他当着全村人的面，一手拽着猪的耳朵，一手握着一把锋利的尖刀，拔河般，和猪相互来回僵持着，把围观的人逗得捧腹大笑。在一片笑声里，我爹看准时机，突然一松刀，往前一个健步，趁猪还在愣神时，赶了上去，一刀捅进了猪的喉部。浓酽的鲜血爆射出来，喷了我爹一脸。我爹死死地抵住猪头，刀又往里面捅了几下，然后握刀的手来回打转……"一般来说，小小说很忌讳这种工笔式的描绘。可夏阳为何明知不可而为之呢？仔细究之，便会发现，夏阳花费如此多的笔墨，是有着特别的用意。杀猪的这天，正是"我"满月的日子，"我"爹本来应该开怀大笑的，可他为何这么残忍地对待一头猪呢？因为"我"不是"我"爹亲生的，而是"我"娘与别的男人的孽种。作者工笔描绘"我"爹杀猪的场景，实是为了表现出"我"爹无法言说的愤怒。由此看来，不是小小说不需要工笔描绘，关键是它用得恰当与否。

夏阳在语言上的考究是值得赞赏的，但也如他所说，过度讲究可能使得雕琢痕迹太重，语感方面缺少流畅和韵律。

当下的小小说写作者可以说成千上万,但真正做到脱颖而出者寥寥无几。究其原因,不外乎两点:一是"荒于嬉",即便才华横溢者也因为这一点只能是昙花一现;二是"毁于随",缺失了思考的简单化和机械复制,让众多写作者淹没于汹涌的文学浪潮中。那么,如何才能做到脱颖而出呢?夏阳的深耕细作,无疑是最好的路径。它是因,也是果,已耀眼地挂在小小说这棵大树上。

"老调"如此"新谈"
——论朵拉微型小说爱情叙事内涵与写作策略

- 徐榛 -

摘要：马华作家朵拉的微型小说创作回避了华文文学创作中的"海外/家国"的叙事模式，而关注和探讨极具普遍性的两性问题。爱情主题可谓是文学叙事的"老调"，朵拉以情爱互动关系为切入点探讨现代社会中精英女性对恋爱观、婚姻观的追求与思考。然而，通过分析朵拉微型小说中的爱情叙事内涵，可以发现她所表现的"真爱"背后，却呈现出了两性之间"畸恋"的事实，以此思考其写作策略，或有助于客观评价其文创意义。

关键词：马华文学；朵拉；微型小说；爱情叙事

  马华文学一直以来是海外华文文学研究中相当活跃的一个版图，相对于其他地区的华文文学，马华文学有着自己得天独厚的先机。就拿近年来华文文学的又一重要研究基地北美华文文学对照，北美以"草根族"[1]文学为主，以中国台湾留学生文学和大陆新移民文学为两大创作主体，起始与发展多是移民者后天努力的结果，其他华文文学版块（欧华、澳华）更不必说。除却港澳台地区，可以说马华文学创作最具备中文写作基础：一方面大马包括了马来人、印度人和华人三大种族群体，因此也就呈现了多语言共存的文化现象；另一方面大马的华人移民者多来自中国福建、广东等沿海地区，他们移民后，坚持传承原乡文化，并在经过政

作者简介：徐榛，文学博士，扬州大学文学院讲师。

治文化等多方面的抗争与融合之后,赢得了相对稳定的生存空间与文化语境,如此也更有利于华文教育的展开,从而形成了有利于华文文学创作的土壤。

虽然在马来西亚文学创作长河中,提供给华文文学作家创作的政治、文化环境并不轻松,但是不管面临怎样的政治话语与文化氛围,马华文学的作家们都没有放弃写作,从各个角度对南洋的政治环境、文化语境、生活空间等面貌进行书写,创作包涵了对民族记忆、文化传承以及跨文化语境的身份思考等问题意识。朵拉便是其中一位,她原名林月丝,出生在槟城,祖籍福建惠安,属在地作家。与本身具备华文写作能力的移民作家不同,她在马来西亚接受华文教育后,才进行文学实践,因此,她的华文文学写作是后天行为的呈现。《东南亚华文新文学史》这样评价朵拉的文学创作:"朵拉的小说善于挖掘人物的心理,特别是善于表现人物的情感与心灵世界……如果说她的小说大多集中于婚恋家庭上,那么,她的散文恰恰是弥补了小说的不足……她的散文天地展现的就是作者的坦荡胸襟和博大的爱心。她以一个严肃的、富有责任感的作家的良知去从事艰苦寂寞的文学创作,成为广受读者喜爱的马华作家之一。"[2]可见,她在马华文学谱系中的位置是不可忽视的。朵拉的文学实践涉及多种多样的文学形式,主要表现为短篇小说、微型小说和散文随笔。不仅如此,她还尝试将文学创作精神与水墨画审美理念相结合,特别是从她发表的《和春天有个约》《给春天写情书》《秋红柿》等散文随笔集可以发现其"文中有画"的创作审美特点。其中第一个散文集中每篇文字都以一种花为名，大有其水墨画中"与花为媒"的意味，而后两部随笔集则是记录她脚步遍及之地的所观所感，颇有旅游文学的影子，每一篇又都呈现不同的文化景观，包括视觉的美景、听觉的妙音、味觉的美食以及文化的妙思。

但值得注意的是，虽说从华文文学概念范畴上来看，朵拉无疑是华文文学作家，但从文学创作的题材与内容上来看，她所关注的议题区别于华文文学书写的常态，而表现出"家"与"国"的缺席，即回避文化"现场性"描述与对"原始疆域"的想象。那么，朵拉为何会成为个案呢？笔者认为应该从她的文化身份和她所处的时代背景寻找突破口。朵拉并非新移民，而是在地华人第三代，政治文化定义上是大马人，因此，她的华文写作是接受当地华文教育后的在地化产物。1969年"五一三排华事件"让她回避了"政治风景"的书写，而更容易激发她对祖籍国文化的想象、认同与向往，其实她的散文和水墨画正诠释了这一点。但她的小说创作就跟原乡文化保持了距离，而多表现两性关系的互动，这是极具普遍性的文化主题的书写，但她又并非简单地记录男欢女爱的故事，而是通过情感达到对两性内在的观照。

有关朵拉微型小说的研究多从女性主义的立场出发，几乎所有讨论朵拉爱情书写的相关评论都在诉说她的女性意识觉醒与对男权的反抗，以达到为女性发声的议题。爱情主题可谓是文学叙事的"老调"，那朵拉是如何在华文文学创作框架下，谈出爱情书写的新意呢？笔者无意于讨论朵拉的女性意识形成始因与表现形式，而以其微型小说为例，尝试讨论她以女性为主体的爱情叙事的内涵与书写策略。

一、性别书写中的女性管窥

对离开故土的移民者与在地者来说，异乡文化冲击成为不可回避的事实，但原乡传统文化记忆也将成为影响华文作家写作不可忽视的重要因素。因此，考察华文写作时，不仅要对异乡文化语境进行横向观察，还要注重对原乡文化进行纵向回望。

中国传统文化赋予两性的文化内涵是截然不同的，对两性的形象描述常表现为"英雄"与"美人"，对两性的性格要求常表现为"刚毅"与"温柔"，对两性的家庭角色分配常表现为"家长"与"内助"，对两性的社会功能认知常表现为"先锋"与"副手"，因此，就形成了传统家长制中的"夫为妻纲"的认知体系。然而，20世纪初，传统文化经历了新文化运动的冲击和洗礼，鲁迅对传统家长制进行深刻的揭露与批判，其小说形成了两性关系纠葛的不同景观：《祝福》中祥林嫂"被卖"的悲惨命运和"死后是否有灵魂"的疑问引起了"女性忠贞"问题；《离婚》中爱姑由"理直气壮"到在官威面前的"全面崩溃"，展现了男权至上／官权至上的社会问题；《伤逝》中脱离了庶民阶层而对当时改造社会的主力群体———知识青年进行观察，自由爱情在固有的社会体制下成为情感的乌托邦，而女性成了乌托邦想象的祭品，进而引发知识女性的生存困境问题。鲁迅在这三篇小说中重点关注了不同阶层的女性命运，抛开传统礼教的症结，可见女性在两性关系中被边缘化处理的弱势群体地位。因而，鲁迅在揭示问题的同时，也尝试对女性的现状和出路进行分析与想象，他在《我之节烈观》中指出："总而言之：女子死了丈夫，便守着，或者死掉；遇了强暴，便死掉；将这类人物，称赞一通，世道人心便好。"[3]他直言父权家长制下女性的两种出路——"守节/死亡"，虽说表现为"生/死"二元对立的结构，但观其本质其实就只指向"死亡"之路，男性对情感"多向选择"的权利在女性性别文化场域的构建中被剥夺，那女性又应该怎样面对呢？鲁迅又在《娜拉走后怎样》中提出对女性出走模式的思考。虽然说鲁迅的文学世界总体上是反传统与启蒙的，其中对女性的观察也多是从反传统礼教的立场出发，但还是可以看到他在两性情感关系中对女性的观照，可是从所达到的社会效果上来看，对两性关系的固有认知并没有得到根本性的改变，反而被延续了下来。

如果说新文化运动是对人性解放进行思考的话，那二十世纪三四十年代的战争与性别（特别是对女性）形成了一层特殊的关系。有学者这样论述："无论底层或中上层妇女，无论她是文盲还是知识女性，都可以通过'参战'走出家庭、走上社会、走向'解放'，成为世界范围女性社会参与的独特风景。"[4]战争为女性参与社会和挣脱男权社会体制提供了一种可能的方式，与此同时战争中的女性书写也反映出女性在性别层面上的弱者地位，战争给女性带来的创伤亦是毁灭性的。中华人民共和国成立之后，有关性别色彩的书写呈现特殊的文化景观，尤其是二十世纪六七十年代特殊历史时期表现出与意识形态和政策方针相关的文学书写，此时的文学书写中出现了涂抹性别色彩的现象,时代大同性认知代替了个人特殊性书写,性别被模糊化处理。就像提娜·商特尔所说的:"种族或性别在某种意义上是社会建构的、文化促成的或历史地构成的。"[5]即性别是根据社会的需要或接受而表现出男性或女性的性别表现形态。从严歌苓的小说《白蛇》中就可以体会到,这一时期对社会生产、意识认同和文化的统一要求,覆盖了对人的个性特征和性别色彩的呈现,甚至出现性别错位书写的文学现象。进入20世纪后期,"女性撑起半边天"的社会集体认知标语表现了女性在社会生产生活中地位的提升。80年代以后女性意识觉醒的文学创作也相继登场,特别是诗歌领域的舒婷、翟永明、伊蕾、池凌云等女性诗人登上诗坛,女性自觉意识凸显,但八九十年代前后女性意识的呈现还是存在思辨与情感表现上的差别。90年代后期到新时期以后,精英女性开始质疑西方女权主义者对女性主体性的定位,而开始思考在性别认知过程中所面临的困境,而性别意识的思考更加具备兼容性与多元化的特征。

海外华文文学创作与研究,在新世纪后形成了相当的规模,其中女性作家成为重要的文学创作主体。就以海外女性作家的创作和研究现状来看,主要集中于对文化身份的追寻与性别意识的探究。作为具有异质文化身份的闯入者,与西方本土文化发生冲突可以说是海外华文创作恒久的主题,而对于性别意识的探究又多是女性作家关注的议题,在异质文化语境中对女性承受双重性别纠葛进行揭露与思考,而这样的性别问题正源自原乡文化与异乡文化的双重作用,观察女性在与不同文化背景男性(包括东西方)

的互动中在生理性别与社会性别中的不平等现象。

进入马华文学的言说场域，可以发现女性作家的文学写作更加偏重性别意识的反映。移民初期女性作家的创作关键词表现为"乡愁"与"生存"的双重书写，明显呈现出两地文化对创作主体的双向冲击，但又在文化冲突中表现出关联性，即传统婚恋观下的爱情、婚姻与政治文化语境间的矛盾与抉择。比如李忆莙《女人》《风华正茂花亭亭》《遗梦之北》等探讨华人女性进入异文化后，在爱情、婚姻和性别意识上的纠葛与变迁，而真正的问题症结最终归结到民族融合、种族话语与政治语境的宏大议题中。到了90年代则出现了更为复杂的性别书写，具体表现为商晚筠、黎紫书、唐珉等书写的婚外情、老少恋、同性恋等情感形式。这一时期的女性书写也反映了女性主义思潮的作用，而关注女性主体性问题，表现为女性对生存、解放与自我言说的要求。进入新时期以后，从文化身份认同的思考出发，女性也提出了自我言说的新话题，即如何自我定位的思考。因此，"闯入者"的文化姿态逐渐消失，而强调"在地性"书写，从而扩大了对"现场"文化写作与思考的植入，丰富了文化言说对象的同时，还扩大了文学创作的表现形式。

结合文学脉络与马华女性作家创作中有关女性性别书写的阶段性特征来反观朵拉的文学创作，可以发现她几乎是延续了新文学以来对女性问题思考的基本脉络，但是又表现出"异类"的元素。朵拉微型小说所关注的问题与民族性无关，她的性别书写，特别是对女性"爱情观"的思考，适用于任何一种文化场域，而表现出性别言说的普遍性。因此,华文文学书写中的"他者"形象没有被个性化处理,而呈现"大众化"的定位。

在原乡与异乡文化交织的框架下,朵拉文学创作中性别书写所呈现的普遍性与特殊性足以引起我们探究其性别思考与写作策略。如果说朵拉的散文随笔集具有边走边写的随意性特点的话,她的微型小说则侧重于书写当下生活而表现出文学写作的时效性。和她的散文所表现的风物志的多样性相比,其小说似乎只关注以女性为主体的爱情故事写作。因此,就形成了讨论朵拉微型小说爱情主题书写的集中性研究风貌。由袁勇麟教授主编的《朵拉研究资料》可以说是近年来有关讨论朵拉文学创作与审美特点的重大研究成果,不仅涉及对作家创作生平的综述,也有对其发表作品的个案解读,无论是小说还是散文都有所涉猎,甚至还有对她水墨画创作的审美文字,但有关朵拉微型小说研究所占比重是最大的。一直以来"文以载道"的文学观使得小说成为承担反映当下和揭示现实任务的主要文学体裁,小说体裁集故事性、时效性、现代性和文学性等特征于一体,更容易被读者所接受和理解,而朵拉的微型小说创作也将小说的诸多特征发挥到极致。

朵拉对女性的关注源自男尊女卑的不平等现实,但是褪去特殊时代的外衣,抛去传统家长制下的女性形象,笔者发现,她更加关注精英阶层女性,因而更具有时效性和现代性。也就是说,当女性和男性一同参与社会生产生活而表现出一定社会生产能力时,她们表达了在两性情感层面上追求平等的诉求。而朵拉就关注这群精英阶层女性的情感故事,述说她们在两性情感纠葛中所面临的问题和深陷的困境。笔者也旨在通过对朵拉两性情感故事的考察，尝试发现她所书写的情感故事的背后所表达的文化内涵以及尚可商榷的问题。

二、"真爱"与"畸恋"之间

如前所述，朵拉探讨的是女性在社会活动中的身份与两性情感问题。不仅在微型小说中，在她的散文中也有所刻画，她在《走一趟绍兴》中这样写道："我注意到文章里写到的中国当时那个对女性不公平的环境，要求女性必须态度端庄，衣着俭朴，不打扮，不苟言笑。就算笑，也不许露出牙齿。本分的女人须静守家中，孝顺公婆，相夫教子。"[6] 朵拉与鲁迅文学中对传统女性社会身份的观察与思考达成了一致。不仅如此，她在微型小说创作中也延续了对传统家长制的批判，小说《单身不贵族》中的男女情感在家庭面前变得不堪一击，"不是家庭经济问题……一起吃饭，所有的女性全坐在另外一个比较小的桌子旁，而且是在厨房里，家里的男人却都在饭厅的大桌上吃"[7]。在生产力高度发展的现代社会，禁锢现代女性的却还是传统男权制度，现代与原始的冲突形成了一场滑稽剧。从所谓"女性的本分"到"社会对女性的不公平"的思考成了朵拉微型小说创作的重要命题，她关注现代女性命运，但又与现代社会生产保持距离，而以"爱情"为关键词，致力于呈现与剖析女性在两性关系中所扮演的角色。朵拉在《朵拉微型小说自选集》的《后序》中就表达了对女性被忽略、没有话语权的现状的担忧,而女性处于这样的被动局面的根源则是男女不平等的社会现实。笔者认为这里所谓的男女不平等的文化指向是由生理性别的不平等认知延伸至社会性别角色分配的,而生理性别的不平等认知是长期的历史问题。

朵拉微型小说主要表现男女爱情故事,以她于2012年出版的微型小说集《巴黎春天的早餐》为例,其中收录微型小说82篇之多,在主题、形式和内容上一如以往微型小说的创作模式,从内容上来看,这部小说集(也适用于朵拉微型小说创作整体观)囊括了以下几种男女关系的呈现:(1)婚姻关系中的男女互动书写。比如说,《加了柠檬汁的木瓜》呈现的夫妻之间"吃食"的互动,妻子按照自己对食物的理解和爱好的口味为丈夫准备食物,丈夫虽然嘴上不说,但是心理上是不快和厌恶的。"妻子的解说"与"丈夫的无言"形成了反差,丈夫"嘴上不拒绝的吃"与"心里抵抗的意识"形成了冲突。《离婚的晚餐》讲的是一对年轻夫妻的离婚风波,"离婚"失去了原有的社会意义,而成了年轻男女验证和巩固感情的手段,婚姻变成了一场男女调情的闹剧。《相处之道》以结婚纪念日为背景,众人对现代社会中维持长久婚姻的家庭表示羡慕的同时,作家也呈现了这对夫妻实际的日常生活,这里直接地展现了"妻子的念叨式言语"与"丈夫的沉默式表达"之间的矛盾,丈夫的沉默仅仅是婚姻关系中的一种表现方式,其背后所承载的文化内涵就不只是"相处之道"这么简单的了。(2)恋爱关系中的男女互动书写。《病》中精英女性直视了三段男女情感的"疾病":一是自身情感的危机,因力求保持自身经济与社会身份的独立而与男友发生冲突；二是同事与妻子之间对结束婚姻与否的纠缠；三是由自己父母长期婚姻经验后的离婚诉求引发对婚姻的质疑。女性在恋爱与婚姻的不同情感体验中进行思考与寻找出路。而《炎阳心情》表现了两位女性与同一位男性的情感纠葛，两位女性最终都以"被分手"的结局而告别恋情，女性的欣喜、嫉妒在最后一刻都化为了怨恨，"被抛弃"成了这群精英女性的最后命运。（3）第三者关系中的男女互动书写。《香水爱情》中男性的"不回家不太好，孩子们知道了会追问"[8]道出了第三者女性的悲哀，女性成了男性情感生活中的调剂品而非必需品，男性对女性的爱恋心理被物质化处理，并在道德上被合理化，最终表现出物质与情感的交换。《风过》中谎言成了男性长期霸占女性的利器，也成为女性产生幻想的依据，一个女性情感的开始以对另一个女性的"死亡假想"为代价，女性成了两性关系中的弱者。《病情》中女性因一次生病而成了男性的情妇，女性并不觉得这是理想的爱情，但又甘愿身陷其中。而《苦恋》中女性认为的真爱在男性的情感场域中被瞬间放弃。（4）特殊案例的女性个体书写或者男女互动书写。这里讲的特殊案例多是以女性为观察主体或承受主体展开的，表现女性个体化情感经验。比如说，《遗失》以女性的耳环丢失事件引发讨论，大家经历了"羡慕—嫉妒—疑虑—妒恨—看好戏"的情感变化过程，很容易联想到鲁迅《示众》中所传达的艺术效果，如果说鲁迅表现的是国民性的愚昧与无知的话，朵拉给读者传达的就是人的情感困境，她直指人性情感的弱点，而背后直指对家庭困境的担忧。《门的后面》采用对比的手法，呈现了两性对梦魇的不同解读，精英女性最后"我从来都不想做一个什么都知道的女人，但是你们男人却什么都不知道，什么都不懂，只会自作聪明"[9]的告白表现了两性情感认知之间的鸿沟。《浪漫之夜》中东方女性与西方男性在浪漫调情之后却转向了物质衡量，情感交流瞬间经历滑铁卢而变成了身体交换，女性对偶遇爱情的幻想被金钱交易的现实所打破。《梦中女人》中男性的"你，仍然是我的梦中女人啊！"[10]变成了男性和任何女性离别时告别的口头禅，男性对女性抒发情感的方式充满了滑稽与伪善。

朵拉对男女爱情故事的讲述方式千变万化，笔者虽然大致做出以上四种类型的分类，但是她的小说创作又并非对某种类型的单独化处理，而时常表现出交错杂糅式的形式，因此，她所表现出的男女社会文化身份就具有多重性的特点。除此之外，朵拉还表现了几种有意思的男女关系，笔者认为需要个别说明：一篇是《变心的味道》，表现了精英女性对男性的选择，两性在情感选择上进行角色互换，社会经济实力决定了表现性别优势的力量。而这样的书写在《礼物》中体现得更加彻底，男性在发生婚内出轨事件后对女性进行物质上补偿的方式被女性"复制"反作用于男性身上，两性在情感关系中的维系方式达成了平衡与统一。正如罗西·布莱多蒂所认为的："跨性别代表了对性别身份的涂抹和克服，也意味着整个古典身份概念的垮台。"[11]这里所说的跨性别就倾向于从生理性征到社会性征的角色转换。朵拉设计了两性生理性征无法达成的社会性征互换经验，尝试着实现男女在两性关系和社会生活中的平等化想象，同时也表现出女性主体在恋爱或婚姻中隐在的反抗情绪。

朵拉的微型小说中，比起女性意识觉醒或是女性要追求社会身份平等，女性其实更加表现出对平等爱情的渴望，社会活动语境下缺乏的不是性别意义上的反抗，而是对情感的观照。在物质横溢的社会，人与人之间的情感也成了利益的筹码和等价交换的工具，而女性追求的只是两性关系中平等的爱情。朵拉写的是精英女性，她们拥有相对独立的经济能力与社会地位，她们追求的显得单纯得多，即真正的／平等的爱情。但作家似乎不给女性实现真爱的机会。

不仅如此，女性在男女爱情面前也表现出反复的矛盾性格，明知不可而飞蛾扑火，或是发现端倪便毅然转身，抑或是以彼之道还之彼身，前两种多出现在"婚外恋"的两性关系中，最后一种一般呈现在夫妻关系中。值得注意的是，"婚外恋"几乎都发生在"已婚男＋未婚女"的两性模式中，这里可以揣测作家对两性平等、恋爱平等、婚姻平等问题的质疑，表达了对女性情感层面上平等化的呼吁。

然而，朵拉重点还在表现女性的情感缺失。在她的笔下，女人是寂寞、孤独的，直指女性对真爱的渴望，但两性的互动不能脱离男性的参与。其实，在她的文字中可以发现，男人也在渴望真爱。男性不关心现实婚姻中的女性，而热衷于寻找"情人"，女性在知道男性身处婚姻生活的情况下，却甘愿以"情妇"的身份维持两性关系，对于女性本身就是很大的问题，这与两性平等与否是没有直接关系的，因此，两性的情感纠葛不可割裂，而是由两性发生并作用于两性。

朵拉书写的爱情故事，看似都是在说"真爱"，都在为追寻"真爱"而进行情感的冒险游戏，但这些故事其实却是在讲"畸恋"，两性关系不太可能脱离社会集体话语的框架而理想化地存在，如果大部分所谓男女的"真爱"都是在"不知缘由的婚姻不和谐"或是"婚外恋"的背景下展开，那么，两性关系之间所谓的"真爱"是应当不受社会集体话语的束缚而遵循所谓人性的自由，还是要有所约束地发生爱情呢？

三、"女性独立"的背后

朵拉曾在《继续寻找———在〈同一地平线上〉的选择和迷思》一文中提问道："一个不快乐的婚姻，是不是可以解脱？错误的选择是不是可以放弃然后重新再来？"[12]这个问题的重点不在于后半句所谓的选择，而在于问题的前提，即"一个不快乐的婚姻是如何形成的"。首先这是从女性主体出发的提问。很明显，女性是以弱者身份进行发声的，联系朵拉刻画的精英女性形象，在社会生产能力与参与社会生活活动的层面上，两性是相对平等的，因此就可以忽略由经济基础可能造成的不平等因素，而重点关注情感平等与否的问题。联系朵拉书写的爱情故事，婚姻之所以形成是由两性自愿共同完成的，如若在婚姻前就是不快乐的，那就不会有形成不快乐婚姻的可能性，因此，所谓婚姻的不快乐是男女情感后期的产物。但困惑在于，这样的"不快乐"应该由谁买单？朵拉笔下的男女情感在婚姻前往往是没有问题的，结为夫妻后出现婚姻裂痕而走向"不快乐"时，一种结果是双方"不知缘由的"离婚，一种是出现"婚外恋"的情感危机。婚内出轨的形式又表现出两种形态：一是夫妻之间的猜疑，以自我为中心，情感被害妄想症而引起的错误判断；二是男性背叛女性、辜负家庭的模式。其实，在情感关系中，两性都有可能成为背叛婚姻的"元凶"，因此，两性情感就不是单纯的"女性可否解脱"的疑问，而是应该关注"不快乐"的根源，发现"不快乐"的发生主体与承担主体。

朵拉不仅在小说中彰显她对女性的认知，还在《独特的声音》[13]一文中更加直面地阐释自己的女性意识，其中也强调了对传统男权制的批判，但和西方女权主义者的激进不同，朵拉显得平和得多，她更强调女性的独立意识，认为女性并非与男性完全地对立或发生冲突。笔者认为，朵拉所说的女性对"独立意识"的追求，很大程度上不再是表现为对男女在社会生产意义上平等的诉求，更多的是对"两性情感平等"的要求。有学者这样评论："朵拉没有对现代女性的独立意识作浅层次的颂扬和讴歌，她以这些触目惊心、启人心智的真实描写，迫使读者从更深的角度来探讨女性的命运，从更高的层次来追寻真正的符合现代人道德规范的爱情内涵……朵拉在这种爱情小说里发现和再现了人类爱情生活的真相，传达出了两性对抗中包含的社会内容，这使得她的小说蕴含了一种概括人生、概括社会的厚重题旨。"[14]诚然，朵拉的小说通过两性关系洞悉社会生活的敏锐，对精英女性情感困境与生存困境的忧虑都是毋庸置疑的，但是所谓"真正的符合现代人道德规范的爱情内涵"具体指向表现为何？如前文分析，朵拉的爱情故事几乎避免了幸福爱情的书写,即便是幸福,保鲜期也很短暂,或是以非正常的男女关系表现出来,特别是"婚外恋"的书写模式,男女都对恋情/婚姻感到了不快乐,而尝试寻找所谓快乐的爱情,"有妇男"与"无夫女"之间的爱情是幸福的,那对于两种情感体系中的女性又孰是孰非?不快乐婚姻中的男女之爱是需要解脱的,还是说与第三者的爱恋是真爱?笔者认为,在朵拉描写的一些爱情故事中,所谓的"男女真爱"与"社会道德"之间发生了错位,涉及的矛盾便是"服从感性"与"坚持理性"之间的冲突。若只是从"快乐与否"来判断两性关系的话,那与"道德规范"就相距甚远;若要揭示"道德规范的爱情内涵",那又怎能仅从女性的独立意识来做单向度的观察和判断呢?再有,比起两性之间的对抗,笔者更倾向于认为朵拉在尝试寻找两性相处的平衡点,特别是对精英阶层的两性来说,人类爱情生活的真相又岂是只有"背叛""解脱""情人"这样的关键词可以概括的呢?

如上文所述,朵拉笔下的两性关系很大程度上避开了单身男女相恋的正常情感模式,而表现出"多情""出轨""情妇""一夜情"等情感纠葛方式,虽然在情感故事发生的表现形式上,作家采用了现代社会中非正常的两性关系,揭示出了男女之间在错误时间的相遇所造成的情感危机与伤害,多有"错误的时间遇到对的人"的意味,但即便在"对的时间就能遇到对的人"吗?似乎又不能推演出这样二元对立的结论。"时间的错"成为男女错误相遇和要求自我解脱的借口,但什么样的相遇时间又是正确的呢?因此,笔者认为,在承认畸形两性关系相处模式的社会现实的同时,也产生了阅读疑问。

不仅如此，小说中还出现男女性格或性别的错位处理，即生理性别与社会性别的颠倒化。朵拉的爱情故事常常进行一种"坏心男人+单纯女人"的角色设置。其实，女性在进入到两性情感纠葛中时，又怎能完全避开"坏女人"的角色呢？甚至一些所谓女性悲情故事往往都是由女性一厢情愿的想象开始的，这在"婚外恋"故事中尤为突出，因此，女性的感情悲剧又透露出一种作茧自缚的意味。

朵拉微型小说以"女性的独立意识"要求为基本创作理念，以精英女性为观察主体，尽量缩短女性在社会生产中与男性的距离，而重在表现女性在两性情感关系中所处的文化弱者的地位。但笔者认为，小说中对两性情感关系的表述又多是以"男性情感加害者+女性情感被害者"的书写策略展开的，再加上文学评论者以此为女性意识表现的评价基准，认定为女性对"真爱"的追寻，是对男权的反抗和对真实"人性/人心"的尊重，因此，就存在将"第三者"爱情的认知与追寻"真爱"扣上联系的危险。

四、余论

有学者这样总结马华文学特质："马华新文学立足于马来西亚社会现实，反对殖民主义、帝国主义，追求国家的独立自主与发展；反对封建意识，追求民主、科学与人的自由发展；反对种族政策和民族沙文主义，追求各民族的平等和睦，建设一个多元共处的繁荣的国家。"[15]很明显,这主要是从政治文化语境与意识形态视角对马华文学的评价,而朵拉的文学创作好像脱离了马华文学创作的大环境,而表现出独特的主题性文学写作,她与政治文化语境下的书写保持距离,而讲身边的"小故事",但又显现她的文化思考,她关注社会生产和文化生活中的重要参与群体———精英女性。不敢说朵拉因身为女性而以生理性别上的女性经验来完成其小说创作,更不敢说她笔下的女性形象就是她所追求的女性面貌,但可以肯定的是,她不断地在对现实社会中女性的众生相进行反复的观察。因此,朵拉更多是站在旁观者而非参与者的立场,因而最大可能地保持了叙述的中立性。

比起幸福美满的爱情故事,她更多在表现男女情感中的背叛与痛感。不仅如此,还有像《遗失》中"非情感故事"的表现,在短暂的时空内,陈列了所有人的情感转变,她们往昔的友谊在多年后经历了变质,这无疑是情感的悲哀。可见,朵拉并非只是表现情感本身,而更多在影射人性。无论是情爱中的幸福和苦痛,还是友情的延续或变质,又有什么是非对错呢?因为,那就是"人性"的多棱镜所折射出来的不同景观。

除了上文分析外,还可以对朵拉的文学书写策略再做一些思考。以北美华文文学代表、女性作家严歌苓与张翎为例,前者的创作呈现出"海外移民书写+家国历史重现"的文学书写模式,后者则重视"移民史+家族史"的重叠书写,再看欧华文学代表作家虹影,她重在"家族寻根+身份发掘"的讲述,可以说,海外华文文学创作带有明显的"私人化"书写的痕迹,她们关注的核心还是"海外+家国"等宏大主题。然而，朵拉的小说好像脱离了华文文学创作的基本轨道，很难发现有关马来西亚人文景观的书写，也看不到作为与主流文化存在隔阂的外来者对异乡文化的认识，而主要关注一个极具普遍性的男女恋爱/婚姻纠葛的社会问题。当然，这可能与马来西亚华人社会语境和朵拉本人的经历有关，她的文化身份与其他华文作家又有所不同，但即便如此，文学创作主题的大众化与非典型性特征有可能在一定程度上会影响朵拉作为华文文学作家的文化多样性与文化身份复杂性等特征的爆发。

【参考文献】

[1] 陈瑞琳.跨文化视野下的北美华文文学：北美华文文学研究的新突破[N].文艺报，2014-1-24.(不仅如此，陈瑞琳还有这样的叙述："纵观北美华文文坛，已走过百年沧桑的历史长河。真正有书面文字记载的始于19世纪中叶，最早出现的形式是诗歌和民谣，以金山'天使岛诗文'为发轫而形成波澜壮阔的'草根文学'。"江少川，陈瑞琳.海外新移民文学纵横谈———陈瑞琳访谈录[J].世界文学评论，2006(2).

[2][15] 庄钟庆主编，陈育伦，周宁，郑楚副主编.东南亚华文新文学史[M].北京：人民文学出版社，2007：309-312，319-321.

[3] 鲁迅.鲁迅全集(一)[M].北京：人民文学出版社，1956：236.

[4] 郭冰茹.20世纪中国小说史中的性别建构[M].上海：华东师范大学出版社，2013：99.

[5][11][美]于连·沃尔夫莱.批评关键词：文学与文化理论[M].陈永国译.北京：北京大学出版社，2015：97，99.

[6][马来西亚]朵拉.秋红柿[M].广州：暨南大学出版社，2016：34.

[7][8][9][10][马来西亚]朵拉.巴黎春天的早餐[M].成都：四川文艺出版社，2012：62，80，59，147.

[12][马来西亚]朵拉《继续寻找———在〈同一地平线上〉的选择和迷思》,1993年写于厦门大学,未正式发表。

[13][马来西亚]朵拉《独特的声音》,写于1993年讨论女性意识认知观的评论性文章,未正式发表。

[14]袁勇麟主编.朵拉研究资料[M].福州:福建人民出版社,2017:163-165.

日中微型小说交流史研究的若干补遗

— [日] 渡边晴夫 —

摘要：自1920年前后日中两国文学家进行微型小说创作交流伊始，近百年日中两国微型小说创作、评论交流整体处于健康稳定状态。文章结合拙著《超短篇小说序论》和中国张春的《中国小小说六十年》，就小小说名称的起始时间、"墙头小说"别称和中国"大跃进"时期小小说的沉浮等问题进行了论述和补遗。

关键词：日中微型小说；交流史研究；补遗；《中国小小说六十年》

比短篇小说更短的小说，作为一种新的文学体裁，出现于日本文学家的视野，是在20世纪20年代初期。1923年从法国归来的作家冈田三郎写了几篇提倡conte(法语，意为短小说)的评论，发表了题为二十行小说的短小说。此后日本文坛对conte兴趣渐浓，《文章俱乐部》《文艺春秋》《文艺日本》《文艺时代》等杂志竞相刊登conte，川端康成、冈田三郎、武野藤介等作家发表了有关conte的评论。《新潮》杂志也于1924年、1925年两度在"新潮合评会"上论及conte，著名作家菊池宽、芥川龙之介、久米正雄、广津和郎、宇野浩二、千叶龟雄等人参加了有关讨论。在conte热中，作家中

基金项目：本文系国家社科基金重点资助项目"世界华文微型小说百家创作年谱"（18AZW024）、教育部人文社科规划项目"中国小小说发展史研究"（20YJA751026）阶段成果。
作者简介：渡边晴夫，日本国学院大学教授，博士生导师，著名汉学家，主要从事日中现当代比较文学研究。本文系作者在马来西亚第十届世界华文微型小说研讨会上的发言。

河与一在《文艺时代》1925年9月期上编了一组名为"掌篇小说"的特辑，登载了年轻作家的六篇短小说。中河后来回忆说，"掌篇小说"的名称，是他受到契诃夫"我想写能写在手掌上那么短的小说"一语的启发而想出来的。这一时期的短小说热，从1926年后半年开始衰退。

在此之前，1920年1月1日菊池宽在《东京日日新闻》报上发表了题为《短篇之极》的评论，并且与此内容相同的文章又以《世界上最短的小说》之名发表于同年1月4日的《大阪每日新闻》上。菊池宽指出，在繁忙的现代，最合适的文学形式是在很短的时间内就能读完的短篇小说；并且，他把哈巴特·霍利不到250字的短小说《德军留下的东西》译成日语，作为典型实例在他的评论中加以介绍。从那以后，人们论述掌篇小说这种形式时，常常会引用或提及菊池宽的这篇评论。可是菊池宽本人并未有意识地提倡比短篇更短的这一新的体裁。

1920年1月6日，当时在九州帝国大学医学院学医的郭沫若，写了一篇很短的题为《他》的小说，发表在上海《时事新报》副刊《学灯》上。郭沫若受到菊池宽《世界上最短的小说》启发，写下了《他》，对这一史实，我曾在前些年写就的《微型小说前史——菊池宽〈短篇之极〉和郭沫若〈他〉》拙文里进行过论证。1919年鲁迅写了《一件小事》，这篇作品被认为是中国现代文学史上第一篇微型小说。东京大学教授藤井省三博士等人指出，鲁迅受到芥川龙之介《橘子》的启发而写下了《一件小事》。

芥川之于鲁迅、菊池宽之于郭沫若，可以认为是日中两国微型小说最早的交流。对此，我现在并无特别要加以补充的。

在中国，作为比短篇更短的体裁的名称，在"微型小说"产生之前，20世纪50年代末就已经有了"小小说"之称，这一情况众所周知。前些年，我从东京大学东洋文化研究所收藏的杂志《小说世界》里发现，在1923年到1926年期间，该杂志登载了称为"小小说"的短小说，因而在拙著[1]里指出，"小小说"的名称可以追溯到1923年。近年，年轻学者张春确定"小小说"名称在1920年已被使用。1920年《民生月刊》第三期登载《夫妇谐好》，标注为"小小说"；还有1921年的《半月》杂志，设《小小说选》《妇女俱乐部》等专栏发表小小说。可见，比我所指出的1923年早了三年就有了"小小说"这一名称。

这里附带说一下，《小说世界》是商务印书馆为包天笑、周瘦鹃等鸳鸯蝴蝶派作家刊行的杂志，发刊之际正当《小说月报》（1921年）由沈雁冰（即茅盾）任主编成为文学研究会机关杂志之时。《小说世界》上登载的小小说与鲁迅的《一件小事》、郭沫若的《他》等作品相比较，娱乐性较强。《半月》是由周瘦鹃编辑的杂志，周瘦鹃担任《申报》副刊及《自由谈》《礼拜六》等多种报刊的主编，还翻译过包括高尔基作品在内的欧洲小说，鲁迅曾给予他颇高的评价。

研究微型小说的专家刘海涛教授指出："当时的微型小说和短篇小说没有分家，人们几乎是用短篇小说的构思方法来写微型小说，'短篇小说化'的弊病明显的存在于当时的微型小说创作,因而，五四时期的微型小说创作终未成大气候，它好像刚刚冒了一个头，就走进了短篇小说里去了。"[2] 因此，当时虽然已经有了小小说这一名称，不过似乎还不能认为这一文学体裁业已确立。

在日本，短小说再次受到瞩目，是在1931年到1932年，即无产阶级文学运动中对"壁小说"（汉语称为"墙头小说"）的提倡。在这短短的两年里，产生了许多作品和评论。其中，"壁小说"和评论文章写得最多的是作家小林多喜二。20世纪90年代初，我写过有关"壁小说"的论文，后来又在拙著里专辟一章论述"壁小说"。近年还写了一篇题为《小林多喜二与壁小说》的评论，又补充了一些资料。

日本的"壁小说"传到中国，左翼作家联盟刊行的杂志登载了日本"壁小说"的译文，其后中国作家也开始了"墙头小说"的创作。其中情形，拙著曾为阐述，而最早指出了日本"壁小说"和中国墙头小说的影响与被影响关系，是孙犁1940年发表在《晋察冀日报》上的《关于墙头小说》一文。

张春以详细的调查说明了中国墙头小说的创作情况，而在张春研究墙头小说的基本资料中，大概也包含了拙著，因为他也论及了日本小林多喜二等人的创作和评论。由于张春的研究，有许多作家曾经致力于墙头小说创作的情形，使得墙头小说的发展脉络得以比较清晰地呈现了出来。

1958年中国"大跃进"运动开始，为了迅速反映急剧变化的现实，小小说得到了提倡。作家老舍率先写了题为《多写小小说》的评论，继而又创作了小小说《电话》。巴金也写了《小妹编歌》，响应了写小小说的号召。许多工农兵作家即业余作家参加了创作，在各地的文学杂志上发表了小小说。根据1958、1959两年间发表在《萌芽》、《新港》、《作品》、《雨花》、《红岩》、《文艺月报》、《北京文艺》、《北方》(1959年以后改名《北方文学》)、《奔流》、《长春》、《长江文艺》、《安徽文学》、《山花》和《人民日报》上的小小说作品的数目,拙著《超短篇小说序论》曾做出过如下判断:"据笔者所调查的14种报刊所刊登的小小说数目来看,1958年7、8、9月呈上升趋势,这一盛况一直延续到了1958年末。进入1959年之后,作品数目开始减少,步入退潮期。""综上所述,小小说的创作高峰可以说是在1958年下半年至1959年初。"

上述判断,是在我统计了日本能看到的中国当时14种报刊上的小小说数目后做出的。

其中天津市的《新港》,小小说的登载情况和其他杂志有所不同。《新港》从1961年9月和10月的合刊开始设立小小说专栏,不仅发表创作,也刊登评论,1962年4月期还登载了阿·托尔斯泰的评论《什么是小小说》,这一情况我已经写在了拙著里。

对此,张春则主张当代小小说发展的转折点不在1958年末,而是在1962年。关于这一点,我希望能有机会跟张春进行商榷。

从1966年到20世纪70年代前半期之间的小小说情况,张春叙述得很详细,可谓一大研究成果。

20世纪50年代末期,日本的《埃勒里·奎因推理杂志》于1959年1月期刊登了弗雷德里克·布朗的《模范杀人法》。在题目解说中,该杂志主编都筑道夫第一次使用了"Shortshort"这一新名称;而后这一名称迅即广被运用,不但推理小说方面的杂志,而且其他种种报刊都以"Shortshort"这一名称登载短小说，可以说迎来了短小说的又一次大流行。关于这方面的情况，我也曾在拙著里进行了阐述。

在这一时期，日中两国之间还没有恢复邦交，中国的小小说和日本的Shortshort之间未见发生相互的影响，对此我现在也没有什么要补充的。

"文革"结束以后，经过20世纪70年代后期及20世纪80年代直至现在，小小说、微型小说创作和理论两方面的发展情况，因为有了张春的详细调查而得以清晰，拙著的内容也得到补充；不过对微型小说的基本动向，对未来发展的看法等，我认为没有什么要改变的。

从20世纪80年代到现在，已经持续了30年以上的中国微型小说的盛况，以及它对东南亚华语圈的影响，是值得注目的文学现象。确实这是为日本所无，而为中国所特有的现象。我一直在考虑着这一现象的原因，可是除了编辑、作家、评论家、学者等人坚持不懈的努力和庞大读者群的存在以外，还没有发现别的原因。现在微型小说作为拥有许多作家和大量读者的文学体裁，已经得到了中国作家协会的承认，微型小说已经成为鲁迅文学奖的颁奖对象。我期待着微型小说今后更进一步的发展。

【参考文献】

[1] [日] 渡边晴夫. 超短篇小说序论[M]. 东京：东京有限会社DTP出版社，2009.
[2] 刘海涛. 现代人的小说世界——微型小说写作艺术论[M]. 上海：上海文艺出版社，1994.

文献

微型小说大事记
(1949—1999)

— 凌鼎年 整理 —

1949年
1949年10月1日，中华人民共和国成立。

1958年
3月，天津《新港》杂志第2、3期合刊"小说专号"发表老舍的《多写小小说》，被认为中国小小说文体最早的倡导纪录。同期发表王愿坚的《七根火柴》。

4月，《人民文学》发表徐怀忠的《卖酒女》，开始登载小小说。

5月，《百花园》第2期在目录上把《第一天》《我的二师兄》两篇作品标注为"小小说"，这是《百花园》最早发表的小小说作品。

6月，《人民文学》发表茅盾的《谈最近的短篇小说》，归纳出了小小说的四个特征：一是字数少，两次强调"全文共计不过两千字"；二是篇幅虽短，但同样具备人物、情节、环境三要素；三是典型化写作方法的运用；四是笔法生动。

7月，《解放军文艺》推出小小说专辑，张爱萍将军还写了《多写些短篇小说》，对这一文体进行倡导、鼓励。

7月，《草地》发表柯岩的《我读了两篇小小说》。

9月，《长江文艺》发表胡青坡的《我们提倡写小小说》、朱红的《新的文学样式：小小说》和冯牧的《关于小小说》。

基金项目： 本文系教育部人文社会科学规划项目"中国小小说发展史研究"（20YJA751026）、湖南省社科评审委项目"湖南小小说作家作品研究"（XSP20YBC197）阶段性成果之一。

10月,《作品》发表陈湘华的《我们欢迎小小说》,高风的《小小说纵横谈》。
11月,《奔流》发表《大家来写小小说》。
12月,《江淮文学》发表高绪豪的《小小说创作问题的探讨》。
12月,《雨花》发表左卫的《小小说,文学战线上的小高炉》。
12月,《萌芽》《北方》杂志分别开设了《墙头文艺》和《墙头小说》栏目。
《双跃进:小小说选集》出版,《长江文艺》编辑部编,湖北人民出版社出版。

1959年

1月,《文学知识》杂志发表老舍的《读小小说》。
2月,《人民文学》发表茅盾的《短篇小说的丰收和创作上的几个问题》,茅盾在文章第一部用"一鸣惊人的小小说"八个字概括了他对1958年小小说的总体感受。文中讨论的9篇小小说包括《谁是那"百分之十"?》《垫道》《踩电铃》《拆炕》《门板》《暴风》《师徒公司》《社长的头发》《敢想敢为的人》,选自不同的文学刊物,极具代表性,涵盖了1958年小小说的创作走向与时代特征。此文后收录于茅盾的《鼓吹集续集》,茅盾成为与老舍一起最早倡导小小说的大家。
《三报丰收:小小说集》,王细级等著,广东人民出版社出版。
《留不住的岳母》(小小说选集),王宝树等著,广东人民出版社出版。
《小小说选》,山西日报社编,山西人民出版社出版。
《安徽小小说选》,安徽人民出版社编,安徽人民出版社出版。
《新高潮中出新人:小小说集》,贵州日报政治部文化部编,贵州人民出版社出版。

1960年

10月28日,《浙江日报》发表虚怀的《更好发挥小小说的战斗作用》。

1961年

10月,《新港》杂志从等9、10期合刊号起,开辟小小说专栏。

文献

1964 年

1月,《新港》发表周宁的《小小说琐议——漫谈〈新港〉一九六三年的小小说》,对 1963 年《新港》发表的 36 篇小小说进行分析总结。

2月,《新港》发表魏金枝的《再谈小小说》,他认为"小小说是初学者最好的练武场"。

6月,《萌芽》发表魏金枝的《对于 10 篇小小说的看法》。

7月,《新港》发表邓双琴的《小小说漫笔》。

12月,《新港》第 11、12 期合刊(此后该刊停刊),发表了万力的《群星灿烂花似锦,万紫千红满园春——〈小小说选集〉后记》一文,对《新港》发表的小小说做了一个总结。

1965 年

《小小说选》出版,《新港》编辑部编,北方文艺出版社出版。

1980 年

2月,人民文学出版社出版了程代熙翻译的《论文学》,其中有苏联作家阿·托尔斯泰写的《什么是小小说?》一文。

12月,中国台湾作家、彰化师范大学国文系教授陈启佑的极短篇小说《永远的蝴蝶》在台北联合报社出版。

《百花园》杂志改刊为《百花园小小说世界》,以发小小说为主。

1981 年

5月,《小说界》在上海创刊,率先开辟《微型小说》专栏,首次提出"微型小说"名称,倡导微型小说文体。创刊号转载中国台湾陈启佑的《永远的蝴蝶》,对大陆微型小说创作产生较大的影响。

5月,江曾培(笔名晓江)在《小说界》发表《微型小说初论》,提出了"从小见大,以少胜多,纸短情长,言不尽意"的 16 字观点。

8月12日,《小说界》编辑王肇岐在《解放日报》发表《漫谈微型小说》。

《一分钟小说散文选》出版,杨廷治选编,外语教学与研究出版社出版。

1982 年

5月,《周末》在江苏南京创办,由《南京日报》主办,设有"微型小说"栏目。举办了微型小说征文评选活动,其后编印微型小说集《40岁的男人》(内部资料)。

7月,《百花园》第7期从头题开始,推出4篇小小说,并刊发一篇综合评论《小花自有袭人香》。

8月,《北京晚报》设立《一分钟小说》栏目,与北京电视机厂合作,从1月到6月,举办了"一分钟小说"征文,许杰《关于申请添购一把茶壶的报告》、崔砚君的《告别》、吴金良的《醉人的春夜》3篇获等级奖,另有17篇获鼓励奖。

10月,《百花园》第10期推出第一个《小小说专号》,共编发孟伟哉、南丁、冯骥才、母国政、马未都、肖复兴、赵大年等人的小小说33篇。

《微型小说选》出版,本书编选组编,上海文艺出版社出版。

《小小说选读》出版,张牧岗等选编,湖南教育出版社出版。

1983 年

6月,司玉笙的小小说《书法家》发表于《南苑》杂志第3期。全文184个字。风靡一时,很多报刊转载,引起很大反响。

9月,汪曾祺的《陈小手》在《人民文学》第9期首发,后此篇获"1983年全国优秀短篇小说奖"。

9月,凌焕新教授的《微型小说探胜》由江苏人民出版社出版。

10月,《一分钟小说选》,日本作家星新一著,陈真等译,春风文艺出版社出版。

11月,《花溪》杂志发表孟伟哉的《"短"的艺术》,论述了对微型小说的看法。

1984 年

4月,孙钊撰写《论超短篇小说艺术》。

文献

7月，应天士主编《外国微型小说选》，中国文艺联合出版公司出版。
10月，《中国微型小说选刊》在江西南昌创刊，双月刊，由光明日报驻江西记者站和江西人民出版社联办，百花洲文艺出版社出版。
12月，《小小说选刊》推出试刊。
12月，郏宗培撰写《关于微型小说的思考》一文。
《星新一微型小说选》出版，日本作家星新一著，湖南人民出版社出版。
《外国微型小说100篇》出版，许世杰、杜石荣选编，湖南人民出版社出版。

1985年

1月，《小小说选刊》在河南郑州创刊。
4月13日，《中国微型小说选刊》在北京举行"繁荣微型小说创作座谈会"，在京的部分作家、评论家与中央人民广播电台、中央电视台、《光明日报》《文艺报》等新闻单位应邀出席了会议。
4月，上海《小说界》举办首届全国微型小说大赛，朱士奇的《神奇的鞭子》、路东之的《！！！！！！》获一等奖。
5月，由中国文联出版公司、《中国青年报》主办的千字小说有奖征文揭晓，钢凝的《故乡的泥土》、白小易的《客厅里的爆炸》等30篇作品获奖。
6月，刘一东撰写《论微型小说情节的审美特征和审美功能》。
《1984年中国小说年鉴·微型小说卷》，中国新闻出版社出版，微型小说单独一卷，学界开始把微型小说看作是一种独立的小说文体。

1986年

4月21日，《百花园》杂志社召开"小小说创作与发展座谈会"，中国作协、河南省文联、作协部分领导以及邓友梅、南丁、汪曾祺、林斤澜、赵大年、陈建功等作家出席。

1987年

12月，《小说界》举办第二届全国微型小说大赛。

凌焕新教授在南京师范大学开设微型小说作品选修课。

1988年

1月,《百花园》正式以"小小说世界"作为刊物的特色。

4月,《小小说选刊》《三月风》《精短小说报》《青春》联手举办首届全国小小说联合征文大赛。

4月,江曾培撰写《山不在高,有仙则名》,为微型小说鼓与呼。

8月,邓开善的小说集《太阳鸟》在上海文艺出版社出版,据说是中国大陆出版的第一本微型小说个人作品集。

6月,《中国微型小说选刊》改刊名为《微型小说选刊》。

1989年

1月,《川端康成掌小说百篇》出版,叶渭渠翻译,生活·读书·新知三联书店出版。

9月,广东湛江师范学院刘海涛教授首次给1988级学生开设"微型小说创作"专题讲座。

10月,《1985年至1987年全国优秀小小说选》(上卷、中卷、下卷)出版,邢可主编,山东文艺出版社出版。

10月,《历代微型小说选》出版,王金盛编,中国文联出版公司出版。从汉魏六朝开始选到清代《阅微草堂笔记》。

11月15日至17日,时任《小说界》主编江曾培倡导并筹建中国微型小说学会,在上海樱花度假村举行中国微型小说学会筹备会议。参加会议的有上海《小说界》江曾培、郑宗培、谢泉铭、徐如麒、王肇歧、戴素月、修晓林、左泥,上海《解放日报》吴芝麟,上海《文学报》主编郦国义,《北京晚报》魏铮,河南《小小说选刊》主编王保民,江西《微型小说选刊》主编李春林,吉林《精短小说报》主编祖阔,上海青浦的戴仁毅,北京《三月风》许世杰,广西《北部湾文学》沈祖连,江苏泰州的生晓清,江苏高邮的胡永其等。会议讨论了《中国微型小说学会章程》等。

文献

1990 年

2月，《百花园》《小小说选刊》联合举办"建国40周年全国小小说大奖赛"。

3月，吴万夫小小说《阿香》被郑州电视台拍摄成电视短剧。

5月，由《小小说选刊》《百花园》杂志主办的首届中国小小说理论研讨会暨汤泉池笔会在河南商城县汤泉池召开，王保民、杨晓敏、李运义、邢可、郭昕、金锐、张明怀等多位编辑与来自全国十多个省市的小小说作家孙方友、王奎山、沙龟农、生晓清、凌鼎年、滕刚、许世杰、刘连群、吴金良、谢志强、刘国芳、沈祖连、张记书、雨瑞、曹乃谦、程世伟、高铁军，评论家冯艺、刘谦、刘思谦、乙丙、李今朝、杜石荣等参加了这个活动，以上人员被誉为"中国第一代小小说作家"。这是第一次全国性的小小说笔会，标志着小小说作者群体开始出现。

7月，广东湛江师范学院刘海涛教授应武汉大学写作研究所邀请，赴北京给全国写作助教进修班的学员讲授微型小说专题课。

8月，刘海涛《微型小说的理论与技巧》在中国人民大学出版社出版，《写作》杂志选为写作辅导班教材，并在《写作》杂志开设《微型小说写作谈》专栏。

9月，北京作家吴金良的微型小说《醉人的春夜》入选人教版初中二年级教材，系我国最早入选中学教材的微型小说。

9月，江苏省太仓市文联、太仓市文协、太仓市文艺理论研究会联合召开"凌鼎年小小说作品讨论会"。

11月，张光勤、王洪编辑的《中外微型小说鉴赏辞典》在北京社会科学文献出版社出版。白易小的微型小说《客厅里的爆炸》入选美国诺顿出版社出版的《世界60篇优秀短小说》。凌焕新教授给南京师范大学中文系研究生开设微型小说美学课程。

1991 年

4月，由王保民主编的《中国当代小小说作家丛书》在广西民族出版社出版。包括白易小《温情脉脉》、吴金良《醉人的春夜》、司玉笙《巴巴拉拉之犬》、孙方友《女匪》、凌鼎年《再年轻一次》、刘国芳《诱惑》、雨瑞《别说再见》、刘连群《魔橱》、程世伟《不泪人》、另出版有《那团云雾——1985—1988全国优秀小小说赏析》10册。

4月,《小小说选刊》编辑部举办的1989—1990年度全国优秀小小说作品奖颁奖大会暨理论研讨会在郑州召开。

6月,凌焕新教授主编的《中外微型小说精品鉴赏评典》,在江苏文艺出版社出版。

6月,乐牛主编的《中国古代微型小说鉴赏辞典》出版,80万字,精装本,在中国妇女出版社出版。收录了先秦汉魏南北朝以来,从《山海经》《吕氏春秋》到清代《聊斋志异》等古籍中精选出来的精短微篇作品,并附点评。

广东湛江师范学院刘海涛教授申报的"微型小说写作学"被批准为广东省高校"八五"青年文科重点科研项目。

刘海涛著《微型小说的理论与技巧》获广东写作学会第三届优秀科研成果一等奖。

刘海涛教授给广东湛江师范学院1989级专科生、1990级本科生开设专业选修课"微型小说创作研究"。

1992年

3月,《世界微型小说荟萃300篇》出版,东野茵陈编选,百花文艺出版社出版。

5月,江苏省作家协会与苏州市作家协会联合举办"江苏省小小说创作研讨会",研讨会在苏州召开。著名作家高晓声、范小青等出席。

5月,由江曾培主编,张挥(新加坡)、郑宗培、凌焕新副主编的《世界华文微型小说大成》出版,62.3万字,由上海文艺出版社出版。分精装、平装两种。收录有世界各国微型小说作品和评论文章。

6月18日,中国微型小说学会在上海衡山大酒店召开第二次筹委会,并召开第一届会员代表大会,在这次会议上选举产生了中国微型小说学会第一届领导班子。经民主协商,选举上海文艺出版社社长兼总编江曾培为会长,南京师范大学中文系主任凌焕新、《小小说选刊》主编王保民、《北京晚报》总编辑张志华为副会长,《小说界》常务副主编郑宗培为秘书长,《小说界》编辑徐如麒、《北京晚报》副刊编辑魏铮为副秘书长,并选举产生了理事会,当选理事的有《文学报》的郦国义、《解放日报》的吴芝麟、《百花园》的李

文献

运义,《青春》的斯群、郭迅,《芒种》的唐耀华,《宝钢日报》的樊纯诗与金文备,《写作》的萧作铭,《野草》的杜文和,《羊城晚报》的左多夫,北京的许世杰,中国作协的陈志强,天津作协的刘连群,以及微型小说作家湖南衡阳的邓开善、广西钦州的沈祖连、江苏太仓的凌鼎年。

9月,《中国当代小小说作家丛书》第二辑出版,王保民主编,广西民族出版社出版。共有张记书的《无法讲述的故事》、沈祖连的《粉红色的信笺》、生晓清的《今夜零点地震》、邢可的《风波未平》、沙龟农的《江南回回》、王奎山的《加尔各答草帽》、邵宝健的《永远的门》、唐银生的《耀眼的红裙子》、许行的《苦涩的黄昏》、李江的《飘飞的蝴蝶》10册。

12月,由《青春》杂志发起的金陵微型文学学会在江苏南京成立,系我国最早成立的省级微型小说学会。南京《青春》主编斯群与南京师范大学凌焕新教授为会长,《青春》编辑部主任郭迅为秘书长,微型小说作家凌鼎年、沙龟农、生晓清为副秘书长。

1993年

1月,《百花园》第1期以新的面貌展现在读者面前,成为国内唯一专发原创小小说作品的杂志。

1月,《微型小说选刊》实行独立核算,自负盈亏。

3月,《百花园》报请郑州市教委批准,正式成立小小说创作函授学校。

4月,凌鼎年的微型小说《秘密》,马新亭的微型小说《打电话》,与沙龟农等人的微型小说作品,被宁波电视台与金陵微型小说学会改编、拍摄成电视短剧。

5月,由中国微型小说学会、新加坡作家协会发起,中华文学基金会、上海文化发展基金会、泰国华文作家协会、英国华文作家协会、荷比卢华文作家协会、香港作家联会,及春兰(集团)公司等共同主办的"首届春兰·世界华文微型小说大赛"拉开序幕,海内外28家报刊参与。冰心、汪道涵、夏征农、施蛰存、萧干任顾问,大赛组委会、评委会主任一职由时任国际笔会上海中心会长的柯灵担任。

5月,中国微型小说学会第二次代表大会在南京召开,会议由金陵微型小说学会承办。

7月,四川省成都市微型小说学会成立,原成都大学党委书记赵海谦为首任会长。

7月,《小小说月刊》(Mini Novel)创刊,由河北省文联主管主办。

9月,河北省邯郸市小小说学会成立,作家马玉山为法人代表。

11月,自贡市微型小说学会成立,曹德权任会长,万焕奎、王孝谦、阙向东任副会长,陈松云任秘书长,龚祥忠、陈茂君任副秘书长,出版有《自贡微型小说报》。

江苏南京创办《金陵微型小说报》,由凌鼎年、徐习军编辑,系我国第一份微型小说报纸。

1994 年

1月,《微型小说选刊》由双月刊改为月刊。

2月10日,央视春晚,黄宏、侯耀文演出的小品《打扑克》,是根据安徽作家王明义发表在1993年第4期《小说界》的微型小说《新式扑克游戏》改编的,此篇曾被《读者》选载。此事后引起版权纠纷,浙江湖州市的微型小说作家邵宝健认为他发表在1990年第7期《百花园》上的《玩扑克》才是原创。《中国青年报》还把王明义与邵宝健的作品同时刊登,认为两篇作品有雷同之处。

3月,《百花园》出版总第200期。

9月,由中国微型小说学会与海内外多家文学团体共同举办的首届春兰·世界华文微型小说大赛,收到近万篇应征稿件,经评选:一等奖空缺,比利时章平的《赶车》、新加坡连秀的《回乡魂》、章海生的《猎手》、张焰铎的《握手》、修祥明的《小站歌声》、沙叶新的《为推销〈马克·吐温幽默演说集〉》、凌鼎年的《剃头阿六》、周锐的《除法》、杜毅的《彩色鹦鹉》9篇作品获二等奖,王明义的《新式扑克游戏》等14篇获三等奖,94篇获优秀奖。颁奖会在上海衡山饭店举办,柯灵、江曾培、沙叶新等出席。

12月27日—29日,由新加坡作家协会、新加坡国立大学艺术中心、联合早报联合主办的首届世界华文微型小说研讨会在新加坡国立大学召开。新加坡环境发展部高级政务次长何家良主持了隆重的开幕典礼。出席会议的国家及地区有中国、马来西亚、日本、澳大利亚、菲律宾、泰国、印度尼西亚、新加坡等作家逾200名。会议宣读论文近40篇。

毕淑敏的微型小说《紫色人形》获中国台湾《联合报》文学奖1994年极短篇第一名。

凌鼎年的微型小说获"首届太仓市文艺奖"(1992—1993)。

文献

1995 年

1月,泰国华文作家协会邀请中国微型小说学会会长江曾培、秘书长郑宗培、理事徐如麒、左泥、王振科、杨振昆访问泰华作协,并举行微型小说座谈会。参加座谈会的泰华作者约有120人。

1月,中国微型小说学会年会暨理论研讨会在广东佛山市召开。会上,经理事会选举:增补《小说界》编辑郑宗培、《文学报》总编郦国义、《小小说选刊》主编杨晓敏、《微型小说刊》主编李春林为副会长,徐如麒为秘书长,并增补《微型小说选刊》副主编郑允钦、《小小说选刊》副主编郭昕、《写作》副主编邱飞廉、《洛阳日报》副刊部主任李黄飞四位编辑,以及张记书、谢志强、王奎山、滕刚、徐慧芬五位微型小说作家为理事。

1月,郑州小小说学会成立,由邢可任会长。

1月,《小小说选刊》在河南郑州隆重举行创刊十周年纪念活动。

9月,由《小小说选刊》举办的"首届当代小小说作家作品讨论会"在北京隆重举行。王蒙、吴泰昌、孙武臣、贺绍俊、丁临一、胡平、林斤澜、刘海涛等与会。郑州市委宣传部、《百花园》杂志的杨晓敏、乙丙、郭昕、寇云峰和小小说作家许行、陆颖墨、生晓清、凌鼎年、孙方友、沈祖连、邢可、刘连群、刘国芳、王奎山、吴金良、谢志强、墨白、修祥明、司玉笙、滕刚、赵冬、戴涛、马宝山、袁炳发、张国松等参加了会议。

12月,广东佛山市微篇小说学会成立,韩英任会长,何百源、姚朝文任副会长。

《微型小说选刊》主编郑允钦提出"以读者为中心"的办刊方针,探索纯文学期刊走市场化的路子。

1996 年

1月,《微型小说选刊》由月刊改为半月刊。

3月,由中国微型小说学会、《微型小说选刊》、《小小说选刊》等共同举办的全国微型小说个人作品集(1980—1995)评选结果在上海揭晓,共有13部作品集、2部理论集获优秀作品奖。

4月,全国第一家县级微型小说学会太仓市微型小说学会在江苏太仓市成立,凌鼎年任会长。

中国微型小说学会会长江曾培、副会长郑宗培等到会祝贺。

4月,《天池小小说》创刊于吉林省延边地区,是小小说原创期刊。

9月,四川省自贡市微型小说学会召开第二届会员大会,选举产生第二届领导班子,曹德权连任会长,副会长为钟明冰、王孝谦、张全新,秘书长为陈茂君。

9月,佛山市微型小说学会成立,韩英任会长,何百源任副会长兼秘书长,姚朝文任副秘书长。

9月,姚朝文在佛山市文化局文化创作院主办的《佛山文化报》上发表《微篇小说——科学的命名》,首次正式提倡用"微篇小说"代替当前流行的"小小说""微型小说""精短小说"等名称。

9月,河北省沧州小小说学会成立。田松林任会长,蔡楠、高海涛、魏金树、马月霞为副会长,高海涛兼秘书长。

10月,由中国微型小说学会总策划的《世界华文微型小说名家名作丛编》(中国卷)出版,江曾培主编,上海文艺出版社出版。

10月,《中国当代小小说名家名作丛书》,曹德权、钟明冰主编,四川人民出版社出版。

11月23—25日,第二届世界华文微型小说研讨会在泰国曼谷湄南大酒店召开。有11个国家和地区的近百位代表出席,提交论文34篇。开幕式上,曼谷市长披集·呖塔军与泰国华文作家协会会长司马攻致欢迎辞,中国驻泰王国全权大使金桂华、中国微型小说学会会长江曾培致辞。

江苏微型小说作家徐习军在《江苏盐业报》副刊开办了"微型小说擂台赛",历时近一年,徐习军当擂主,吸引了来自云南、湖北、浙江、四川、江西、内蒙古、河北、河南、广东、广西、吉林、江苏、安徽、上海等全国十余个省市的50多位作家参加,开办微型小说擂台赛,在全国尚属第一家。

1997年

2月22日,由中国微型小说学会与广东省作家协会主办的"韩英微型小说创作研讨会"在广州召开。来自全国各地的专家、学者50余人参加了会议。

3月,日本国学院大学渡边晴夫教授与刘静教授合作主编的《中国的短小说》,在日本朝

文献

日出版社出版，收录了刘心武、许行、刘连群、凌鼎年、沈祖连、航鹰、张记书、周克芹、孙方友、邵宝健等 10 人作品，系日本大学二、三年级教材。

5 月 16 日 10 点 30 分，笔记体微型小说代表作家汪曾祺先生在北京逝世，享年 77 岁。

5 月 25 日，江苏省作家协会、湖南文艺出版社与太仓市文联联合举办了"凌鼎年小小说创作研讨会"。

1998 年

12 月，由新疆伊犁州文联作家朱广世主编的《中国当代百字风情小说精萃》，在内蒙古文化出版社出版，收录了 209 位作家的 269 篇百字小说，约 13 万字。《微型小说选刊》主编李春林撰写了《微而又微，精而又精，以微见著》的代序，上海《小说界》执行副主编郑宗培则撰写了《一种边缘性的小说文体——百字小说》的代序。朱广世写了编后记，并在编后记中提到，这是国内第一本由国家正规出版社出版的百字小说选集。

12 月，四川温江微篇文学学会成立，李永康为会长。

陕西省富平县作家喊雷的微型小说《生死抉择》入选九年制义务教育语文课本八年级第二学期（发达地区版），上海教育出版社 1998 年出版。

1999 年

1 月，山东淄博蒲松龄文学院举办首届"蒲松龄杯"世界华文志怪微型小说征文大赛。

3 月，姚朝文首次在佛山大学开设中文系科生选修课"微型小说鉴赏与创作"。

7 月，由广东省深圳市龙岗区平岗中学曹清富、钱光、董玉敏三位教师合作编辑的《想象的翅膀——微型小说猜读续写》，由湖南师范大学出版社出版，第一版即发行了一万余册。编者故意把结尾最关键的几句话删去，让读者自己猜想并续写。集子最后附了这些作品结尾的原文，与另一种续尾，供阅读者参考。这本书对我国语文的教改是一种有益的尝试，深受读者欢迎，特别是中学师生的青睐。

9 月，由中国微型小说学会副会长李春林与《微型小说选刊》执行主编郑允钦主编、南昌市文学院专业作家吴金选评的《微型小说三百篇》，在百花洲文艺出版社出版。

11月17日，《武汉晚报》以《小小说：为现代人带来阅读快感》为通栏，发表了6篇文章，对小小说现象进行了剖析。

11月18日，《光明日报》发表汤国基撰写的《小小说为何独领风骚》，12月9日《文学报》进行了转载。

11月27—29日，第三届世界华文微型小说研讨会在马来西亚吉隆坡洲际大酒店隆重召开，除东道主马来西亚外，中国、新加坡、泰国、澳大利亚、菲律宾、文莱、印度尼西亚以及中国香港、中国台湾等22个国家与地区的作家、评论家70余代表与当地共200多人参加了这次会议。

11月28日，由凌鼎年等人提议的筹建世界华文微型小说研究会一事有了实质性的进展。在吉隆坡第三届世界华文微型小说研讨会会议期间，中国的凌焕新、凌鼎年、韩英、姚朝文、徐如麒，新加坡的黄孟文，泰国的司马攻，马来西亚的云里风，菲律宾的吴新钿，印度尼西亚的冯也才，澳大利亚的心水，文莱的王昭英等国家的12个代表一起会中套会，召开了第一次筹备会议，中国香港东瑞虽有事未参加座谈会，但表示关于筹建世界华文微型小说研究会的事情他都表示赞成。与会代表就筹建世界华文微型小说研究会交换了意见，座谈会做了录音，并由姚朝文做了记录，再由凌鼎年、姚朝文整理出《筹建世界华文微型小说研究会座谈会纪要》，然后分寄各国各地区的筹委会成员，以便立此存照。各国各地区代表一致推选新加坡作协名誉会长黄孟文博士为筹委会主任，研究会将在新加坡申请注册，中国微型小说学会会长江曾培为名誉会长人选。

12月，由中国微型小说学会副会长，《小小说选刊》主编杨晓敏主编的《百花园'99增刊·中国当代小小说百家创作自述》收录了近年活跃在小小说文坛的105位作家的小小说作品，以及《百花园》《小小说选刊》两刊17位编辑的编辑手记。杨晓敏还撰写了题为《小小说是平民艺术》的代序。

江西樟树市南方微型文学研究会宣告成立，张桂生出任研究会会长，并出版了《微型文学》，由张桂生任主编。

广东佛山作家韩英的微篇小说被改编拍摄成了6集电视系列剧《人生不是梦》，该剧是根据韩英的48篇微型小说作品改编的。

文献

微型小说评论篇目
（1949—1999）

— 张春 整理 —

读小小说 / 老舍 / 文学知识 /1959 年第 1 期
短篇小说的丰收和创作上的几个问题 / 茅盾 / 人民文学 /1959 年第 2 期
谈小小说 / 徐明 / 人民日报 /1959 年 5 月 26 日
论小小说及其创作问题 / 米若 / 读书 /1959 年第 13 期
什么是小小说 [苏联] / 阿·托尔斯泰 / 新港 /1962 年第 4 期
再谈小小说 / 魏金枝 / 新港 /1964 年第 2 期
小小说漫笔 / 邓双琴 / 新港 /1979 年第 7 期
微型小说初论 / 晓江 / 小说界 /1981 年第 3 期
希望多登这样的小小说 / 杨风仪 / 劳动保护 /1981 年第 5 期
浅论微型小说 / 张炯 / 文学报 /1982 年 6 月 17 日
一篇充分体现海明威艺术风格和创作特色的小小说——读海明威的《桥畔的老人》/ 朱炯强 / 名作欣赏 /1983 年第 1 期
"小"字上作文章——小小说杂谈 / 邓英樱 / 下关师专学报（社会科学版）/1983 年第 2 期
论微型小说的创作 / 徐舟汉 / 丽水师专学报 /1983 年第 3 期
关于小小说 / 汪曾祺 / 百花园 /1983 年第 4 期
提倡微型小说的《文艺工作者》/ 立青 / 上海师范大学学报（哲学社会科学版）/1984 年第

基金项目： 本文系教育部人文社会科学规划项目"中国小小说发展史研究"（20YJA751026）、湖南省社科评审委项目"湖南小小说作家作品研究"（XSP20YBC197）阶段性成果之一。

3期

评近年来的微型小说——兼谈微型小说的艺术特征 / 王开阳 / 杭州师院学报（社会科学版）/1984年第4期

小小说探微 / 宋丹 / 锦州师院学报（哲学社会科学版）/1984年第4期

一篇超"微型小说" / 李伏伽 / 当代文坛 /1984年第11期

我看微型小说 / 王蒙 / 中国微型小说选刊 /1985年第1期

微型小说古今谈 / 徐斐 / 浙江师范学院学报 /1985年第1期

提倡写微型小说 / 鲁藜 / 纸和造纸 /1985年第1期

论小小说的沿革与特色 / 马国亮 / 广东民族学院学报（哲学社会科学版）/1985年Z1期

关于微型小说的思考 / 郑宗培 / 文艺理论研究 /1985年第2期

小小说《臊》读后感 / 四石 / 江苏商论 /1985年第2期

微型小说刍议 / 晓钟 / 文学评论 /1985年第3期

日本卓越的微型小说作家星新一 / [日] 奥野健男著，程在里译 / 文化译丛 /1985年第4期

微雕之美——浅谈微型小说 / 杉沐 / 当代文坛 /1985年第8期

小小说姓"小"——小小说的主要特征 / 郑贱德 / 新闻与写作 /1985年第11期

小小说的新进展——"五百字小说"——《中国电力报》编《五百字小说集·序》 / 肖德生 / 小说评论 /1986年第1期

浅谈微型小说的艺术特色 / 樊笃涛 / 长安大学学报（建筑与环境科学版）/1986年第1期

捕捉"顷刻"以少胜多——小小说的选材 / 郑贱德 / 新闻与写作 /1986年第1期

发现与思考——小小说的主题 / 郑贱德 / 新闻与写作 /1986年第2期

目标要对准人——小小说的人物塑造 / 郑贱德 / 新闻与写作 /1986年第3期

浅谈近年微型小说的结构美 / 王国全 / 佛山师专学报（社会科学版）/1986年第3期

论微型小说情节的审美特征和审美功能 / 刘一东 / 小说评论 /1986年第3期

微型小说的两种结尾 / 周铎堂 / 殷都学刊 /1986年第4期

要写得真实可信——小小说人物性格的描写 / 郑贱德 / 新闻与写作 /1986年第6期

怎样把生活素材变成小小说 / 郑贱德 / 新闻与写作 /1986年第12期

文献

微型小说要素谈 / 徐舟汉 / 丽水师专学报 /1987 年第 1 期

紧紧扣住读者的心——关于小小说的开头 / 郑贱德 / 新闻与写作 /1987 年第 1 期

让读者去回味——小小说的结尾 / 郑贱德 / 新闻与写作 /1987 年第 2 期

小小说漫议 / 贾玉琦 / 苏州教育学院学刊 /1987 年第 2 期

缩万丈于径寸——喜读《微型小说选（三）》/ 赵振兴 / 渤海学刊 /1987 年第 2 期

古今微型小说之比较 / 赖征海 / 江西师范大学学报 /1987 年第 2 期

微型小说取材艺术谈片 / 张颖东 / 阜阳师范学院学报（社会科学版）/1987 年第 2 期

试论微型小说的艺术特征 / 黎明 / 锦州师院学报（哲学社会科学版）/1987 年第 2 期

中苏当代一些微型小说的共同特点 / 徐大兰 / 外国文学研究 /1987 年第 3 期

捉住了四只色斑驳的小鸟——关于小小说和余小慧的《小小说四题》/ 王绯 / 文学自由谈 /1987 年第 3 期

小小说谈片 / 王乐群 / 大庆社会科学 /1987 年第 4 期

鲁迅微型小说刍议 / 杨越林 / 九江师专学报 /1987 年第 4 期

日本现实社会的形形色色——星新一微型小说浅析 / 韩凤华 / 外国文学研究 /1987 年第 4 期

微型小说泛论 / 袁昌文 / 贵州民族学院学报（社会科学版）/1987 年第 4 期

什么是小小说 / 姜胜群 / 文艺评论 /1987 年第 5 期

也是一片艺术世界——读微型小说偶感 / 李佳 / 文艺评论 /1987 年第 5 期

逆转构思法——微型小说创作片言 / 王锡渭 / 新闻与写作 /1987 年第 8 期

故事在小小说中的地位（上）/ 杨贵才 / 新闻爱好者 /1987 年第 8 期

故事在小小说中的地位（下）/ 杨贵才 / 新闻爱好者 /1987 年第 9 期

论微型小说的审美特征 / 梁多亮 / 宜宾师专学报 /1988 年第 1 期

如何捕捉小小说写作中的"聚光点" / 朱启渝 / 新闻界 /1988 年第 2 期

论微型小说体制的独特性 / 杨序春 / 怀化师专社会科学学报 /1988 年第 2 期

说微型小说之"微" / 宏宇 / 广西民族学院学报（哲学社会科学版）/1988 年第 2 期

小小说进课堂的启示——谈中、高级阶段汉语教材的编写 / 吴叔平 / 语言教学与研究 /1988 年第 2 期

郭沫若早年创作的微型小说 / 杏兆 / 郭沫若学刊 /1988 年第 3 期

散点透视星新一微型小说创作的艺术特色 / 崔新京 / 日本研究 /1988 年第 4 期

晓雯的微型小说 / 陈犁 / 南方文坛 /1988 年第 4 期

微型小说写作技巧初探 / 李曼华 / 辽宁大学学报（哲学社会科学版）/1988 年第 5 期

关于小小说的情节（上）/ 杨贵才 / 新闻爱好者 /1988 年第 5 期

关于小小说的情节（下）/ 杨贵才 / 新闻爱好者 /1988 年第 6 期

一次文学"百花奖"的尝试——"土路"同题小小说竞赛之后 / 王凤玲 / 新闻与写作 /1988 年第 9 期

笔记·《聊斋志异》·微型小说 / 种扬 / 内蒙古电大学刊 /1989 年第 1 期

小刊物办大事——《花蕾》小小说大奖赛入选作品集序 / 浩然 / 新闻与写作 /1989 年第 2 期

孟伟哉与微型小说——读《父母儿女》/ 陈子伶 / 名作欣赏 /1989 年第 2 期

"叙事简净 用笔明雅"——谈《聊斋》中的微型小说 / 雷群明 / 蒲松龄研究 /1989 年第 2 期

艺术限制中的单一与丰富——微型小说人物创作谈之一 / 刘海涛 / 零陵师专学报 /1989 年第 2 期

古代微型小说艺术二题 / 陈沐三 / 盐城师专学报（社会科学版）/1989 年第 2 期

论郭沫若的微型小说 / 金宏宇 / 南都学坛 /1989 年第 2 期

评《微型小说写作技巧》/ 沈嘉泽 / 贵州教育学院学报（社会科学版）/1989 年第 3 期

微型儿童小说的审美价值——《现代微型小说精选》儿童形象巡礼 / 书云 / 锦州师院学报（哲学社会科学版）/1989 年第 3 期

试述小小说的艺术特色 / 曾爱春 / 赣南师范学院学报 /1989 年第 3 期

国情·国格——评微型小说《摆小人书摊的人》/ 李溪溪 / 图书馆杂志 /1990 年第 1 期

米粒之珠——王云高小小说的人生意识及风格 / 廖振斌 / 南方文坛 /1990 年 Z1 期

小小说的特点 / 于尚富 / 理论学刊 /1990 年第 2 期

气象万千的尺幅世界——论台港微型小说的创作 / 周文彬 / 华南师范大学学报（社会科学版）/1990 年第 3 期

论小小说的模糊美 / 郑贱德　李宗国 / 海南师院学报 /1990 年第 3 期

文献

郭沫若早年创作的微型小说 / 石矢 / 郭沫若学刊 /1990 年第 4 期

形式与意味：微型小说的审美建构方式 / 赵德利 / 汉中师院学报（哲学社会科学版）/1990 年第 4 期

微型小说简洁含蓄的语言风格的成因初探 / 黄党生 / 汉中师院学报（哲学社会科学版）/1990 年第 4 期

小小说写作技法浅论 / 温存超 / 河池师专学报（文科版）/1990 年第 4 期

艺术的选择与初熟——沈祖连微型小说简评 / 雷猛发 / 南方文坛 /1990 年第 6 期

谈小小说 / 文艺理论研究 /1990 年第 6 期

来自北部湾的小小说——读"沈祖连小小说小辑"随感 / 张进 / 南方文坛 /1990 年第 6 期

浅析沈祖连的小小说 / 徐美 / 南方文坛 /1990 年第 6 期

空白的意义——从一篇微型小说谈起 / 寿静心 / 新闻爱好者 /1990 年第 9 期

怎样把生活素材变成小小说——兼评李超的习作 / 郑贱德 / 新闻与写作 /1990 年第 10 期

微型小说创作漫谈 / 二木 / 新闻爱好者 /1991 年第 1 期

微型小说创作探微 / 黄名海 / 新闻界 /1991 年第 1 期

南珠异彩——浅论沈祖连小小说创作 / 王保民 / 南方文坛 /1991 年第 1 期

我国古代幽默微型小说发展述略 / 向柏松 / 华中师范大学学报（哲学社会科学版）/1991 年第 1 期

从蓄而突发到含而不露——谈小小说结尾艺术的发展 / 郑贱德　韩允平 / 新闻与写作 /1991 年第 2 期

小小说的艺术结构——古今小小说浏览余笔 / 梁昭 / 南方文坛 /1991 年第 2 期

小小说现象 / 郏宗培 / 文学自由谈 /1991 年第 2 期

微型小说的困惑 / 李旭 / 娄底师专学报 /1991 年第 3 期

微型小说幽默艺术探略 / 李旭 / 怀化师专学报 /1991 年第 4 期

微型小说的美学特征新论 / 凌焕新 / 南京师大学报（社会科学版）/1991 年第 4 期

撮谈微型小说的审美属性 / 李旭 / 河池师专学报（文科版）/1991 年第 4 期

错位：小小说结构的一个纽结——兼复李超同学 / 郑贱德　李友宏 / 新闻与写作 /1991 年第

4期

市民生态的"浮世绘"——谈卢振海的小小说/陈侃言/南方文坛/1991年第5期

时代生活的特写——谈问题小小说/郑贱德 王民洲/新闻与写作/1991年第7期

论微型小说情节的曲转性/刘海涛/中山大学学报论丛/1991年第24期

林文锦与其微型小说/高仕/华文文学/1992年第1期

浅谈微型小说的审美特征/贾乃升/青海民族学院学报/1992年第1期

微型小说：小说中的诗/魏家骏/淮阴师专学报（哲学社会科学版）/1992年第1期

白小易小小说创作谈/阙斌/江汉大学学报/1992年第1期

微型小说的标题艺术美/李旭/九江师专学报/1992年Z1期

促进对微型小说的理论研究——评梁多亮《微型小说写作》/李保均/当代文坛/1992年第2期

论微型小说的审美特征/寿静井/黄淮学刊（社会科学版）/1992年第4期

简化之美——谈《微型小说创作论》/黄光成/小说评论/1992年第6期

台港小小说创作现象研究/樊洛平/郑州大学学报（哲学社会科学版）/1992年第6期

邱陶亮小小说的悲剧意识浅议/陈佳扬/韩山师专学报/1993年第1期

从《孙"劳模"身体不太好》看微型小说中的典型形象塑造/王金星/四川师范学院学报（哲学社会科学版）/1993年第1期

《微型小说季刊》发刊词/黄孟文/华文文学/1993年第1期

微型小说的立意运思探幽/刘积琳/长春师范学院学报/1993年第2期

蒲松龄——中国微型小说的巨匠/赵馥/蒲松龄研究/1993年Z2期

浓缩了的人生感悟——许行微型小说读后/关德富/松辽学刊（社会科学版）/1993年第3期

表现人物性格的亮点——微型小说人物描写的特点/田禾/淮阴师专学报/1993年第3期

论新时期微型小说的艺术追求/邓琴容/四川师范大学学报（社会科学版）/1993年第4期

微型小说创作技法举隅/张颖东/阜阳师范学院学报（社会科学版）/1993年第4期

新华小说的渊源与发展——兼论中新微型小说的特色/林高/学术研究/1993年第5期

人格中美与丑的纠缠——浅谈小小说《罐头》的潜在内核/潘京/胜利论坛/1994年第1期

文献

微型小说的结构艺术 / 张松 / 达县师专学报 /1994 年第 1 期

理趣・谐趣・针孔成象——刘国芳小小说漫谈 / 黄楠 / 江西社会科学 /1994 年第 2 期

微型小说的鉴赏与教学 / 王敏 / 职业技术教育 /1994 年第 3 期

微型小说的情节艺术 / 顾建新 / 镇江师专学报（社会科学版）/1994 年第 3 期

商品大潮中的回声——评袁晓的小说兼谈微型小说文体的特点 / 瞿唯诚 / 镇江师专学报（社会科学版）/1994 年第 3 期

生活・特色・精美——评许行的微型小说集《野玫瑰》/ 刘积琳 / 长春师范学院学报 /1994 年第 4 期

新加坡文坛的微型小说热 / 凌彰 / 外国文学动态 /1994 年第 4 期

方寸的魅力——回族作家沙龟农微型小说管窥 / 贾羽 / 民族文学研究 /1994 年第 4 期

微型小说立意运思探幽 / 刘积琳 / 东北师大学报 /1994 年第 6 期

新加坡微型小说的繁荣及特色 / 白舒荣 / 台港与海外华文文学评论和研究 /1995 年第 1 期

浅谈微型小说巧妙多变的格局布置 / 雷永光 / 淄博师专学报 /1995 年第 1 期

黄孟文微型小说的艺术品位 / 李献文 / 衡阳师专学报（社会科学）/1995 年第 2 期

微型小说的结构艺术——新加坡微型小说管窥 / 杨振昆 / 华文文学 /1995 年第 2 期

南洋微型小说初探 / 潘亚暾 / 华文文学 /1995 年第 2 期

妙在小大之间——微型小说艺术探微 / 胡凌芝 / 华文文学 /1995 年第 2 期

两种文化背景下的海外华文微型小说 / 王振科 / 华文文学 /1995 年第 2 期

微型小说的审美属性摭谈 / 李旭 / 思茅师专学报 /1995 年第 2 期

指导学员写"微型小说"的点滴尝试 / 柳春生 / 延安教育学院学报 /1995 年第 2 期

也谈微型小说的特点 / 杨文忠 / 河南教育学院学报（哲学社会科学版）/1995 年第 3 期

为微型小说讨个说法 / 李海山　于华 / 河南师范大学学报（哲学社会科学版）/1995 年第 3 期

中国古代的微型小说 / 徐迺翔 / 青岛海洋大学学报（社会科学版）/1995 年第 3 期

微型小说同海外华人社会 / 黄万华 / 华侨大学学报（哲学社会科学版）/1995 年第 3 期

微型小说：空白的艺术 / 徐高明 / 淮阴师专学报 /1995 年第 4 期

活跃于文坛的小小说创作 / 许行 / 文艺争鸣 /1995 年第 6 期

微型小说的大学问 / 张磊 / 书城 /1995 年第 6 期

可贵的晚节——读李志成同志的微型小说《瞑目》/ 孙克辛 / 河北审计 /1995 年第 10 期

论微篇小说反差艺术规律 / 姚朝文 / 佛山大学学报 /1996 年第 1 期

怪诞·美学·主题——评田松林的一组小小说《蒲堂闲墨》/ 刘乐群 / 渤海学刊 /1996 年 Z1 期

世界华文微型小说创作研究 / 刘海涛 / 文学评论 /1996 年第 2 期

虚实相生 隐显得当——微型小说结构含蓄技巧摭论 / 李旭 / 井冈山师范学院学报 /1996 年第 2 期

写其一点显出特色——小小说人物性格刻画探微 / 李旭 / 荆门大学学报（哲学社会科学版）/1996 年第 2 期

小小说创作浅谈 / 王永仲 / 内蒙古民族师院学报（哲学社会科学汉文版）/1996 年第 2 期

论微型小说的写作 / 蒋晓兰 / 安顺师专学报（社会科学版）/1996 年第 3 期

艺术变形与叙述策略——世界华文微型小说创作研究三题 / 刘海涛 / 湛江师范学院学报（社会科学版）/1996 年第 3 期

文体的自觉——论新加坡黄孟文的微型小说 / 古远清 / 台港与海外华文文学评论和研究 /1996 年第 3 期

奇特的构思 厚实的底蕴——读泰国钟子美的科幻小小说 / 凌鼎年 / 台港与海外华文文学评论和研究 /1996 年第 3 期

日本近现代的掌篇小说——兼谈与中国小小说的关系 / [日] 渡边晴夫、刘静 / 陕西师范大学学报（哲学社会科学版）/1996 年第 4 期

论司马攻的微型小说 / 张国培 / 华文文学 /1996 年第 4 期

论泰华作家司马攻的微型小说 / 张国培 / 中山大学学报（社会科学版）/1996 年第 4 期

泰华微型小说论 / 赵朕 / 冀东学刊 /1996 年第 4 期

《枪口》的那一边——对徐光兴小小说《枪口》的三点思考 / 李茂青 / 高等函授学报（哲学社会科学版）/1996 年第 5 期

抒情范式与叙述分离——赵冬小小说创作论 / 刘海涛 / 当代文坛 /1996 年第 6 期

论张挥的微型小说 / 陈剑晖 / 华文文学 /1997 年第 1 期

文献

小小说大师星新一 / 安源 / 世界文化 /1997 年第 1 期

漫谈微型小说——与保山师专文艺爱好者的一席谈 / 苗歌 / 保山师专学报 /1997 年第 1 期

微型小说的空白艺术 / 邢孔辉 / 琼州大学学报 /1997 年第 1 期

"微美艺术"的审美视界——读《泰华微型小说集》/ 包恒新 / 台港与海外华文文学评论和研究 /1997 年第 1 期

"微型"的变奏——再论司马攻的微型小说 / 胡凌芝 / 台港与海外华文文学评论和研究 /1997 年第 1 期

泰华微小说创作管窥——读《泰华微型小说集》/ 钦鸿 / 台港与海外华文文学评论和研究 /1997 年第 1 期

泰华年轻女性的微型小说 / 曾心 / 台港与海外华文文学评论和研究 /1997 年第 1 期

第二届世界华文微型小说研讨会综述 / 凌虹 / 台港与海外华文文学评论和研究 /1997 年第 1 期

简约精深　言近旨远——试论我国当代微型小说的创作 / 刘晓伟 / 杭州教育学院学报 /1997 年第 1 期

黄孟文与微型小说 / 石川 / 海南大学学报（社会科学版）/1997 年第 2 期

心灵与人性的雕刻——评泰华作家司马攻的微型小说 / 饶芃子 / 华文文学 /1997 年第 2 期

从三篇小小说看比较阅读训练 / 柳春生 / 延安教育学院学报 /1997 年第 2 期

试论微型小说的立意意识 / 祝德纯 / 湛江师范学院学报 /1997 年第 3 期

泰华微型小说创作管窥——读《泰华微型小说集》/ 钦鸿 / 绥化师专学报 /1997 年第 3 期

微型小说创作艺术探讨 / 阮礼义 / 泉州师专学报 /1997 年第 3 期

根同株异竞映辉——司马攻与黄孟文微型小说比较 / 赵朕 / 学术研究 /1997 年第 4 期

新马泰华文微型小说的崛起与走向 / 杨振昆 / 云南社会科学 /1997 年第 4 期

论朵拉的微型小说 / 朱立立 / 华侨大学学报（哲学社会科学版）/1997 年第 4 期

当代日中两国微型小说的发展及其特色 / 渡边晴夫 / 陕西师范大学学报（哲学社会科学版）/1997 年第 4 期

笑话与小小说 / 张鹄 / 理论与创作 /1997 年第 5 期

试论微型小说的求异思维 / 龙钢华 / 邵阳师专学报 /1997 年第 6 期

微型小说沉没的家园 / 王良庆 / 农村工作通讯 /1997 年第 11 期
微篇小说的命名及其艺术特质 / 姚朝文 / 佛山科学技术学院学报（社会科学版）/1998 年第 1 期
微型小说——当代文坛的轻骑兵 / 李全祯 刘雅珍 / 文艺评论 /1998 年第 1 期
文体的自觉——论黄孟文的微型小说 / 古远清 / 中南财经大学学报 /1998 年第 1 期
论新加坡作家张挥的微型小说 / 李雪梅 / 琼州大学学报 /1998 年第 1 期
当代文学格局中的微型小说 / 张炯 / 湛江师范学院学报 /1998 年第 1 期
论泰华的微型小说 / 张国培 / 华文文学 /1998 年第 2 期
事与愿违的泪中喜剧——林锦微型小说《也是英雄》的"悖反式结构" / 阮温凌 / 世界华文文学论坛 /1998 年第 2 期
微型小说的审美张力及创作 / 王璞 / 大庆高等专科学校学报 /1998 年第 2 期
微型小说时空论 / 王晓青 / 海南师院学报 /1998 年第 2 期
都市梦呓与散文化叙述——衣若芬小小说创作论 / 杨凤英 / 湛江师范学院学报（社会科学版）/1998 年第 3 期
报纸副刊为何不见了"小小说" / 齐霁 李兰瑛 / 采写编 /1998 年第 3 期
古韵新声回味无穷——《凌鼎年小小说》读后 / 王淑秧 / 创作评谭 /1998 年第 3 期
谈马凡的微型小说 / 赵朕 / 盐城师专学报（哲学社会科学版）/1998 年第 3 期
追求"尺水兴波"的艺术技巧——略谈司马攻三篇不同类型的微型小说佳作 / 林承璜 / 世界华文文学论坛 /1998 年第 3 期
谈郑若瑟的微型小说 / 赵朕 / 潍坊教育学院学报 /1998 年第 3 期
微型小说叙述技巧中的"影视蒙太奇" / 陈静 / 新余高专学报 /1998 年第 3 期
微型小说创作中的求异思维 / 龙钢华 / 益阳师专学报 /1998 年第 4 期
小小说：瑰丽的艺术世界 / 彭福华 / 井冈山师范学院学报 /1998 年第 4 期
小小说，你听我说 / 董锋 / 文学自由谈 /1998 年第 5 期
《刘国芳小小说》创作个性素描 / 周世泉 / 创作评谭 /1998 年第 6 期
《聊斋》超短篇章里的当代小小说基因 / 谢倩 文娟 / 南京社会科学 /1998 年第 10 期

文献

微尘中见大千——论马华作家年红的微型小说 / 翁奕波 / 华文文学 /1999 年第 1 期

微篇小说反差艺术的本质与审美特征 / 姚朝文 / 佛山科学技术学院学报（社会科学版）/1999 年第 1 期

从新加坡微型小说看中西文化碰撞 / 汤重芬 / 暨南学报（哲学社会科学）/1999 年第 2 期

试论微型小说的求异思维 / 龙钢华 / 理论与创作 /1999 年第 2 期

微型小说空白技巧摭谈 / 吴道文 / 金筑大学学报（综合版）/1999 年第 2 期

论微型小说中荒诞艺术手法的审美特征 / 丁玲 / 常德师范学院学报（社会科学版）/1999 年第 2 期

方兴未艾的小小说 / 王毅 / 宁波教育学院学报 /1999 年第 2 期

微型小说幽默手法举要 / 董国政 / 唐山师专学报 /1999 年第 3 期

微型小说中道具的运用 / 张峰 / 娄底师专学报 /1999 年第 3 期

笑看无限往来人——黄仲鸣小小说表达策略 / 费勇 / 华文文学 /1999 年第 3 期

微型小说结构与语言艺术断想 / 龚炜 / 黔南民族师专学报 /1999 年第 4 期

微型小说的虚实与藏露 / 张选民 / 榆林高等专科学校学报 /1999 年第 4 期

《世界微型小说佳作选》指瑕 / 凌鼎年 / 博览群书 /1999 年第 6 期

学写小小说 / 浦建国 / 南京师范大学文学院学报 /1999 年第 6 期

试论微型小说的审美特征 / 龙钢华 / 理论与创作 /1999 年第 6 期

微型小说评论著述
（1949—2022）
— 雪弟 整理 —

小小说的写作与欣赏 / 丁树南编译 / 纯文学出版社 /1968 年 6 月初版

小小说写作 / 彭歌著 / 远景出版社 /1978 年 3 月初版

微型小说发展史略 / 郑纯方编 / 内部资料 /1986 年 9 月

微型小说艺术初探 / 许世杰选编 / 河南人民出版社 /1987 年 3 月第 1 版

微型小说的审美特征 / 河南省美学学会微型小说创作函授部编 / 内部资料 /1987 年 3 月

小小说创作技巧 / 吕奎文 郑贱德编著 / 广东高等教育出版社 /1988 年 3 月第 1 版

小小说十三讲 / 杨贵才著 / 文心出版社 /1988 年 8 月第 1 版

微型小说写作技巧 / 袁昌文著 / 学苑出版社 /1988 年 12 月第 1 版

微型小说写作 / 梁多亮著 / 四川文艺出版社 /1989 年 2 月第 1 版

中国微型小说赏析 / 李春林著 / 福建少年儿童出版社 /1989 年 3 月第 1 版

微型小说阅读与欣赏 / 魏玉山著 / 北岳文艺出版社 /1989 年 12 月第 1 版

微型小说创作技巧 / 陈顺宣 王嘉良编著 / 广西人民出版社 /1990 年 6 月第 1 版

微型小说的理论与技巧 / 刘海涛著 / 中国人民大学出版社 /1990 年 8 月第 1 版

微型小说技法与鉴赏 / 杨昌江 甘德成编著 / 学苑出版社 /1990 年 10 月第 1 版

微型小说创作论 / 李丽芳 赵德利著 / 云南民族出版社 /1990 年 11 月第 1 版

小小说艺术论 / 李兴桥著 / 中国华侨出版公司 /1990 年 12 月第 1 版

基金项目：本文系教育部人文社会科学规划项目"中国小小说发展史研究"（20YJA751026）、湖南省社科评审委项目"湖南小小说作家作品研究"（XSP20YBC197）阶段性成果之一。

文献

怎样写微型小说/诸孝正编著/陕西人民教育出版社/1991年1月第1版
小小说纵横谈/于尚富 许廷均著/文化艺术出版社/1991年5月第1版
小小说百家创作谈/王保民主编/河南人民出版社/1992年3月第1版
中外微型小说美欣赏/王国全 关仪著/花城出版社/1992年9月第1版
微型小说佳作二人谈/牛永江 何宝民主编/光明日报出版社/1992年12月第1版
小小说艺术浅谈/许世杰著/广西民族出版社/1993年6月第1版
规律与技法/刘海涛著/新加坡作家协会/1993年10月初版
微型小说面面观/江曾培著/百花洲文艺出版社/1994年1月第1版
主体研究与文体批评/刘海涛著/新疆大学出版社/1994年1月第1版
现代人的小说世界/刘海涛著/上海文艺出版社/1994年3月第1版
怎样写小小说/邢可著/中国华侨出版社/1996年5月第1版
叙述策略论/刘海涛著/新加坡作家协会/1996年7月初版
小小说百家创作谈/王保民主编/河南文艺出版社/1997年4月第1版
世界华文微型小说论文集1996/司马攻主编/泰华文学出版社/1997年5月第1版
小小说之我见/杨贵才著/百花文艺出版社/1997年8月第1版
世界华文微型小说研究/刘海涛著/中山大学出版社/1998年3月第1版
小小说杂谈/凌鼎年著/黄河出版社/1998年11月第1版
中国当代小小说作家百家自述/《百花园》增刊/百花园杂志社编/1999年
小小说的诱惑：作者、编者、读者/百花园杂志社编/1999年
微型小说学/顾建新著/中国文联出版社/2000年2月第1版
微型小说艺术探微/凌焕新著/南京师范大学出版社/2000年4月第1版
小小说艺术创作研究/赵禹宾编/中国戏剧出版社/2000年10月第1版
微型小说学研究/刘海涛著/中国社会科学出版社/2002年1月第1版
世界华文微型小说精品赏析/刘海涛编著/中国社会科学出版社/2002年1月第1版
华文微篇小说学原理与创作/姚朝文著/中国文联出版社/2002年3月第1版
小小说讲稿/谢志强著/人民日报出版社/2004年2月第1版

小小说的眼睛 / 侯德云著 / 大连出版社 /2004 年 5 月第 1 版
小小说的九十年代后 / 李利君著 / 作家出版社 /2004 年 9 月第 1 版
小小说散论 / 雪弟著 / 北方文艺出版社 /2005 年 3 月第 1 版
小小说作家辞典 /《百花园》增刊 / 百花园杂志社编 /2005 年
小说新论——以微篇小说为重点 / 龙钢华著 / 湖南人民出版社 /2006 年 5 月第 1 版
小小说内外 / 高军著 / 天马图书出版有限公司 /2006 年 5 月
小小说是平民艺术 / 杨晓敏著 / 河南文艺出版社 /2006 年 9 月第 1 版
小小说课堂 / 杨晓敏主编 /《小小说选刊》增刊 /2006 年
小小说纵横谈 / 杨晓敏编 / 河南文艺出版社 /2007 年 2 月第 1 版
小小说艺术论 / 冯辉著 / 河南文艺出版社 /2007 年 2 月第 1 版
小小说名家访谈 / 任晓燕著 / 河南文艺出版社 /2007 年 2 月第 1 版
小小说赏析 / 赵建宇著 / 河南文艺出版社 /2007 年 2 月第 1 版
寇子评点鉴赏 / 寇云峰著 / 河南文艺出版社 /2007 年 2 月第 1 版
为了一种新文体 / 李永康著 / 中国文联出版社 /2007 年 2 月第 1 版
微型小说创作与鉴赏 / 刘积琳著 / 吉林文史出版社 /2007 年 6 月第 1 版
小小说阅读札记 / 杨晓敏著 / 河南文艺出版社 /2007 年 12 月第 1 版
互为观照的镜像 / 雪弟著 / 河南文艺出版社 /2007 年 12 月第 1 版
当下小小说 / 王晓峰著 / 文化艺术出版社 /2008 年 11 月第 1 版
给石头穿衣 / 谢志强著 / 中国青年出版社 /2008 年 12 月第 1 版
江曾培论微型小说 / 江曾培著 / 上海文艺出版社 /2008 年 12 月第 1 版
山东小小说作家研究 / 高军著 / 河南文艺出版社 /2009 年 5 月第 1 版
中国当代小小说大系（理论卷）/ 杨晓敏 秦俑主编 / 河南文艺出版社 /2009 年 5 月第 1 版
一个人的文化理想 / 秦俑编选 / 河南文艺出版社 /2009 年 5 月第 1 版
微型小说的雕龙艺术 / 吕植家著 / 广西人民出版社 /2009 年 6 月第 1 版
中国当代微型小说名篇赏析 / 汝荣兴编著 / 光明日报出版社 /2010 年 1 月第 1 版
申平动物小小说名篇赏析 / 申平著 雪弟等评 / 光明日报出版社 /2010 年 1 月第 1 版

文献

网评小小说 / 晓立著 / 内蒙古人民出版社 /2010 年 6 月第 1 版
论小小说 / 冯辉著 / 河南文艺出版社 /2010 年 8 月第 1 版
中国当代微型小说百家论 / 陈勇著 / 内蒙古人民出版社 /2011 年 1 月第 1 版
微型小说美学 / 凌焕新著 / 凤凰出版社 /2011 年 3 月第 1 版
荷花淀派新传人 / 蔡楠 杨晓敏等著 / 大众文艺出版社 /2011 年 5 月第 1 版
中国小小说地图·江西卷 / 雪弟著 / 大众文艺出版社 /2011 年 5 月第 1 版
深莞惠小小说作家研究 / 雪弟等著 / 凤凰出版社 /2011 年 6 月第 1 版
世界华文微型小说百家论 / 陈勇著 / 内蒙古人民出版社 /2011 年 12 月第 1 版
微型小说佳作欣赏·第 2 卷 / 胡永其 文春主编 / 百花洲文艺出版社 /2012 年 3 月第 2 版
智慧的闪光 / 程思良主编 / 泰华文学出版社 /2012 年 11 月第 1 版
点亮阅读的灵光 / 吴富明著 / 妙韵出版社 /2012 年 11 月第 1 版
当代小小说百家论 / 杨晓敏著 / 河南文艺出版社 /2012 年 12 月第 1 版
中国小小说六十年 / 张春著 / 湖南大学出版社 /2012 年 12 月第 1 版
蔡楠小说论 / 孙新运著 / 中国文联出版社 /2012 年 12 月第 1 版
当代文学格局中的小小说 / 雪弟著 / 大众文艺出版社 /2012 年 12 月第 1 版
杨晓敏与小小说 / 秦俑 马国兴 吕双喜主编 / 郑州大学出版社 /2013 年 1 月第 1 版
海的慰藉：小小说金麻雀奖获奖作家研究论文集 / 刘海涛主编 / 世界图书出版广东有限公司 /2013 年 2 月第 1 版
中国小小说地图·广东卷 / 雪弟著 / 大众文艺出版社 /2013 年 5 月第 1 版
凌鼎年与小小说 / 汪放主编 / 光明日报出版社 /2013 年 10 月第 1 版
申平和他的小小说 / 惠州学院小小说研究中心编 / 北京艺术与科学电子出版社 /2013 年 11 月第 1 版
小说星空的闪电：程思良话闪小说 / 程思良著 / 线装书局 /2014 年 10 月第 1 版
杨晓敏与小小说时代 / 赵福海编著 / 作家出版社 /2014 年 11 月第 1 版
世界华文微型小说作家微自传 / 凌鼎年主编 / 捷克华文作家出版社 /2014 年 11 月第 1 版
解读杨晓敏 / 孙新运著 / 郑州大学出版社 /2015 年 2 月第 1 版

微型小说林林总总 / 凌鼎年著 / 中国方正出版社 /2015 年 3 月第 1 版

论广东小小说 / 雪弟著 / 中国言实出版社 /2015 年 12 月第 1 版

向经典深度致敬 / 谢志强著 / 花山文艺出版社 /2016 年 3 月第 1 版

小小说纵横谈（修订本）/ 许廷钧著 / 北京时代华文书局 /2016 年 3 月第 1 版

对话与探讨 / 李永康著 / 重庆出版社 /2016 年 9 月第 1 版

小小说写作艺术 / 夏阳著 / 金城出版社 /2017 年 1 月第 1 版

朵拉研究资料 / 袁永麟主编 / 福建人民出版社 /2017 年 8 月第 1 版

小小说的难度 / 徐小红著 / 河南人民出版社 /2017 年 10 月第 1 版

凌鼎年微型小说创作 28 讲 / 凌鼎年著 / 光明日报出版社 /2018 年 1 月第 1 版

微型小说全观察（阅读篇、训练篇）/ 吴铁俊主编 / 江苏大学出版社 /2018 年 8 月第 1 版

中外经典小小说五十课 / 李韫琬 周金荣编著 / 北京师范大学出版社 /2018 年 9 月第 1 版

世界华文微型小说综论 / 龙钢华主编 / 中国社会科学出版社 /2018 年 11 月第 1 版

岭南微篇小说与中外世界 / 姚朝文 / 九州出版社 /2018 年 11 月第 1 版

中外作家评陈勇 / 陈勇主编 / 北京燕山出版社 /2020 年 4 月第 1 版

走向世界的闪小说 / 程思良著 / 菲律宾博览国际传播公司 /2020 年 5 月第 1 版

小小说赏析理论与实践 / 申载春著 / 四川大学出版社 /2020 年 6 月第 1 版

如何发现微型小说内部的秘密 / 谢志强著 / 百花洲文艺出版社 /2022 年 2 月第 1 版

伴我半生：一个人的微阅读 / 侯德云著 / 百花洲文艺出版社 /2022 年 2 月第 1 版

你的世界充满我的梦想 / 夏阳著 / 百花洲文艺出版社 /2022 年 2 月第 1 版

高军文学年谱初编 / 贺可进著 / 山东大学出版社 /2022 年 4 月第 1 版

人生因文学而精彩 / 陈德民著 / 团结出版社 /2022 年 8 月第 1 版

图书在版编目（CIP）数据

中国微型小说评论 / 中国微型小说学会编. —— 上海：上海文艺出版社，2023.6
（中国好小说系列）
ISBN 978-7-5321-8616-7

Ⅰ.①中… Ⅱ.①中… Ⅲ.①小小说－小说评论－中国－当代 Ⅳ.①I207.427

中国国家版本馆CIP数据核字（2023）第011987号

中国微型小说评论

编　　者：中国微型小说学会
责任编辑：高　健　蔡美凤
装帧设计：周艳梅
图文制作：孙　娌
责任督印：张　凯

出　　版：上海文艺出版社
出　　品：上海故事会文化传媒有限公司
　　　　　（201101 上海市闵行区号景路159弄A座3楼　www.storychina.cn）
发　　行：上海文艺出版社发行中心
　　　　　（上海市闵行区号景路159弄A座2楼206室）
印　　刷：上海万卷印刷股份有限公司
开　　本：889毫米×1194毫米　1/32　印张9.5
版　　次：2023年6月第1版　2023年6月第1次印刷
ISBN：978-7-5321-8616-7/I.6785
定　　价：68.00元

版权所有·不准翻印

上海故事会文化传媒有限公司 出品（01107）www.storychina.cn
想看更多精彩故事？扫码下载故事会APP

上海故事会文化传媒有限公司所有图书可办理邮购，免收邮费（挂号除外）
汇款地址：上海市闵行区号景路159弄A座2楼206室（201101）　收款人：上海故事会文化传媒有限公司出版发行部
联系电话：021-53204159
如发现本书有质量问题，请与印刷厂质量科联系 T：021-56928178